American Theater

内と外の再生 ウィリアムズ、シェパード、ウィルソン、マメット

60年代からのアメリカ演劇

長田光展

鼎書房

亡き妻のために

目次

第一部　六〇年代のテネシー・ウィリアムズ
自己崩壊と革新

第二部　変容の詩人サム・シェパード

「内」と「外」の蘇生

第四部　デイヴィッド・マメット
文化支配、ナルシシズム、意識の覚醒

第一部　六〇年代のテネシー・ウィリアムズ

自己崩壊と革新

自己崩壊の芸術化を求めて

『ガラスの動物園』（一九四五）、『欲望という名の電車』（一九四七）、『熱いトタン屋根の上の猫』（一九五五）、『地獄のオルフェ』（一九五八）、『この夏突然に』（一九五八）などによって、テネシー・ウィリアムズ（一九一一―八三）は、一九四〇年代後半から五〇年代全般にかけてアメリカ劇壇に君臨し、オニールに続く新しい劇作家として、アーサー・ミラーとともに揺るぎない名声を二分していた。しかし、六一年公演の『イグアナの夜』を最後に、成功から見放され、一作ごとに暗さと難解さを深めてきた。『回想録』（一九七五）のなかで、ウィリアムズは六〇年代の一〇年間を、「ダイナマイトで破壊されつつあるビルのスローモーション写真」[1]にも似た自己崩壊《クラック・アップ》の道程として思い起こしている。この時期は、作者にとって、芸術創造上のみならず、また内的にも危機の時代であった。『熱いトタン屋根の上の猫』（以下、『猫』）以来、ドラッグとアルコールに頼りはじめた習慣はその後の不評と合わせてますます深まり、『牛乳列車はもうここには止まらない』（一九六二）（以下、『牛乳列車』）の上演に先立つ六一、二年には、緘黙症状を呈するまでになっていた。それに追い討ちをかけるような『牛乳列車』の失敗、そして、愛人フランク・マーロの死（一九六三）。

注　以下、ウィリアムズ劇の引用はすべて、選集 *The Theatre of Tennessee Williams*（A New Directions Book）に統一した。引用文後の（　）内の漢数字は、収録されている選集の頁数を示す。なお、『二人だけの劇』については、一九六七年ロンドン公演に近いと考えられる一九六九年刊行の三五〇部限定版 *The Two-Character Play* を再現するため、限定版の頁数を先に、選集版の頁数をゴチック体にして併記した。例えば、（二一、――）とあるのは、限定版の二一頁を指示し、選集にはその文言がないことを示している。選集にも同じ表現ないし、近似した表現がある場合には、（二七、**三三〇**）の如く表現した。

1　Williams, *Memoirs* (Doubleday & Co., 1975), p.203.

フランクの死は、ウィリアムズに絶望にも近い衝撃を与える。彼の死以後、鬱病の周期はこれまでになく繁く、長く作者を襲い始める。作品に暗い死の影が色濃くなるのもこの時期からである。『東京のホテルの酒場で』（以下『東京のホテル』）が発表された六九年暮れから七〇年の一月にかける三ケ月間、ウィリアムズは自己崩壊の一〇年間を締めくくるかのように、狂暴性患者として精神病院に入院する。

しかし、この一〇年間は、作者の最も輝かしい新芸術探索の時期であったことも忘れてはならないだろう。七八年に発表された写真集『テネシー・ウィリアムズの世界』に寄せた序文のなかで、ウィリアムズは、「一九六一年頃、私の存在が終った」かのような印象を与える写真集の編集の仕方に強い危惧を覗かせ、この時期こそ、「劇作家としての変容を開始した時点」であったことを強調するのだ。[1]『回想録』の序文は、この時期の「革命的状態」について、さらに詳しく次のように述べている。

実のところ、私自身の演劇もまた、革命の状態にあります。私は、初期の、あの大衆的な名声を確立してくれた種類の劇からは、すっかり卒業しています。いまは別のものを、国内、国外を問わず、他の劇作家からの影響を一切受けず、また、他の流派の演劇にもまったく影響されることのない、まったく私独自の演劇を手がけています。それは、これまでも常に手がけてきたものにほかなりません。私の世界と、その世界についての私の経験を、素材に相応しいと思われる形式で表現していくことです。

『イグアナの夜』以後、私の生活環境は、伝統的なスタイルからはますます遠のいていく演劇形式を私に要求してきました。つまり、『お嬢さま』、『東京のホテルの酒場で』、そして、ごく最近では、最も新しく上演された『叫び』、それに、ある程度まではこの『回想録』のスタイルについても言っているのです。[2]

ウィリアムズ版「ヰタ・セクスアリス」とも言うべき『回想録』は、芸術家が自己を語る書物としては異例のものと言わねばなるまい。内容の大半は、彼と生活をともにした数々の同性の友人＝愛人の記録で占められ、彼自身の芸術にふれる部分はむしろ例外的となる。数々のインタヴューの場合同様、ここでもウィリアムズは自身の芸術についてはほとんど完全とも言える沈黙を守り、赤裸な情事の詳細、過度とも思える自作品に対する偏愛と執着、不評に対する憤り、上演のたびに訪れる神経症状の報告など、エキセントリックな彼自身の醜悪部が包み隠さず語られる。芸術論議は舞台から大きく撤退し、下部構造としての「自己」表白だけが前面に踊り出るのだ。

しかし、そこにある原理は明瞭である。「自己暴露」の衝動、そしてそれを通して、ひたすら求める「自己発見」の衝動である。事実、ウィリアムズは、『回想録』執筆が「金銭的理由」で始められはしたものの、書き進むにつれて「経済的観点」は遠くに退き、「この新しい形式」、「包み隠さぬ自己暴露」の喜びにますます没頭していった事実を明らかにしている。

手放しの解放感を楽しむ無限に明るい『回想録』の外貌、そして苦渋に満ちた六〇年代の作品群、この両者を結ぶ糸もまた、作者の言う「私の世界と、その世界についての私の経験」を「素材に相応しいと思われる形式で」語ろうとする意志、作者のいわゆる「有機的」演劇論の実践、「私小説」ならぬ「私劇」の実践にあったと言えよう。

ウィリアムズほど「私」に執着し続けた劇作家もめずらしい。初期の作品以来、ウィリアムズの作品は常に作者自身の個的な経験と関心を反映した私劇としての側面をもち、作品がそのまま作者自身の反映となる「芸術家劇」としての側面をもっていた。それがにわかに鮮明となるのは『牛乳列車』以降の作品である。それ以前にも、例えば『この夏突然に』（以下、『この夏』）のような芸術家劇はあった。しかし、六〇年代に入ると、それまでの仮構性は急速に影

1　*The World of Tennessee Williams*, ed. Richard F. Leavitt, W. H. Allen & Co., 1978.

2　*Memoirs*, pp. xvii-xviii.

をひそめ、作品と作者自身との距離は最小限に切り詰められ始める。『お嬢さま』、『二人だけの劇』、そして『東京のホテル』の三作にはすでに作者と作品との距離はない。作品即作者となる過程を順次反映していった三作は、六〇年代「芸術家劇」三部作とも呼び得るものである。

六〇年代作品の急激なスタイルの変化について、作者はくりかえしその原因がフランクの死にあったことを伝えている。(1) フランクの死と軌を一にして作者の内的崩壊が始まることは既に述べたが、「有機的」演劇論に立つ限り、ウィリアムズは、作品創造の源泉としての自己崩壊を克明に見詰め、それを作品化する以外になかったはずだ。狂気への関心が語られ、芸術家の狂気が色濃く作品化されてくるのもこの時期である。だが、狂気への関心には、さらに重要な意味があった。

ここで、作者の「有機的」演劇論が、作者の「個的な関心事」のなかに「普遍的な関心事」を探ろうとする、自己凝視の客体化、普遍化と共存していた事実を指摘しておく必要があるだろう。個的関心事に普遍的な意味を問いかける行為は、自己の狂気そのものに現代的意味を問いかける行為ともなり、さらに言えば、狂気とも見まごう作者自身の逸脱の思想に普遍的意味を問う行為ともなる。

『牛乳列車』から始まる六〇年代の作品は、その基底においては同性愛という作者自身の性的逸脱とも深く繋がる反時代的、反規範的な異端の思想を強く主張し、その意味を問う行為であった。『牛乳列車』に登場する「死の使者」クリスは、日本の歌舞伎衣装をつけて登場する西洋世界内における禁忌――物質主義的・合理主義的な西洋の規範的世界(ゴーフォース夫人)に死と再生をもたらす作者自身の異端思想である。しかし、クリスがすでに「現実的感覚」を喪失していることにも明らかなように、クリスの思想は、西洋の規範的世界にあっては「危険な禁忌」、つまり「狂気」としてしか発現する余地はなかった。

異端者クリスが日本の歌舞伎衣装をつけて登場することが示しているように、世界からの逸脱者、異端者のネガティブな思想をポジティブな価値に変ずる思想的な補強が東洋への漠たる共感であったという事実に、ユング思想の微かな反映を見ることができるかもしれない。六〇年代の異端思想の主張、七〇年代に入ってからの自己暴露の衝動、この両者に底流するものこそ、ネガティブな思想そのものが孕む価値への強い信頼であったと言えるだろう。

六〇年代ウィリアムズ劇のもうひとつ重要な側面は、作品群がくしくもこの一〇年間の作者の精神史を形作っているということである。ウィリアムズ劇は、それまでも精神病理学的側面を色濃く反映していたが、六〇年代作品はその色彩をにわかに濃くし、作品自体がほぼ作者自身の心象風景の反映となって作者の心的展開を跡付けていく。登場人物はなお名前を有する第三者的表情を持ちながら、実はそれぞれが（通常、二人）作者自身の相対立する二つの側面であり、作品自体は、作者自身の深層に生起している心的葛藤の劇となる。

『牛乳列車』がすでに、作者自身の深層心理劇としての萌芽を明らかにしていた。〈生〉に執着するゴーフォース夫人は、西洋文明の代表者であると同時に、〈生〉に執着する作者自身の〈自我〉でもあった。歌舞伎衣装に剣つきベルトをつけて登場するクリスは、作者自身の現実主義的自我に挑戦する闘士〈イド〉、作者の自己変革に必要な、暗い破壊性を秘めた芸術家意識の噴出と見るべきなのだ。六〇年代の作品群は、作者の異端思想とほぼ同義となる作者自身の芸術家意識、すなわち、規範破壊者としての〈イド〉の解放と主張に、その基本的衝動があったと言えよう。

ところで、『牛乳列車』の構図が、〈イド〉クリスによる〈自我〉ゴーフォース夫人への挑戦であったという事実は、注目に値する。なぜならそれは、変容を目ざした「革命的」な六〇年代の初頭においては、〈イド〉の果敢な挑戦が必要とされるほどに、作者の〈自我〉が健在であったことを示しているからだ。しかしこれ以後、その作品からは強固な〈自我〉は次第に薄れ、〈イド〉自体が作品の全体を占め始める。『お嬢さま』の主人公が過酷な条件と引きかえ

1　例えば、'Cecil Brown: Interview with Tennessee Williams,' *Partisan Review*, 45(1978) を参照。また、フランクの死の衝撃については、*Memoirs*, p.235 など。

にとどまろうとする「巨大な宿舎」とは、「正気」と「理性」の世界だが、彼女はすでにその宿舎の「ポーチに出る権利」も「中庭に出る権利」も剥奪されている。しかしなお、この時点での彼女は、宿舎内にとどまろうとする果敢な闘志を持ち続けていた。しかし、『二人だけの劇』では、理性の世界にとどまろうとする強い意志はすでにない。フェリースとクレアが演ずる「劇中劇」は、フェリースの指揮のもとに彼自身の死を求める葛藤を描くもので、現実原理はすでに遠く撤退して、芸術家の〈イド〉(死への情念)のみが前面に出る。しかもこの情念を支えるものが、進化論まで援用しての逸脱の思想であり、異端思想の聖化なのだ。

作品から徐々に〈自我〉が消え、かわって〈イド〉が支配していく過程は、また、〈芸術家〉を圧倒する自然の敵意を発見していく過程でもあった。個的な「変異」の成長に「種全体の究極的な変化」を夢見るフェリースは、〈自然〉という巨大な敵を相手に勝ち目のない戦いを挑む〈反自然〉の異端者、神秘主義者、芸術家=シャーマンと言うほかはなく、そこには救出となる自然はなく、死以外に脱出の方法とてない退行の極地であった。そこから脱出があるとすれば、それは退行の極地での反転、作者自身の〈生〉への本能的渇望の噴出(いわゆるエナンティオドロミア Enantiodromia の現象[1])以外にはあり得なかった。

そして、この現像がまさしく起こるのである。六〇年代最後を画する『東京のホテル』がそれである。妻ミリアムは作者の〈生〉の渇望、画家マークは作者自身の〈イド〉である。二人は東洋の国、日本の東京を訪れているのだが(「東洋」という背景に、なおユング的意匠の反映を見ることができるだろう)、この旅を企てたのが、まずミリアムなのだ。彼女はいま芸術家マークを捨てて、生の奔放な冒険に出ようとしている。そのマークは、「専制的なまでの依存性」だけを残して見るかげもなく疲弊している。この作品を支配するのは、マークの芸術に対する自信と恐怖という二律背反した感情だが、それはそのまま作者自身の自信と恐怖の反映と見るべきだろう。「光」と「色」を発見したと公言するマークの自負は、宇宙の原理を見据えたと考える異端者ウィリアムズの自負だが、にもかかわらず、ウィリアムズは、マークに唐突な死を見舞わせる。宇宙の透視者たらんとしたマーク（作者自身）の不遜への自覚、自ら神たらんとした狂気の聖化への反省が、マークの死として現れたのだ。『ガラスの動物園』（以下『ガラス』）から始まるウィリアムズの演劇行為は、ローラの「風変わり」な美に秘められた作者自身の狂気と異端の芽を守り育て、拡大し、聖化する長い一連の過程であったのだが、『東京のホテル』は、そのサイクルの終焉であり、それからの反転でもあった。エロスの明るい主張が自信に満ちた異端思想の主張と共存する七〇年代からの作者の鮮やかな転調は、この一〇年間の精神史と深くかかわっていたのである。それでは、六〇年代ウィリアムズ劇の展開がどのようなものであったか、以下に具体的に跡付けてみよう。

『牛乳列車はもうここには止まらない』――生と死のアレゴリー

六〇年代以降のウィリアムズはかつてなく批評家の無理解と酷評にさらされる。確かに作品は物語性を失い、小型化し、難解になった。その最大の原因は、やはり、『猫』の序文でも語られている「個的関心事」への執着、いわゆる彼の「有機的」演劇論への固執であろう。ウィリアムズは、一九六〇年六月、マーリア・マニスへの批判に答えて、「有機的」劇作法を次のように主張した。[2]

創作物には二種類がある。有機的なものと、非有機的なものである。芸術における非有機的（合成的）な作品の

1　エナンティオドロミアとは、心理学では、ある一面的な傾向が極端に意識を支配した場合に、その反動として反対方向に向かう、無意識の強力な反転衝動を言う。

2　Williams, "Tennessee Williams Presents His POV," *The New York Times Magazine*, June 12, 1960.

性質は改良し、変化させることが可能で、その種の作品は、作家の心臓の鼓動とか呼吸とかいった作者に固有な必然性以外のものによって作られたものなのだ。しかし、その作品が有機的であるような作家は、たとえ、生皮をはがされようとも、今しつつあることについての信念を、心から、有効なかたちで、撤回するなどということはあり得ない。たとえ、その作品がいかに忌むべきものであり、また、そう思われようとも。

個的関心事に根ざすウィリアムズ劇は、本来、独房から独房に向けて発せられる異文化交流の趣があったが、関心事自体が極小化していった六〇年代のウィリアムズ劇においては、それは一層困難とならざるを得なかっただろう。

この時期のウィリアムズ劇を難解にする他の要素としては、すでに紹介した『回想録』が明らかにしていたように[1]、作者がこの時期を「革命的」な実験劇の時期と意識していたことも付け加えておかなくてはならない。彼は、「他の流派の演劇にもまったく影響されることのない」彼独自の演劇を手がけようとしていた。その「独自のもの」が、ほかならぬ「私の世界と、その世界についての私の経験」を「素材に相応しいと思われる形式」で表現することだった。

この意味で、『牛乳列車』のニューヨーク公演（一九六三）に先立つ六二年のインタヴュー[2]が明らかにしていた作者のブロードウェイ訣別宣言は、新しい演劇に向かおうとしていた作者の意思表明と見ることができるだろう。ウイリアムズはここで、これまでの「偽似文学的なスタイル」を反省しながら、「短い形式のなかで、台詞に頼りすぎることなく、しかも、………微妙な心理の綾を伝えつつ、言うべきことを言う方法」を心得ているサミュエル・ベケット、ジャック・ゲルバー、エドワード・オールビー、ハロルド・ピンターなどの新しい劇作家たちへの共感と羨望を語るのだ。そして、「恐ろしい緊張」を強いるブロードウェイ上演の苦痛にふれ、訣別の意志を明らかにする。

「ここにこそ、わたしの国がある」とまで彼に言わせた新しい劇作家たちへの共感は、主として一九六六年以後の一幕劇のなかで具体化されていくのだが、注目したいのは、彼らに寄せた最大の関心事が、その「暗示性」にあったことだ。月並な方法で表現するにはあまりにも複雑、曖昧な（とウィリアムズが信じる）人生を表現するにあたって、彼らが「説教する」ことも「独断的になる」こともなく、ただ、「刺激的に暗示的」であることだった。「情況」と「沈黙」の「詩」に支えられるかぎり、「口語的な、完全に月並な言葉も一層詩的なものとなり得る」のだ。

ヘンリー・ヒューズは『牛乳列車』に寄せた劇評で、この最新作が、「これまでに書いた劇作品のなかでも、おそらく、最も曖昧、かつ最も潜在意識的である」[3]と評したが、無理からぬことだったかもしれない。一連の実験劇を開始するにふさわしく、この作品は、半ば物語性を残しながらも、「沈黙」と「情況」の詩によって多くを支えられ、「刺激的に暗示的」なスタイルが優勢を占めるからだ。例えば、この作品では、「日本の歌舞伎とギリシャ劇のコーラスとの中間的な機能」を担う二人の黒子が登場して、劇の暗示性をいっそう高める工夫がなされている。

しかし、なかでも難解にしているのは、作者の「個的関心事」と「普遍的関心事」とが実に大胆に結合されている部分だろう。この作品にも、『ストーン夫人のローマの泉』（一九五〇）、より直接的には、『青春の甘い鳥』（一九五九、以下、『青春』）に登場する元女優、アレクサンドラ・デル・ラゴにあたるゴーフォース夫人が登場する。しかも彼女を訪れる男性が、「美しい歯」をもち、「打ちひしがれてはいるが、なお、不屈な、力強い闘士の容貌」をもった青年クリスということになれば、ロバート・ブルースタインが言うように、「純粋と腐敗を二つながらに体現した若者と、人食い的な、腐敗を強いる年上の女」との出合いを描く、「なじみ深い」構図を見てとることも容易である。[4]しかし、テーマに関するかぎり、彼の言うところとは異なり、およそ「平凡」なものとは言えなかった。

1　本文一一頁、注2参照。
2　Lewis Funke & John E. Booth, "Williams on Williams," *Theatre Arts*, XLVI (January, 1962).
3　Henry Hewes, "Broadway Postscript: Gradually This Summer," *The Saturday Review*, XLVI (February 2, 1963), p.20.
4　Robert Brustein, "Theater: A Buccaneer on Broadway," *The New Republic*, CXLVIII (February 2, 1963), p.27.

ウィリアムズは『イグアナの夜』(以下、『イグアナ』)の女主人公ハナを通して、反西洋的な「受容」の思想に行きつき、孤独と絶望のあとになお生き抜く指針として、純粋無垢な「生命」への信頼を打ち出した。「人間的なもの」であるかぎり、「どんな状況でも受け入れる」受容的態度は、主我的な西洋的思考とは対極的な自我放棄があって初めて可能なものであった。『イグアナ』の続編とも言うべき『牛乳列車』は、前作の思想をそのまま引き継ぎながら、さらに困難な問題と関わっていた。西洋的思考そのものと対決し、その反転蘇生をはかるという課題である。

それを導きだす方法が、ゴーフォース夫人とクリスという全く異質な二人の思考法を対置し、それによって近代西洋的思考の欠陥を微細に描出することであることを思えば、この作品の特異性――単純さの印象と共存した重厚な象徴性――も理解できる。作者はこの作品を「アレゴリー」ないしは「知的なおとぎ話」(三)と規定している。二人の対話だけを通して、西洋的思考の終末と再生を打ちだすとなれば、作品は自ずとアレゴリカルな象徴性に頼らざるを得なかったのだ。

黒子の明らかな機能――象徴「グリュプス」の本質を解説するコーラス部――はともかく、入念な工夫がされているのは、歌舞伎衣装の使用法である。ゴーフォース夫人が着用する華麗な衣装が「一種グロテスクな美」の効用を求めたものであるのに対して、クリスの剣ベルトつき歌舞伎衣装は、反西洋的な「受容」思想をもって西洋に挑みかかる「闘士」クリスの機能を象徴するというように、これには明らかに重層的な使用の意図がある。夫人にとって「受容」思想が無縁であったように、彼女の歌舞伎衣装も、他の数々の「歴史的価値をもつ宝物」と同じく、「数百年の歴史」と「日本の国家的宝」という希少価値だけに意味のある、征服と掠奪のもう一つの成果にすぎない。東洋的観照のための歌舞伎衣装は、本来クリスの「空腹」が象徴する精神性への渇望に支えられてこそ意味があるのに、夫人は、これを物質主義のシンボルとして着用する。彼女の華麗な衣装にはこの「グロテスク」なアイロニーが意図されているのだ。

ところで、クリスが「うちひしがれてはいるが、なお、不屈な、力強い闘士」と規定されていたことは、クリスの二面性とこの作品の意図を見る上できわめて重要なことだった。クリスは自我放棄の思想を生きる隠者であると同時に、また、「受容」の思想をもって西洋に挑みかかる「闘士」でもあるのだ。登場人物の一人「カプリの魔女」の台詞「あの人はすべてにわたってそんな具合なの、矛盾なの」（五二）は、この二面性についての言及であり、事実、第五場のクリスは、夫人の西洋的思考の厚い壁を見るとともに、徐々にその「闘士」としての本領を発揮していく。

この作品には、クリス同様、剣ベルトつき歌舞伎衣装をつけて夫人と食事を共にしていたかつての若き夫アレックスの死の抵抗という重層構造が組み入れられているが、これは、夫人の世界が剣ベルトに象徴される「受容」思想からの攻撃に絶えずさらされる立場にあることを明らかにする一方で、クリスが剣ベルトを取りはずす「文字通りの降服」（九三）や、夫人の指に最後まで「食い込む」指輪が暗示するように、ゴーフォース夫人的世界の根づよさを印象づけるものでもあった。

死に瀕した夫人のもとに、「蛇皮」ならぬ「皮ズボン」をはいた美貌の青年クリスの訪問を扱うものといえば、この作品が、『地獄のオルフェ』のヴァリエーションであることに気づくだろう。しかも、前作が、一人の野性の青年が「因習的な南部の町にさまよい込んで、鶏小屋の狐よろしく大騒動を引き起こす」物語であり、同時に「人々の心を捕えはするが一度も解答を与えられていない質問を取り上げ、それを絶えず問い続けること」と「解答にもならない既成の解答を受け入れて、便宜的に妥協」することとの相違を取り上げた物語であったことを思えば、ヴァルとクリスとの類似は一層明らかである。

事実、作品は、夫人に青春の再来を期待させるクリスの登場からはじまるのだ。回想録の執筆に全力をつくしている彼女のもとへ、「愛情の故に結婚した最後の夫」アレックスの思い出とともに、彼は、「偶然の暗合」のように登場してくる。しかし、奇妙なことに、そのクリスは夫人の世界では最も忌み嫌われる、「葬儀屋よりも、ほんの一、二歩早く訪れる悪癖」（四九）をもつ放浪者兼寄食者、そして「死の使者」なのだ。アレゴリカルな側面を担う人物の一人、「カプリの魔女」ことコニーによれば、クリスは、昨夏、ポートフィノ滞在中にパーマ・ヴァイオレットなる人物にシャンペンを浴びせられて「死の使者」と命名され、以来、「この名前がついて回った」のだ。

『イグアナ』の続編、しかもヴァルを踏襲しているこの作品が、『地獄のオルフェ』とは全く逆に、「死」の福音伝導者クリスを描くとは、いかにも奇妙に思えるかもしれない。だが、この作品が扱う「生」と「死」は、それぞれ百八十度の反転をはらんだ逆説の上に成り立っているのだ。

番犬の激しい攻撃にさらされながらクリスが登場してくる世界は、強固な自我主張と合理精神に護られ、「死よりも強い生の力」に支配された（スタンレー・コワルスキーと同種の）「死」の世界なのだ。夫人は、クリスを迎え入れるに際して、完全な保身的精神を発揮する。この闖入者に対して、彼女は「私有地」を主張し、「猛犬注意」の立て札を事の前後にかかわりなく立てさせ、「犬たちの攻撃」を「犬たちとの出合い」、「犬たちとのささいな誤解」と言い換え、法的論拠（倫理的論拠ではなく）に固執するのだ。夫人の山荘は、「英貨二百万ポンド以上の評価」を受けた財宝の山であるのみならず、入念に構築された西洋思考の砦なのだ。

一〇年前に出版した詩集（ヒンズー教の道士の教えを詩にしたもの）と、「売るため」ではなく、「作るために」作られたモービル「地球は巨大なカジノのルーレット」をたずさえ、「空腹」と「眠気」にとりつかれて登場するこの新たなヴァル、「死の使者」クリスは、「生」への執着に生きる「因習的」な現代の西洋世界に降り立った「孤」、「死」の福音をたずさえて夫人の世界に「大騒動をひき起こす」、異端者、落後者、そして、「死」の、つまりは「生」の福音伝道者なのだ。その夫人の世界は、社会の偏見としての機能を担うコニーと夫人とが相会する第三場に展開される世界であろう。妖精「ファータ・モルガナ」を型どつた不気味に華麗な衣装を身につけ、「鳥のかぎ爪」を思わせる手には宝石をくまなく散りばめたコニー。「グロテスクな美」を誇る歌舞伎衣装と「本物ずくめの」ダイヤで身を飾るゴーフォース夫人。ここにある世界は、「魔女と牝犬」が「お互い同士競い合って着かざる」物神崇拝の世界、「無名の献血者たちの血」を吸い上げて生きる「吸血鬼」の世界、「友人たちの健康に対する病的な関心」に支配されながら、「羊の胎児」を移植する「生」へのあくなき執念の世界、征服、掠奪、物質主義、そして「不死」への執念に支配された、文字通り、「ファータ・モルガナ」（蜃気楼）の世界である。

作品の背景は、「西洋の世界で最も古い海」地中海を見下ろすディヴィナ・コスティエラ（「神の海岸」の意）の山頂――「ここと公道との間には降りるのもほとんど不可能な山羊の道」があるだけで、「海から以外には近づきようもない」山頂――である。自己発見をはらむ病と死のときにあって、なお、執拗に「死」を拒絶し、「（ゴーフォース夫人の）狂気ですっかり狂気」（六四―五）の徴候を呈しているこの山頂は、登りつめた西洋文明の狂気と死の様相を象徴したものと言っていい。

夫人はいま回想録の完成を急いでいる。ここ三〇年間の両大陸にわたる社交会の記録として、恐らくはプルーストの『失われた時を求めて』を凌駕するものと彼女が考えるこの本は、すでにニューヨークとロンドンの出版社が九月の出版予定目録に記載ずみである。時はすでに八月末。回想録完成の緊急性は、「締切り日」のためばかりではない。彼女自身の「締め切り日」、陥落の「秋《フォール》」が象徴する彼女自身の「死」と競い合わねばならないからだ。だが、皮肉なことに、その本は、いまなお「昔のまま」だと考えている偉大な国際的美人としての自分を記録する仕事、つまり、迫りくる「死」を支配し、不滅の青春をとどめるための書物なのだ。

夫人のこれまでの人生は、二人の黒子が明らかにする「半ばライオン、半ば鷲の姿をした神話上の怪獣」、財宝の守り手としての黄金色の「グリュプス」が象徴している。黒子が解説するように、それは神話上の怪獣であるのみならず、「徹頭徹尾人間的な」（七）怪獣、つまり、ゴーフォース夫人その人なのだ。

利害に関しては「動物的本能」を持つ夫人の生涯は、征服と略奪のための一種のポーカー・ゲームであった。一〇代のうちにした最初の夫ハーロン・ゴーフォースとの結婚以来、六回の結婚、四人の夫を先立たせたが、彼女はその度ごとに（最初の三回までは）社会的名声と財産の二つながらの「掠奪」をくりかえしては、「夫たちからの掠奪品を素材に、心の周りに硬い骨の殻」（一一七）を築き上げてきた。彼女は自分の信念を「ヴァイキング精神」と呼んでいるが、その信条とは「何物も与えず」、常に「売り、買い」、そして「最後には、いずれかの意味で利益を得る」（八九）ことなのだ。この精神こそが、彼女の象徴「グリュプス」の意味するものであり、「死よりも強い生の力」（六八）を支えるものにほかならない。

彼女の名前「フローラ・（シシイ）・ゴーフォース」（Flora (Sissy) GoForth）もまたきわめて暗示的な名前である。「フローラ」は「花」、「ゴーフォース」は「前進」を意味するが、夫人の生涯は、「花」が象徴する青春と肉体を唯一絶対のものとする思考法——彼女のかつてのサロン「フローラズ・フォリー」（花の愚行）が象徴する世界——を生き、その不死を信じることであった。かつてのヌード・ダンサーから今日の「伝説的な存在」を築き上げたのも、彼女の肉体優位の思想である。「わたしには幾つかの利点があったの。まず第一に遺産が、それから、人が当然気づかずにはいない顔、それに、ただセンセイショナルなだけでなく、とても長持ちする肉体が。」（六七）しかも、ヌード・ダンサーとして成功した最大の原因は、象徴的にも、彼女の肉体と言葉との類まれなる結合にあった。彼女は「解剖模型《アナトミー》」を揺り動かして見せるだけでなく、動きに合わせて「（彼女の）舌」を動かす新機軸を打ち出したのだ。（「体を動かしながら、同時に私の解剖学的な動きについていちいち言葉で解説すると、お客さんたちは喜びました」六七—八）。「長持ちする」肉体、それが象徴する未熟な「青春」思考、そして、それに見合う即物主義的精神（言葉）。「死の使者」クリスが「死」の福音を持って葬りにきたのは、この三者の見事な結合が作り出す彼女の西洋思考なのだ。

作品がアレックスの回想部分から始まっていたのは、作者の用意周到な工夫だった。ロマノフ王朝の血筋を引くというこの青年は、彼女が「闘志あふれる彼の男根」と呼んでいた赤いスポーツ・カーを、何物かに絶望したように「向こうみずに」運転した末、グランド・コーニスの断崖から車もろとも突っ込んで、不可解な死をとげていた。

　アレックスの不可解な死を中心に語られるこの冒頭部には、彼女のこれまでの愛のかたちと人間関係、それと表裏一体をなす、彼女自身の西洋思考の原型が圧縮されたかたちで語られている。まず、夫人の不毛な生涯のなかで、唯一信ずべき愛の楽園――「ほんのまれにもたらされる」「真の理解に基づいた愛情」への追憶がある。だが、「真の理解」に基づいていた筈のアレックスは、（『欲望という名の電車』（以下、『欲望』）のアラン、『猫』のスキッパー、『イグアナ』のフレッドと同じように）、彼女の理解をすり抜けて不可解な死をとげ、記憶のなかにとどまりながら、その「死」の意味を問いかけている。同じ剣ベルトつきの歌舞伎衣装をつけ、同じ食卓について食事をしていたアレックスは、夫人の世界に無言の抵抗を試みながら、凄まじい自己破壊へと駆られていたのだ。

　その追憶とともに「偶然の暗合」のように現れる「死の使者」クリスは、ゴーフォース夫人的世界に終末を呼びかける「死」の、すなわち「生」の福音伝道者であるが故に、最も忌み嫌われるべき「危険な」禁忌なのだ。「ニトログリセリン」ともなる「危険な」真実をたずさえているが故に、彼は番犬に吠えたてられ、「ライ患者」の烙印を押される存在なのだ。

　ゴーフォース夫人的世界とは異質な彼は、いま「ある種の現実感」（七〇）を喪失している。その夫人の世界を、二人の黒子が巧みに概念化して示している。「シャレード」、「ゲーム」、「暇つぶし」、「フローラの愚行」、「原子の偶然」、「無差別の交接の結果」（六二）。彼は、前日ナポリで、自分が「ライ患者」であることを自覚する。かねてから招待を受けていたある老夫人を訪れるため、ゼノアからナポリまで歩いてきた。ところが、この老夫人は突然電報を送り、招待を取り消してきたのだ。電報の内容は、「まだ、貴殿を迎える準備なし。死の――使者――殿」。「死の使者」、これこそ、現代の西洋世界がクリスに送った禁忌としての称号だった。

夫人の世界を混沌と見るクリスが、「非現実感!から、喪失感?から」逃れ得る唯一の方法は、利他・滅私的な彼の「救出」衝動を充足させること、「気を配ってやれる誰か」をもつことなのだ（七五）。彼は二匹の動物たちの話をする。「お互い同士くっつき合って、手足や鼻づらでやさしく小突き合って」、はじめて、「休息に入ることができる」（七五―六）小さな動物たちの話である。

この話で彼が伝えようとしているのは、破壊的な現実のなかで、最後の「避難所」となる「やさしさ」の思想、「かばい合い」の思想なのだ。かつてのブランチ（『欲望』）やブリック（『猫』）が現実に生きる「生者」たちの破壊性を見ては「救出」への願いを訴えながら、己自身の内部にあるさらに根源的な破壊性――エゴ本来の破壊性を克服し得ていなかったのとは異なり、クリスは救世主衝動としてそれを克服し、ハナの受容思想を体現していく。「生は意味あるもの、死は無……」と語るクリスが、「生」への執着と自我《エゴ》の放棄を迫るのは、「生命」の救出が、主我的、保身的な合理思考の放棄によってはじめて可能になるからだ。

死を迎えたゴーフォース夫人、社会の禁忌を宣告されたクリス、この「共通の危機」に瀕した二人が「真実」を求め合って語り合う第五場、第六場は、夫人の世界が最も必要とし、そして最も恐れる自己放棄と「受容」思想の真実を徐々に掘り起こす部分である。クリスが「戦いに来た」かのように剣ベルトつきの歌舞伎衣装を身につけて登場し、剣ベルトを放棄する第五場で、彼が「現実感覚」の喪失を語り、二匹の動物の話をまじえながら暗示的に伝えているのは、夫人の病の本質を示唆し、彼女の病に対する自然の、海の、治癒力について語ることだ。彼は海岸へのピクニックを提案する。また、彼は、夫人のアレルギー症には「海のそよ風」が効果的であるとも言う。クリスが繰り返し言及している海は、『イグアナ』で語られた「生命の揺籃」としての海、「生命」への直視を拓いてくれる「超越者」としての自然、近代的エゴを破壊し、その超克を可能にする「救出」としての破壊者、自然なのだ。

波があの下のほうでくだけると、まるで、白いレースでできた扇のように脆くも見えます。でも、あの波があたったら、あなたは岩にぶつけられ、粉々になるでしょう……。（六九）

「真実」を語りはじめたゴーフォース夫人が、「心身相関的な〔死の〕徴候」を語ると同時に、資産へのあくなき執着を語ったことに象徴されているように、彼女の西洋的思考は根強く抜き難いものである。クリスを受け入れる彼女の態度は、終始、「売り、買う」精神に貫かれ、クリスの「空腹」に対しても、彼女は闘争的思考からしか反応できない（「つかみなさい、戦いなさい、さもなきゃ、空腹でいることね！」八五）。クリスが、「正真正銘の降服、ほとんど……無条件の降服」を表明するのも無理からぬことだった。

対話の後も、彼女は、二人がクリスの言う「深い意味のある話」をしていたことに気づかなかった。クリスは「世界で一番古い海」地中海を指し示しながら、「僕がなにを見ているかわかりますか」と問いかける。そこに海をしか見ない現実主義者ゴーフォース夫人に、彼は古代からの西洋文明史を視野に入れて、彼の目に見えるものを説明する。

そう。それから、ローマ人たちの三段オールのクルー船隊、奴隷たちに漕がせ、征服へとひた走る指令官たちの指揮による三段オールのあのガレー船も。掠奪めざして、ブーン！　征服と掠奪と、さらに大勢の奴隷狩りをめざして、ブーン！　ここから、すべてが始まったのです、これは西洋の世界で一番古い海なんです、ゴーフォースさん、地中海と呼ばれるこの海、地球の真中という意味のこの海は、生命の揺藍だったのです、墓場ではなく、異教文明と――キリスト教文明の揺藍……（九五―六）

クリスはここで、ゴーフォース夫人を西洋文明一般の象徴として語り、かつ、「生命の揺藍」からあまりにも離反した西洋文明の反自然的特質を語っているのだ。そして、彼はそこに欠落しているもの、それが、彼の「空腹」が象徴する精神性への渇望であることを語るのだ。ピラミッドのふもとで二冬過ごしたという夫人に、彼はその訪問から得た「意味」を訊ねる。夫人は、埋葬されている「王様や王家の一族が、空腹と渇きを覚えて目を覚ますとでも思ってか」、人々が食物を供えるという「馬鹿げた考え」を除いたら、「何の意味」もなかったと言う。

「西洋の世界で一番古い海」、そこから発した西洋文明。そして、豪華なピラミッドに埋葬された人々の「空腹」と「渇き」への配慮。これらが語るものは、精神的枯渇状態にある夫人の非生命的本質である。「人間のあらゆる病気、あらゆる苦しみのなかでも最悪のもの」（九〇）を病んでいる以上、夫人を受け入れる病院は「世界の救世者《サルバトール・ムンディ》」以外にはないのだ。

クリスの住む世界は、「出口もなく」、「家が焼け落ちるまで外を覗いている二階の窓があるだけ」の「燃えついた家」である。「僕たちは、ただ、外を見据えるだけ。ついには、ただひたすら外を見据える目になってしまうのです。」（一〇八）この研ぎ澄まされた苦痛を訴えかける現実像は、以後の「実験劇」に引き継がれていく重要なイメージだが、この受苦のなかで、クリスは、「死の天使」としての「天職」を発見する。そのきっかけとなる奇妙な体験を、クリスはこんなふうに語り出す。

ミス・ファーガソンの付き添いを始めた頃のカリフォルニアでのこと、浅瀬を泳いでいた彼は、岸辺から一人の老人に呼び止められる。老人は、海まで連れ出して欲しいと言うのだ。耐え得る限度を越えた苦痛に耐えられないからと。クリスは老人の頼みを聞き入れる。「僕は、彼が勇気を取り戻し、大丈夫だと言うまで、恋人のように、しっかりと抱きしめてやらなくてはなりませんでした。波が彼を木の葉のように軽々と運んでいきました。」（一一四）

老人は用のない持金のすべてをクリスに渡す。クリスは、ヒンズー教の導師のもとに戻り、その話をし、導師にそのお金を渡す。導師はにっこりと微笑みながら、それを受け取り、「あなたは天職を見つけましたね」と彼に言う。

導師は老いてしなびた、しみだらけの手を彼に差し出す。その美しい身振りが、突然、クリスを平和にする。「それが僕には重要なものでした、あの突然に訪れた静かな気分が。というのは、僕がそこにやって来るまでというもの、僕の足もとには常に狂気の物の怪がついていましたから。」（二一五）

十分な説明もなく、ごく暗示的に語られるクリスの体験だが、彼が得た教訓は、「沈黙」の、「受容」の悟りだった。そして、「受容」すべきものとは、

ああ、いろいろなもの、ほとんど、すべてのこと。例えば、大抵の者たちが気づいている以上にもっと高貴に生き、そして死ぬこと。知るべく意図されていないものを知らないでいても恐れないこと。いまあるこの瞬間、とにかく僕たちが在ることを止めるまでは存在しているこの瞬間だけを知って、それ以外のことは知らずにいられること。僕たちが存ることを止めるその瞬間をも。（二一五―六）

クリスが語るこの「受容」は、決して明瞭とは言えないだろう。むしろ、東洋的な澄明さと平和に欠けた、一種非合理な絶望を秘めたものというべきだろう。クリスがこの「受容」の思想を語ったあと、夫人は「どうして、〈導師が〉くわせ物でなかったとわかるの」と質問する。クリスの曖昧さに比して、夫人の質問はいかにも明解である。彼の答えは、「では、どうして僕が普通の若者でないと言えるのですか」から始まり、「肉屋は肉屋と呼ばれるから肉屋だ」という夫人に反論して、彼の答は結局、「ひとはどのように呼ばれようとも、結局人間です。人間である以上、ひとは自分自身にも、他の誰にもわかり得ないのです」という、不可解性への強い信頼に依りすがる。

〈不可解性への信頼〉とは言い換えれば、理解を超越して信じることだが、実は、この自我的理性の放棄こそが、助け起こされるときの導師の身振りが「美しい」と感じられる心の余裕の原因であり、癒しとしてのクリスの「受

容」を支える原動力でもあるのだろう。

クリスは夫人の、『猫』のマギーにも似た果敢な態度を非難するのではなく、むしろ、「ほとんどあなたが好きになるほどに尊敬」すらするのだが、しかし、なお、こう付け加える。

ゴーフォースさん、あなたは愚かですよ、最後には、いずれは、あなたにとって神ともなる誰かが、何物かが必要になることがわからなかったとしたら。たとえ、ボンベイの街並を行く牛であろうと、東洋の島々の石仏であろうとね――。(一一三)

クリスの福音が、夫人の代表する西洋的思考とは対極的な、「癒し」としてある自我放棄の思想である以上、対話のあとで夫人が「すっかり疲労困憊」し、「今日は、わたしの人生のなかで、最も恐ろしい日でした」と言うのも当然である。

「牛乳列車はもうここには止まらない」ことを宣言し(「牛乳」は、「豊かさ」とともに、「やさしさ」の象徴である)、ベルサイユの宮殿をかつて飾ったシャンデリア、ナポレオンの情婦ヴァレフスカ伯爵夫人が使っていたという、まるで「女王の棺台のような」ベッドなど、「歴史的価値のある」無数の宝物にかこまれて、クリスの握る手を恐れ、「指輪が食い込む」苦痛を覚えながら死んでいくゴーフォース夫人は、まさに、黒子の言う「金色のグリュプスには、いつも起床ラッパ、消灯ラッパは決して鳴らない」(一一九)西洋思考の根づよさを語るものであった。

これからクリスが取りかかるモービル「ブーン」は、根強い西洋思考に終末を期待する作者の願いの表明である。「翻訳」も「説明」も不可能な波の音「ブーン」をかたどるモービルは、夫人のみならず、作者自身の内なる西洋思考をも含めた、西洋の終末的ヴィジョンを孕むものなのだろう。そのヴィジョンは、「告別の晩餐式」とともに現出する「逆さになった夜空」を映す美しい夜の海の情景に見ることができるだろう。

> 海と空とが同じ色になって、溶け合う。赤みをおびた暗いぶどう酒色の海と空。まもなく、小さな釣り舟が夜釣りのランプを灯しながら現れて、海はまるで逆さになった夜空のように見えてくる。そして僕とあなた「ブラッキー」はテラスに出て、一種の告別式の晩餐をとるのです。（一〇六）

『どたばた悲劇』――「不具」と「夢」

『どたばた悲劇』は、『不具を負う者』と『お嬢さま《グネーディゲス・フロイライン》』からなるダブル・ビルで、一九六五年八月号の『エスクワイア』誌に発表され、六六年二月ニューヨークのロングエイカー劇場で上演された。上演回数わずか七回。『牛乳列車』の「実験性」をさらに一歩おし進めたものだったが、不評ぶりはウィリアムズ劇上演史上、おそらく最悪のものだった。

『ニューヨーク・ポスト』誌に劇評を寄せたリチャード・ワッツ二世[1]は、批評家の動向をこんなふうに要約する。

> 『牛乳列車』に続く『どたばた悲劇』で、ウィリアムズは再度の痛ましい敗北をこうむり、すでに劇界では通例の凋落過程にさらされつつある。われわれは劇作界の若き才能を熱心に迎えるが、彼らに不運が始まると、ことなげに捨てるのだ。初期のウィリアムズに賛辞を呈した批評家たちは、彼の全盛期は終ったのだと主張し、これまで見ていた数々の顕著な才能も、実は最初からなかったのだと主張している。

1　Richard Watts Jr., 'Tennessee Williams and His Women,' *New York Post*, March 6, 1966.

彼自身、『牛乳列車』以後のウィリアムズ劇に「冒険的な想像力」、「人生についての悲劇的感覚」、「現代の不適格者たちへの歪曲された同情」、「暗い詩的感情」などを認めながらも、作家に通例の「驚くほど急速に訪れる終焉」を彼に見、「すぐれた劇を書く能力を失っていることはあり得ることだ」と断じないわけにはいかない。

『どたばた悲劇』に作者の凋落、終焉を見ようとする意見は決して目新しいものではない。『ニューズウィーク』誌に寄せた別の評者[1]は、この最近作に「ひび割れし、寿命の尽きた声になっても、まだ、かつてのあの澄んだ高音が出せるものと、躍起になって証明しようと努力している年老いたソプラノ歌手」を見ているし、『ニューヨーク・ポスト』誌に寄せた別の評者[2]は、「『どたばた悲劇』の悲劇は、それが二流のアーサー・コピット版であり、ウィリアムズが初心者のレベルにまで低落したこと」だと決めつける。劇評から窺う限り、ウィリアムズの敗北は惨たんたるものであり、ほんの一部を例外として、批評家はことごとく攻撃者の側にまわり、あるいは、黙殺した[3]。一斉攻撃の原因は、ダブル・ビルの前者に見られる密度の不足、後者の比類ない暗さにも原因はあったが、その大半は、『牛乳列車』以後の急速な個性化と実験性を前にして、批評家たちが取り扱いに困惑したというのが実情であっただろう。

『牛乳列車』以前と以降を分かつ最大の特徴は、後者の作品群に見られる急速な内面化の進行である。それは、六〇年代に入って急速に不評の度を高めてきた作者の芸術家としての「死」の意識と深くかかわり合っていた。「死」の宣告を受けながら、なお自己の存在と意義を主張しようとする作者の強い衝動は、自己を「不具」者として戯画化しつつ、なお、その「不具」性の普遍的意味を問いかけるという「不具者思想」を形成する。そして、その主張は、非合理を非合理なままに信仰しようとする作者の「夢」の作業とも繋がっていった。

『どたばた悲劇』の移行的性格は、二つの作品のスタイルと内面化の度合にも現れている。作品の正確な製作年月はいま不明だが、恐らく上演の順序がそのまま、構想された順序であると考えていいだろう。後者のスタイルの著しい実験的飛躍、共通にもつ「鳥」のイメージの発展などがその理由だが、なによりも、内面化の度合の相違にそれが見られる。

『不具を負うもの』

『不具を負うもの』は、構成の点から見る限り、旧来のウィリアムズ劇をほぼ踏襲している。登場人物は、『ガラス』のローラ、『欲望』のブランチなどに近い女性トリンケットであり、他方「大きな乳房を過度に誇示する」肉体的な女性セレストである。背景も『欲望』と同じニュー・オーリンズ、時代は『ガラス』と同じ一九三〇年代である。

作者は、トリンケットの暗い彷程を描くことで、「不具」の概念を提示し、マリア出現という「奇蹟劇」の意匠によって、「夢」の作業の重要性を語っている。ここではまだ、「不具」の概念化は不十分だが、後半の『お嬢さま』では、二つの要素が物語構成のなかに緊密に組み込まれ、高度な抽象化が行われて、作者の言う「地球という危げな惑星に住む人間存在の悲喜劇を主題とした」「ファンタスティックなアレゴリー」[4]が形成される。

一幕七場で構成され、各場面には合唱団が登場して、劇全体の方向づけや、各場面の意図、雰囲気、またアイロニ

1　Anonymous, 'Crass Menagerie,' *Newsweek*, March 7, 1966.

2　Martin Gottfried, 'Slapstick Tragedy,' *New York Post*, Feb. 23, 1966.

3　手もとにある約二〇余の劇評のうち、好意的なものは、わずか数点にすぎない。酷評のものでは他に例えば、二作ともに「不可解」とする John McClain, 'The Out and the Abstract,' New York Journal-American, Feb. 23, 1966.『不具を負う者』の結末が「不可解」、『お嬢さま』が「途方もなく恐ろしくて悲劇としても忍耐の度を越える」とする John McCarten, 'The Theatre: Quick Exits,' *New Yorker*, March 5, 1966. 作家の個人的感情に支配されすぎて「技巧の抑制」を失い、二作とも失敗、『不具を負う者』の結末が不明とする Michael Smith, 'theatre journal,' *The Village Voice*, March 3, 1966. 同じく二作とも「不可解」とする Hobe, 'Slapstick Tragedy,' *Variety*, March 2, 1966. 作者は「成長もしていなければ変化もない」とする Stanley Kauffman, 'Theatre: Tennessee Williams Returns,' *N. Y. Times*, Feb. 23, 1966. などなど。

4　Williams, 'Preface' to *Slapstick Tragedy*, *Esquire* (August, 1965), p.95.

カルなコメントなどが付け加えられる。しかし、合唱団の存在は、単に、奇蹟劇やクリスマス・キャロルの雰囲気を作るためだけのものではない。劇終結部でのマリア登場という一見ファンタジーとも見えるこの劇の、最も客観的でリアルな解説部、隠れた作者の論理構造を担うのが、この部分である。

シルバー・ダラー・ホテルには、トリンケットがもう何年となく逗留している。父親の油田を受けつぎ、経済的にはなに不自由のない身だが、彼女にはひとつだけ、人に言えない秘密がある。乳房のひとつを切除していることである。この秘密のために、彼女はこの気楽な安ホテルにひっそりと逗留し続け、孤独な生活を送っている。劇は、トリンケットにかつて寄食していた老売笑婦セレストが、スリの科で拘留されていた監獄を出て、再び彼女に寄食するためホテルを訪れるところから始まっている。セレストは以前、この秘密を材料にトリンケットを侮辱し、二人はそれ以来不仲だった。

セレストを迎える社会はつめたい。彼女の弟は、不名誉な姉を身内に持つことを嫌い、一家の名前を使うことも、以後会うことも拒絶する。空腹に苦しむ彼女は、通りで水夫たちに声をかけるが見向きもされない。セレストを取り巻く現実の厳しさは、彼女の年齢ばかりが原因ではない。現実そのものがかつてなく苛酷な様相を呈しているのだ。通りを流す彼女の前に、かつての仲間ロージーが「鳥　女《バード・ガール》」に扮して現れる。体に鳥の羽を貼りつけられ、「世界最大の奇形女《フリーク》」と称されて、見世物として町のなかを引きまわされているのだ。セレストが言うように、「もし彼女が鳥だったら、世間の人たちも彼女の状況に興味を持つ」のだが、人間である彼女に、世間は冷たい。

窮地に立たされたセレストと「不具」に悩むトリンケット。「危機」を迎えた二人の出会いは、旧来のウィリアムズ劇には恰好のテーマである。二人の会話が明らかにするセレストとトリンケットとの関係は、『牛乳列車』のゴーフォース夫人と寄食者クリスとの関係（遠くは『青春』のアレクサンドラとチャンスとの関係）に酷似している。孤独な老嬢たちに死の、つまりは、生の福音をもたらすのを天職としていたクリスと同様、セレストもまた、不具に悩むトリンケットの「志気を高め」、「不具を忘れ」させるために、「毎日毎日をなん年となく費やしてきた」のだ。彼女の一種の聖者としての側面は、彼女の滑稽な「哲学者」もどきの言辞や、クリスの場合と同様な、彼女の「空腹」などにも見ることができるだろう。

　しかし、彼女の正確な名前「セレスト・ドラクロワ・グリフィン」が示すように、彼女はまたゴーフォース夫人でもある。彼女は、「不屈の精神」をもつ敗北を知らぬ闘士であり、「肉体」だけを頼りに生きる力強い生活者、現実主義者である。知性を欠いたゴーフォース夫人ともいうべき彼女の本領は、「あきらめる《ギブ・アップ》」ことをすすめるホテルのボーイ、バーニーに対する彼女の返答にも明らかである。「あきらめろですって？　わたしの人生を？　とんでもない。わたしにはまだ欲望があるのよ、欲望があるかぎり、満足は可能なのよ。食欲の場合はどうかって？――満足させるのは常に可能よ。渇望はって？　例えばお菓子やお酒や愛に対する渇望？　満足させるのはあいかわらず可能なことよ、バーニー。」（九四）

　彼女の「生」への渇望と「肉体思考」を支えるのは、彼女の言う「シャボン玉などではない」堅牢そのものの乳房をベースにした「ギブ・アンド・テイク」の思想なのだ。その信条は、他人を信じず、生活を守るためなら、他人の最も敏感な弱点をも利用することである。監獄を出たばかりの彼女が、寄食者としての生活を確保するためにまず考えつくのが、トリンケットの最大の弱点を「切り札」として使うことである。

　しかし、セレストにしろトリンケットにしろ、作者は人物造型にはあまり注意を向けない。トリンケットは、かつての老名女優アレクサンドラ・デル・ラゴやゴーフォース夫人と同じように、自己発見の契機をはらんだ人生の危機を迎えている。彼女もまた、豊かな経済力に支えられて、「絶望のひととき、ただ一緒にいてくれるだけ」のコンパニオンシップを求めるのだが、彼女が「彼らに献身的」であるのは、「彼らが［彼女に］忠実である限り」においてである。作者は、トリンケットの人物造型を、「売り」そして「買う」取引の原理以上の人間関係にまでは発展させない。セレストはトリンケットの秘密を利用する理由として、「人間はお互い同士信頼していないから」だと言い、「あなたが突然わたしに退屈し、うんざりするのが怖いから」だと言う。作者は、人間存在に深く根ざしたエゴの冷酷さに注目し、エゴのメカニズムで動く二人の関係を、さらに大きなエゴの世界、スリムに代表される現実像に繋げるという見取図を選んだのだ。この時期の作者は、人物造型よりは、トリンケットの「不具」に込められた作者自身の心の痛手、そして二人の和解と生き残りに、はるかに強い関心を向けたのだ。したがって、この作品の中心はあくまでも第二場以後、「不具」そのものに対決しようとするトリンケットの果敢な闘争とその失敗を描くこと、ついで終結部の、マリア出現による二人の和解と救出を描くことだ。

　トリンケットは、「あまりに大きな孤独は訂正することができるし、訂正されなくてはならない」と考える。だが、その「孤独」は、当初から「現実」とはあい入れない、「不自然」な、「病的」な個的世界として提示される。「不具」を公にする覚悟をした彼女は、「不具を語り得るほどに親切な」愛人を求めて、夜の酒場に出かけて行く。だが、その相手は、「まともな人間的感情」とは無縁な、現実の代理人スリムである。彼は彼女の「不具」を「人間的な問題」として捉えようとするどころか、招かれたトリンケットの部屋にたちまち「ある独特の、不自然な、病的なもの」を嗅ぎつける。彼女が出したコーヒーには「まず、おまえから飲む」ことを要求するスリムの世界は、〈人間らしさ〉とはおよそ無縁な世界なのだ。残された道は、セレストを受け入れ、和解することで、「孤独を訂正」する以外にはない。

　スリムを送り出した翌日、彼女はセレストを受け入れる決意をする。セレストの行為を「精神的知恵おくれ」の衝動的行為として許したのだ。楽しげな和解の雰囲気のなかで、トリンケットは昨夜の事件を自分に対するむちであったと考える（「今日、私は見つけたのわたしの――ベッドのなかでサソリを」サソリは、列王紀一、一二章一一節ではさそりむちの意）。争いは終わり、「生きているかぎり、二度と傷つけ合わない」ことを誓い合ううちに、ラジオからはクリスマスのミサが流れてくる。突然、入口を叩く音が聞こえ（酒に酔ったブルーノが、謝罪に来たのだろう）、戸をあけるが誰もいない。しかしセレストは、何者かが部屋に入って来たのだと言う。「誰かが入って来たのなら、見える」はずだと言うトリンケットに、セレストは「かならずしもそうとはかぎらない」と言い、修道院にいた頃、尼僧から聞いたという話をして聞かせる。あらゆる係累から切り離され、忘れられ、天涯孤独となったとき、はじめて目には見えないマリアのご降臨があるという話である。セレストは、その兆候が感じられると言い、手さぐりするようにして手を伸ばす。彼女は突然声をあげ、何かの存在に触れたかのように手を引く。それからトリンケットの手をとってマリアの裳裾に導き、二人はその裳裾に接吻する。トリンケットは胸の苦痛が消えたと言い、二人が「奇蹟」の到来を祝福し合ううちに幕。

さて、問題は、この作品が本当に「奇蹟」の到来を語るものであるのかということである。それには、あまりに単純な物語と奇妙な対照をなす、きわめて論理的なコーラス部を検討してみる必要があるだろう。コーラスは冒頭、「奇異《ストレンジ》なる者たち、狂える者たち、風変わりな《クィア》者たち」が、いま「休日」を迎え、「ほんのしばらくの間」憐れみがほどこされることを伝えている。

私は思う、不具者たちは／触れられるだろう、十中八九傷をいやす愛の手に／夜、悩める者たちは感ずるだろう／十中八九真実な心の慰めを。／奇蹟、奇蹟だ！／十中八九真実な心の慰めを。……そして彼らは見るだろう、聞くだろう／輝きを、遠い呼び声を。／奇蹟、奇蹟だ！／幻を、遠い呼び声を。（八一）

この作品が、「疎外者」、「不適格者」、「敗北者」など、肉体と精神に傷を負うマージナルな人間たちに対する作者の深い「共感」と「同情」を語るものであるのは疑いない。しかし、彼らに示される「愛の手」が「十中八九傷をいやす」愛の手であり、その「慰め」が「十中八九真実な」慰めであること、そして、合唱が繰り返す「奇蹟」という表現にも注目しなくてはならないだろう。「奇蹟」という表現は、この劇を「子供たちが演ずる魔法ゲーム」だと歌う第四場のコーラスとも呼応していく。コーラスは冒頭からきわめて合理的な保留を付け加えながら、この劇がいわゆる「奇蹟劇」とは異なることを強調するのだ。むしろ、慎重な合理の防備を積み上げながら、奇蹟が、合理を超えて信仰する〈夢の作業〉に属することを強調している。

トリンケットの愛の探求が、現実においては不可能な夢の作業に属することは、第二場のコーラスがすでに明らかにしていた。「敗北者たち」の愛の楽園は、「名も知らぬ」敗者たちが寄り添う冬の公園なのだ。しかも、愛し合う者たちは、「新雪の上を、足跡を残さず歩く」夢の方法を知らなくてはならない。「新雪」の上を歩いて「新雪」のままを保つ夢の楽園は、第四場のコーラスでは「昼よりも明るい」夜を生きる「夢想者」たちのイメージとなり、「永遠に夢見る」子供たちの「魔法ゲーム」へとつながっていく。それが「魔法ゲーム」である所以は、その楽園が合理を越えた夢の遊戯であるからだろう。

トリンケットの救済は、クリスの「受容」思想と酷似している。マリア出現は、酒に酔った一水夫の偶然の行為が、セレストの「知恵おくれ」の精神のなかでそれと信じられただけのことである。この最終場面には、かつてのゴーフォース夫人の合理的精神と、合理を越えて信じようとするクリスの非合理信仰とが再現される。マリアの出現をまず信じるのは、「精神的知恵おくれ」のセレストであり、トリンケットがマリアを見るには、セレストの「子供じみた」精神が必要なのだ。

マリア出現と呼応するようにコーラスに出現するのが、かつての「死の使者」クリスの変貌とも見える「黒衣のジャック」である。一種の神として想定された彼が、死者の蘇りを伝えるコーラスとともに訴える福音も、「肉体との訣別」という福音である。これがいかなる意味をもつものかは、第六場のコーラスで彼が歌う非合理への信仰と呼応させるときに理解される。人々はやがて「友人に会い、友人たちに告げるだろう／支障はない、すべて順調だと。彼らはそれを幾度となく繰り返えし／ついには自分自身にも言い聞かせ、／そして、それが真実だと、ほとんど思い込む」のだ。

自分自身に幾度となく言い聞かせ、「それが真実だと、ほとんど思い込む」幻影の操作、これこそが「肉体との訣別」の意味するものにほかならない。「肉体」とは、ゴーフォース夫人が体現していた「肉体」——合理的・現実主義的な西洋思考を包み込む保身的な「理性」という肉体なのだ。

「黒衣のジャック」の最終的イメージが、「カードを不正にそろえ、サイコロに詰め物をし、ルーレットに細工をする」イカサマ徒博師として表現されていることからも明らかなように、奇蹟とイカサマとが並存するこの世界に「奇蹟」は存在し得ないのだ。むしろ、救済の不可能な現実にあって唯一救済となるのは、「肉体思考」の放棄——セレストの言う非合理に向けて「心の戸を開く」ことである。『牛乳列車』の思想を受けつぎながら、作者の新しい視点、作者自身の「個的な」宿命観としてある「不具」意識を改めて概念化すること、それがこの作品の意図である。

作者は、セレストを通して、「不具」の概念を次のように説明している。

わたしは言ってやるのよ、わたしたちには誰にだって不具があるんだって。生まれつきのひともあるし、生まれるずっと前からのひともあるし、年をとってからのひともある、それに、ものによっては永久についてまわるものだってあるんだって。（八七）

「生まれつき」ばかりでなく、「生まれるずっと前から」もあるこの「不具」の概念こそ、芸術家の苦悩を描く『二人だけの劇』以後の中心的なテーマである。

『猫』以後、『この夏』、『イグアナ』、『牛乳列車』と、ウィリアムズはエゴの克服を一貫したテーマとしてきた。インド思想への共感を示した『この夏』のセバスチャン以来、それは徐々に東洋的な受容思想へ到る過程でもあった。しかし、自己放棄を主張する東洋的思考の枠組は、救世主クリスという人物造型をひとつの頂点として、それ以後は発展のしようもない類型化をまねく恐れがあった。そればかりか、東洋的思考の援用は、作者のエゴ抹消衝動を外側から支える外発的な意匠としての趣が濃厚であり、救世主クリスというかたちで抽象化された東洋思考は、すでにウィリアムズ本来のエレメントではなかったように思われる。ゴーフォース夫人の西洋思考の明晰さに対して、クリスの「受容」思想が不可解な「暗示性」に依存しなければならなかった理由、さらに彼の「受容」思想の底流に、遥かにリアルな自己破壊的衝動が息づかざるを得なかった理由もここにあったと見るべきだろう。むしろ、ウィリアムズがこれほど執拗にエゴを見詰め、その克服に執着してきた事実そのものが、すでにウィリアムズ自身のエゴセントリックな西洋思考者としての側面を明らかにしていたとも言えなくはない。『回想録』がこの点を明らかにしてくれる。自己放棄を語る「東洋的」思考法には惹かれながらも、彼は結局、「阿片パイプを片手にでもしていないかぎり、それを徹底して追求するにはあまりにも西洋的な人間[1]」だったのだ。彼はまた三島由紀夫の死についてもふれる。「私は、三島由紀夫ほどの天才的な人間、芸術家が死後の生まれ変わりを信じていたということを読んだ」。しかし彼には、「死後の世界に永遠の忘却以外のものがあるとは信じられない[2]」のだ。むしろ、限りなき生への執着者ウィリアムズは、「人間は寿命のあるかぎり、ささやかではあれ、己れ自身に負わされた恐怖と怒り、疑いと虚栄、そして精神的肉体的な欲望とともに生きおおさねばならない[3]」と考える。

「一種の気ばらし[4]」として書かれた『どたばた悲劇』は、『牛乳列車』で行きづまった作者が自己本来のエレメントに立ちかえり、再び西洋思考者として、つまり、「現実内志向者」として、自意識の現代的状況という優れて西洋的なテーマを展開していくための重要な予備的作業であったのだ。その際、自己直視と自己超克を迫る作者の「不具」

思想は、きわめて有効な現代的テーマであった。

『お嬢さま《グネーディゲス・フロイライン》』

『お嬢さま』は、密度においても、世界観の個性化の度合においても、『不具を負うもの』に遥かに勝り、作者が新しい演劇の出発点としたのも肯ける。「地球という危うげな惑星に住む人間存在の悲喜劇を主題にした二つのファンタスティックなアレゴリー」という規定は、この作品にこそふさわしく、前作で提示されたさまざまな要素がすべてアレゴリカルな世界のなかに集約される。前作では残酷な現実像を暗示するための一要素にすぎなかった「鳥女《バード・ガール》」が、ここでは「コカルーニー鳥」に変貌し、この作品世界の基本的なトーンを作り出す。

この巨鳥を単に現実の破壊的暴力と解してはなるまい[5]。この世界の探訪記者として登場するポリーは、劇の冒頭、この巨鳥を、「かつては存在していた独立、自給の精神」を失った「寄生的生物」と説明する。しかし、これにはもう少し説明が必要のようだ。Cocaloony（Cock of Loony の意か?）の loony は「狂人」を意味する言葉だが、「コカルーニー」は、狂気の様相すら呈するこの世界で「独立・自給」の人間的尊厳をことごとく剥奪された、「狂人鳥」人間のことでもあるのだろう。

1　Williams, *Memoires*, p.249.
2　前掲書二四八頁。
3　前掲書二四二頁。
4　Williams, 'Preface' to *Slapstick Tragedy*, *Esquire* (August, 1965), p.95.
5　Barry Callaghan, 'Tennessee Williams and the Cocaloony Birds,' *Tamarack Review*, Spring, 1966, No, 39, pp.52-8. この時期ではもっともすぐれた論文であるが、コカルーニー鳥を現実の破壊力 "all the mutilating forces in society that force the innocent and the derelict into admission of their failure" としている。

前作の安ホテルはモリーの経営する「巨大な宿舎《ビッグ・ドーミトリー》」に変貌し、高度な抽象化がほどこされて、ほぼ「現実」のメタファーとなる。だが、単なる現実像ではない。狂気寸前の世界において、「正気」の持続がなお許される最後の砦としての〈家＝現実〉である。

モリーの宿舎には、したがって、〈安息所〉としての側面と、過酷な〈生の条件〉としての側面との、二面が付与される。個室の仕切り壁をすべてぶち抜き、たった一つの大部屋にしたこの「巨大な宿舎」には、常に「空室あり」の貼り紙が出されている。そればかりか、週末には「SRO」の貼り紙まで出る。SROとは、Standing Room Only、「立ち寝あり」というわけである。しかし、これですら、ここに集まる「永遠の短期滞在者」たちには、東方の三博士を導いた「ベツレヘムの星」ほどの慰めと映るのだ。

ここには冷酷無比な生存の原理が敷かれている。住人たちは、その能力に応じて、「ポーチに出る権利」、「バスルームを使用する権利」、「台所を使用する権利」が与えられ、あるいは剥奪される。ユナイテッド・ステイツならぬディスユナイテッド・ミステイクス（Disunited Mistakes）の、それも最南端部コカルーニー・キー（ウィリアムズ自身が家をもつキー・ウエストである）に位置するモリーの宿舎、しかも、「質」よりは「量」の徹底して冷酷な経営方針を貫くこの宿舎に、『牛乳列車』のディヴィナ・コスティエラに似た現代文明のメタファーを見ることは容易だろう。

前作が提示した「不具」の概念は、この過酷な条件を強いられても、なお「現実」内に留まろうとする主人公のグロテスクな「生」の形態そのものに具現される。それは、現代人一般の生であると同時に、恐怖と自嘲をもって作者自身が眺めていたこの時期の己自身の姿である。『牛乳列車』の失敗と一四年来の友人（愛人）フランキーの死は、作者を絶望状態に陥れていた。六〇年代初頭における作者の内部崩壊は、すでにあげた『回想録』が伝えているが、『どたばた悲劇』上演に先立つ六五年のインタヴュー(1)でも、「近頃ますます頻繁になってきた」「沈滞期」にふれ、「最悪の鬱状態にあったとき――友人の死の後では――自殺を考えたことも幾度かあった」と認めている。しかし、この同じインタヴューでも認めているように、「仕事を一番愛し」、「仕事こそ生活の最良の部分」と考える生への限りなき執着者ウィリアムズは、「陰謀」[2]とも思えた批評家たちの激しい攻撃と無視のなかで、なお、芸術家としての自己の終焉を認めることを潔しとはしなかった。「芸術家は二度死ぬ」[3]と言う彼は、「肉体の死」のみならず、「肉体の死」とともに亡びる創作力の死」を極度に恐れていた。『二人だけの劇』以後に繋がるこの作品の最大の特徴は、「死」と直面した芸術家ウィリアムズの心的風景が、そのまま劇となっていることだ。

途方もなく非現実的な状況のなかで展開される途方もなく非人間的な物語、それをグロテスクな笑いとともに描き出すこの作品は、「状況」と「沈黙」という「刺激的に暗示的」なスタイルに依存した「ブラック・コメディ」と呼

1　John Gruen, 'The Inward Journey of Tennessee Williams,' *New York Herald Tribune*, May 2, 1965.

2　Williams, *Memoirs*, p.173. 彼は五〇年代末から六〇年代初頭にかけての批評家の激しい攻撃を、「わたしの背丈にふさわしいと彼らが考える大きさに、わたしを切り詰めようとする陰謀だった」と考える。

3　前掲書二四一―二頁。

4　この時期のウィリアムズ劇の極度に個性化されたシンボル構成の理解がいかに困難なものであったかは、『どたばた悲劇』に対する批評家たちの激しい攻撃のなかで、例外的に好意的な批評を寄せた二人の批評家の分析を見てもわかるだろう。そのひとり、Harold Clurman ('Theatre,' *The Nation*, March 14, 1966, p.309) は、この作品のシンボリズムを次の図式で説明している。「コカルーニー鳥は批評家を象徴する。観衆は宿舎の永遠の短期滞在者となる。報道部門のある面は、難攻不落の自己満足と悪意の両方をもつ向こう見ずな社会部記者ポリーのなかに現れる。宿舎を経営する道化的婦人は、劇場経営者、プロデューサー、編集者、出版社などを象徴するのかもしれない。………[インディアン・ジョーは]ウィリアムズのディレクターのひとりを象徴しているつもりなのか?」この解釈がほとんど意味をなさないのは明白だろう。この時期で最もすぐれた批評を下しているのは、前掲 *Tamarack Review* 誌に寄せた Barry Callaghan ('Tennessee Williams and the Cocaloony Birds') である。彼は『どたばた悲劇』を『イグアナの夜』に直接つながる忍耐の美徳を描いた作品とし、お嬢さまをハナの「忍耐の美徳」を継承した人物、「不具を忘れて、成就と威厳の意識に満ちた」人物としている。しかし、彼は、コカルーニー鳥を、「不具」を強いる単に破壊的な「人生の恐怖」を象徴するものとしたこと、および「不具」の理解そのものにおいて不十分だったようだ。

ぶにふさわしい作品である。しかし、このスタイルが作品の残酷な印象とあいまって、前作以上に激しい批評家の攻撃と「不可解」の評を招いてしまったようだ。それも故なしとはしない。この作品もまた、この時期のウィリアムズ劇に顕著な、極度に個性化されたシンボル構成がとられているからだ(4)。

物語は、地方新聞『コカルーニー・ギャゼット』の社会部記者ポリーが、「巨大な宿舎」に記事探しに出かけるところから始まっている。宿舎に着くまでにもポリーの頭上には、異常繁殖した巨鳥たちが幾度か飛来しては、彼女を悩ます。

モリーの宿舎には、かつてショー・ビジネスの世界で有名をはせた「お嬢さま」(グネーディゲス・フロイラインは、Gracious Lady の意で、ドイツ語口語では「聖母マリア」を意味すると言われる)が逗留している。ポリーはここで、想像を絶するフロイラインの人生を見聞するのだ。

彼女は一日に三匹の魚をモリーのもとにとどけることで、この宿舎に食事なしで宿泊する権利ができ、さらにもう一匹とどけることで食事にありつける。毎日波止場に行っては、漁船から落ちる魚を巨大なコカルーニー鳥たちと奪い合っては生計を立てているのだ。しかも、その漁獲法たるやおよそ人間業とは言えない。船から投げ出された魚を口で受け止め、捕獲するのだ。

この業は、ショー・ガール時代に開発した彼女の特殊技能だった。彼女は、フランツ・ジョセフ皇帝時代、王室を前にしてアザラシ芸を見せる有名な曲芸団の一員だった。役目は、美貌の調教師の助手として働く道具係だったが、いつからかその役目に満足できなくなる。この「優雅」なウィーン貴族を深く愛してしまったのだ。だが、彼が与えてくれるものは、「不誠実な会釈」と「不誠実な微笑」だけ。この不幸な状況に変更を加え、調教師の関心を引くためにも、彼女は新機軸をあみ出した。調教師がアザラシに投げ与える魚を、彼女はすかさず横から飛び出し、口で受け止めたのだ。「この新機軸はローヤル・ヘイマーケットで拍手喝采を博し」、彼女はたちまち曲芸団のプリマドンナに変貌する。しかし、輝かしい時代は長くは続かなかった。アザラシが突然反撃に出て、「彼女の繊細なあご骨」に激しい一撃を加えたのだ。真珠のような彼女の歯はポップコーンのようにはじけ飛び、曲芸団はそのまま解散、彼女は放浪に放浪を重ねた末、最後の安息場であるモリーの宿舎にようやく辿り着いたのだった。

　フロイラインの過去から鮮やかに浮び出る事実は、彼女が、〈現実内志向者〉としてみごとに変貌をとげた、前作クリスの再現であったということだ。社会から「死の使者」のレッテルを貼られ、「現実感」を喪失していたクリス同様、彼女もまた、痛ましい事件以後、「現実感を喪失し」、帰属すべき世界もないまま、「ひたすら漂流に漂流を重ねて」きた。しかし、宿舎に漂着した彼女は、すさまじいまでの「生存闘争者」に変貌している。後に述べる自然観の相違とも関連することだが、クリスにはまだ「西洋思考者」に立ち向かう「東洋思考者」というポジティヴな存在《レーゾン》理由《デートル》が許されていた。だが、無数のコカルーニー鳥が群がるこの世界には、狂気と化した「生存競争」があるだけである。フロイラインをはじめ、モリー、ポリーを含めたすべての人間が（モリー、ポリーがコカルーニー鳥と同じペリカン色を指定されていることに注意されたい）「生存闘争者」と化しているこの世界では、「生き残る」か、「淘汰」されるかのどちらかしかない。この世界で主張し得る価値があるとすれば、それは、「不具」者を生き抜き、「現実」に、「正気」の世界に、踏みとどまるぎりぎりの努力をする以外にはない。それが生の証であり、フロイラインの物語が「非人間的」であると同時に、「人間的」でもある理由なのだ。

　しかし、モリーの宿舎に——「現実」に、「正気」の世界に——とどまるのは容易ではない。同じ手段で生計を立てているコカルーニー鳥たちが、激しい敵意を示し始めているからだ。事実、はじめて紹介される彼女は、すでに片目を失っている。そればかりか、耳は遠くなり、意識も明瞭ではない。巨鳥たちとの戦いに成果の上がらない彼女は、すでに宿舎内の「ポーチに出る権利」も、「中庭に出る権利」も剥奪され、残るのは「洗面所」と「台所」に出入りする保留つきの権利だけである。「みごとな闘いを挑む勇気をもつか」、あるいは「巨大な宿舎から追放されることに妥協する」かの二者択一を、彼女はいま迫まられている。宿舎からの「追放」は、とりもなおさず、「現実」からの、「正気」からの追放にほかならない。

しかし、彼女は「現実内志向者」の精神を放棄しない。片目を失い、巨鳥たちの敵意を浴び、正気を逸脱しかけながらも、漁船の入港を知らせる汽笛を聞きつけるや、波止場へむかって駆け出していく。モリーが思わず言うように、彼女こそ、「巨大な宿舎の精神」であり、「賞賛」に価する人物なのだ。しかし、波止場の方からは、人間のものとは思えない彼女の凄惨な叫び声が聞えてくる。結果は見るも無残である。コカルーニー鳥には獲物を奪われ、残る目もつぶされた彼女は、かろうじて「生者の国にいる」にすぎない。傷つき、文字通り血みどろになりながら、なお、宿舎に留まろうとする彼女の姿には、『不具を負うもの』では達成し得ない、透徹した苦悩のヴィジョンが提示される。コカルーニー鳥が消え去った後、澄み切った声で歌いながらフロントポーチに現れる彼女の姿は、「苦悶を強いられた聖者」(二四五)の姿に変貌している。

「本能」の力に導かれるように(「精神機能が衰えると本能がそれに代わる」のだとモリーは言う)、彼女は危なげな足どりで、しかし着実にポーチの踏段を降り、最下段に腰をおろすと、本を取り出す。それは、曲芸団の花形役者であった頃の新聞記事を切り抜いたスクラップ・ブックである。「かん高い歌うような声で、ミサを唱える牧師のように」、彼女は、かつての華やかな黄金時代を伝える記事を記憶のままにそらんじる。しかし、突然記憶が途絶え、彼女は、いつもの習慣から鼻眼鏡を取り出し、その記事を読もうとする。「ハムレット以来、舞台に登場した最もあわれな独白」(二四七)とポリーが言う長い悲痛な嘆息をくりかえした後、ついに鼻眼鏡を放り出し、残された唯一の自己証明でもあるかのように、アルバムそのものをさし出そうとする。

芸術家としての過去の栄光を物語るアルバム、それを取り出しては過去の再現をはかるフロイライン。しかし、それさえとぎれとぎれの記憶のなかにしかなく、それを確かめる視力もない。自己証明のアルバムさえ、モリーに代表される世間はもはや受け取ろうとはしない。ウィリアムズ自身の悲痛な自画像である。アルバムを投げ出し、三度、波止場に向かうフロイラインの後ろ姿には、芸術家ウィリアムズの終焉を覗き見る批評家たちのウィリアムズ像までが、暗い笑いをこめて提示される。社会部記者ポリーは、フロイラインの死亡にそなえて、「死体公示所《モルグ》」（＝新聞社の「資料室」のこと）の必要をさえ口にするのだ。しかし、フロイラインは、みごとコカルーニー鳥たちに勝ち抜き、その日の最初の獲物を捕獲して帰ってくる。頭髪を犠牲にしての獲物である。

しかし驚くことに、この獲物は彼女自身のためのものではなかった。宿舎の住人インディアン・ジョーに差し出すためのものだったのだ。意識の明晰さを欠いている彼女は、ジョーを、かつて自分が愛した調教師トイヴォと思い込んでいるのだ。料理した魚をフライパンに乗せてポーチに持ち出してくる彼女。途中でポリーがそれを失敬したのも知らず、空のフライパンを恭しくジョーに渡して、彼女は言う。「どうして捕えられたのか、不思議なくらい。波止場はとても暗かったんですもの。神様が投げ与えてくださったみたい。ちょうどうまく口に入って来たの。受け取るってことは、与えることよりすばらしいことだわ、与えるために受け取るのなら」。（二六一―二）

ハナ、クリスの東洋思考の中心概念は、「受け取る」ことではなく、「与える」ことであったが、フロイラインはいま、「受け取る」ことの大切さ――積極的に獲得し、生き残ることの大切さをその熾烈な生き方のうちに体現している。しかし、この姿勢は、ゴーフォース夫人のものと同じではない。「与えるために受け取る」限りにおいて、受け取ることに意味があるのだ。（この意味でも、フロイラインの西洋的思考の背後には、なお東洋思考が息づいているのを見逃せない。）

劇の終結部では、フロイラインの果敢な生存の試みと、冷酷なまでの現実の無関心とが対照的に描き出される。明りのついた宿舎内では、ポリーとモリーがジョーを挟んで、フロイラインの料理を肴に楽しげな酒宴が始まる。外では、愛するトイヴォを喜ばせようと、フロイラインがあわれな声で歌っている。まもなく、波止場から入港を知らせる四度目の汽笛が聞えてくる。部屋は暗転。彼女は「競走選手の用意の姿勢」をとると、波止場に向けて「闇雲な突進」を開始する。

ところで、フロイラインの凄惨な闘争を支える原動力を理解するには、この作品のもう一つの重要な側面、愛のテーマにふれなくてはならない。この作品には、フロイラインをはじめ、現実の代表者モリー、ポリーをも深く支配する奇妙な二人の男性、インディアン・ジョーと「ウィーンの好男子」こと調教師のトイヴォが登場している。フロイラインが高価な代価を払って戦いに挑んできたのも、トイヴォ（彼女にとって、インディアン・ジョーはトイヴォである）のためだった。

だが、当の調教師は、彼女が彼を「崇拝していた」が故に、彼女に「我慢ならなかった」。「人間の心の限界《イモーショナル・リミテイション》」はいかんともし難く、ひとはこの変更不可能な心の法則を「受け入れるか」、「この世からおさらばするしかない」のである。こうして、受容思想が再び登場してくるのだが、同じ「受容」思想でありながら、両者の間には大きな隔りがある。クリスが説く「受容」は、あくまでも西洋思考者としての合理主義的自我主義を放棄すること、そして、それを通して、人生の「不可解」と和解し、「死」と和解し、あるがままの「自然」と和解することだった。そこにはまだ、受け入れるべき、和解すべき「救出者」としての「自然」（再生のための破壊的側面までを含めて）が作者の意識のうちに確固として存在していた。しかし、ここにはすでにそれがない。ここで「受容」すべきものは、『二人だけの劇』や『叫び』で展開される、「変更不可能な」、「宿命」としての「自然」なのである。

この「宿命」を乗り越えてフロイラインになお生存への意欲をかきたてているもの、それは、『不具を負うもの』が提示していた「それを真実だと、ほとんど思い込む」幻影への信頼、「夢」の作業だった。フロイラインはジョーを美貌の調教師トイヴォと信じこむ。そのトイヴォは、彼女の「記憶」のなかで見事に美しく「変貌」をとげた彼女の夢——「私の恋人《マイン・リーブヒェン》」なのである。ハリウッド映画の「インディアン」の服装をして登場し、作者によって「エロティック・ファンタジー」と規定されているジョーの意味も、彼が彼女による二重の幻影化作用によって、夢の調教師トイヴォと同一視されている事実に気づくときに明らかとなる。モリーは、「ウィーンの好男子」を説明するのに、彼を「インディアン・ジョーのような」人物として想像することをすすめている。しかも、「人間は誰でも、人生のどこかで、あるとき彼を知ってきた」のである。インディアン・ジョーは、明らかにフロイラインをはじめ、現実の代理人モリー、ポリーをも含めたすべての人間の無意識を支配し、その生を支える夢――オニールの『氷人来たる』やオールビーの『アメリカの夢』が語っている「途方もない夢《パイプ・ドリーム》」なのである。

だが、彼らの「夢」の作業については、付け加えておくことがある。それは、投影を引き起こす夢の媒体自体は、いずれも残酷な専制者以外の何者でもないということである。フロイラインの夢の根源にある「ウィーンの好男子」はいうまでもなく、モリー、ポリーが「強烈な性格」と呼び、「圧倒的な」性格というジョーの場合も、動物的な愚鈍さと残酷さに満ちた専制者以外のものではない。彼が安手のハリウッド流インディアンの意匠をほどこされて登場することと自体に、外見と実体とのグロテスクな対照は明らかである。しかし、作中、彼がコカルーニー鳥と「互角」のにらみ合いをすることによって象徴されているように、現実という「不可抗力」と対決するには、心を支える幻影の存在もまた必要なのだ。もちろん、幻影化には、夢見者を閉塞させる危険も伴う。この「夢」の破壊性を見るのは、『二人だけの劇』以後に残された問題なのである。『どたばた悲劇』の位置は、まずもって、「不具」の思想を掘り起こし、それを支える「夢」の作業を掘り起こすことにあった。

『二人だけの劇』――「不具」思想の聖化

『二人だけの劇』は、一九六七年十二月十二日、ロンドンの「ハムステッド・シアター・クラブ」で正式な初演を迎えた。実際の公演はこれより二週間前に始まるが、劇評家への公開は二週間後のこの日からである。『どたばた悲劇』の失敗から一年半後のことである。

しかし、ロンドン公演は、「不可解」なウィリアムズ、「狂気」のウィリアムズ像を一層鮮やかにしただけのようだ。この公演に寄せた劇評は、ほぼ例外なくこの作品の「不可解さ」と「混乱」にふれ、理解の放棄を語っている。(1) もちろん、新しい側面に注目している批評もいくつかある。例えば、『タイム』に寄せた一批評家(2)は、「二人の登場人物が現実《リアリティ》の両極を絶え間なく往き来する」「ピランデルロ的な曖昧さ」を認め、また、『ニュー・ステイツマン』に長文の劇評を寄せたフィリップ・フレンチ(3)は、「ベケットとサルトルのタッチをもち、イングマール・ベルイマンの『ペルソナ』と高度に類似したピランデルロ的アレゴリー」を指摘する。ある批評家(4)の「入念なジグソー・パズルのピースのように舞台上に散乱している謎を合理的に解釈するには、精神分析医が、望むらくはウィリアムズかかりつけの精神分析医が必要であろう」とする意見は、戸惑う批評家たち大半の正直な感想を代弁していたのかもしれない。しかし、『牛乳列車』や『どたばた悲劇』に周到な論理と計算があったように、『二人だけの劇』にもそれがあると考えるのが自然だろう。

事実、これほど作者が執着してきた作品もめずらしい。一九六七年公演台本とほぼ同じものと考えられる六九年版『二人だけの劇』(三五〇部限定版)以来、ウィリアムズは、『叫び』(一九七三年出版)、第二次『二人だけの劇』(一九七六年刊の選集に収録)と少なくとも三種の異本を発表している。ひとつの作品にこれほど執着するのは『天使の戦い』(一九四〇)以来のことである。その理由は、この作品がこの時期のウィリアムズにとっての最も切実な関心事——「不具」思想と、密接にかかわっていたからに違いない。停滞し崩壊していく己自身を「不具者」と見立て、その事実をあるがままに見詰め、主張し、形象化することは、自己救済と起死回生に繋がる道だが、それだけではかった。ここには、芸術家としての「死」に直面していたこの時期のウィリアムズ自身の、死への暗い願望が隠されていた。死をめぐつて逡巡していた作者自身の痛ましい精神史上の記念碑的作品、それ故に作者に深い執着を惹き起こしたのがこの作品であったに違いない。

ウィリアムズは『エスクワイア』誌一九六六年三月号に、一幕劇『明日を想像することは出来ない』（のち、一九七〇年刊の一幕劇集『竜の国《ドラゴン・カントリー》』に収録）を発表した。内容とスタイルの両面において、これは六九年版『二人だけの劇』の先行作品というべき位置にあり、二作は、同じ一幕劇集に収録されている『東京のホテルの酒場で』とともに、「不具」思想の芸術化という未踏の演劇世界開拓におもむいた一芸術家の痛ましい精神の遍歴を見せてくれる芸術家劇三部作である。

『明日を想像することはできない』の登場人物も二人、One と Two だけである。Two は中学校の男教師、One はかつての恋人である。Two はその晩も One の家を訪れてくる。彼の唯一の楽しみは、「死にかけた老婆たち」であふれるホテル（「死体公示所」と One は呼ぶ）を抜け出しては、One の家に毎晩出かけてくることである。この家もまた、唯一の安息所として残されている「家」である。One は、現実を荒涼とした「苦痛の国」として、こんなふうに描写している。

1　例えば、「『二人だけの劇』が皆目理解できず、劇が終るずっと以前に理解する努力を止めた」W. A. Darlington（'Floods of Talk Mixed Up Fact and Fiction,' *Daily Telegraph*, Dec. 12, 1967）、「不幸にして、この劇は技巧だけで内容がないように思えた」Peter Lewis（'Players In Search of an Ending,' *Daily Mail*, Dec. 12, 1967）。この作品に、かつての作品のような「象徴」を理解する手立てがないと嘆く声 Rosemary 筆名の劇評家（'A World of His Own,' *Sunday Telegraph*, Dec. 21, 1967）などなど。

2　'A streetcar Named Despair,' *Time*, Dec. 22, 1967. また'David Wade（'Tennessee Williams' New Voice,' *Times*, Dec. 12, 1967）は、ウィリアムズの「脱線」と「過剰」を難じながらも、彼が「いかなるものも頼るに足るほど確実なものはなく、一つのベールを通り抜けるとすぐ向こうにもう一つのベールがあるという考え」をみごとに維持することに成功していると述べる。

3　Philip French, 'The Tennessee Vaults,' *New Statesman*, Dec. 22, 1967.

4　Herbert Kretzmer, 'An Obscure Play Lit Up By Its Acting,' *Daily Express*, Dec.12, 1967.

苦痛の国、竜《ドラゴン》の国《カントリー》、ここは、人が住んではいるけど、住めない国。この広い、不毛の国を横切る人たちは、それぞれが自分だけの孤独な道を歩んでいる。………丘を登り、山を登り、その登り道はとても険しい。そして行きつく所は、草木とてないむきだしの山頂。――わたしは、いや、もう選ぶすべもないそんな国へ渡るのは。連山のふもとにとどまっていたい、もうこれ以上進むのは、いや。（一三八）

彼女の「家」がシンボリックな色合いを帯びるのは、「登り道」も険しい「竜の国」と重ねて見るときである。「もう選ぶすべもない」「むきだしの山頂」とは、「死」以外にない絶望の国のことだが、「死」は同時に、一切の苦痛からの解放を意味する甘美な誘惑でもある。彼女が、「連山のふもとにとどまっていたい」と考えるのは、旅の果てに避けようもなく待ち構えるこの「死」をいましばらく保留したいからである。彼女は昨夜以来、「二階には登っていない」。「アルプスの山頂を登るにも似た」二階への旅を、彼女はしばし保留するのだ。

この作品が、「死」をめぐるウィリアムズ自身の〈イド〉と〈自我〉との内的ドラマとして見るべき事実は、死をめぐるOneとTwoの態度の相違にも明らかだろう。すべてが〈不確実な〉現実にあって、Oneはむしろ、死を唯一の〈確かさ〉として見据え、「最後の友人」をも後にして「ひとりで進む」ことを決意している。それに対して、Twoは、一方では死を願い、他方では生に執着するアンビヴァレントな態度をとどめたウィリアムズ自身の半ば前進的な〈自我〉意識なのだ。

Oneは、二〇年早く「死の家」を訪れた「小さな男」の話を紹介している。「出生証明」を見た「死の家」の門衛は、男に「二〇年」来るのが早過ぎると言う。男は「門の前で二〇年間待つ」のだと言って、泣き喚く。騒ぎを聞きつけた「死神」は門衛から事情を開き、こう答える。「なるほど、わかった。しかし、ある種の場合、特に、彼らが門の前で大声で泣き叫ぶような場合には、早く入れてやることも出来るのだ」と。Oneはこの話を語ったあとで、

「これはあなたが作った話」だとTwoに言う。「あなたは、もう長いことこの話を作っていた」のだと。Twoは、自己の死を常に素材としてきた六〇年代のウィリアムズ自身なのだ。

しかし同じ自殺志願者でありながら、Twoは、死を見据えた〈イド〉Oneとは異なる。「生きている限り、常に、何かすべきことがある」と考える彼は、生への強い執着者でもあるのだ。かつての恋人Oneは、彼の「命」(my life: all of it)であり、その彼女の生をとどめるためなら、「クリニック」にも、「学校」にも行くつもりである。

二人は〈オートマチズム〉のゲームのなかで、一種の〈存在論〉を展開する。「心に浮んだこと」を「考えず」記述してみるようにすすめられたTwoは、現在の最大の関心事をOneへの〈愛情〉と〈変化への恐怖〉と表現する。同じ手法で、彼女も〈存在論〉(あるいは〈時間論〉)を展開する。「時間と呼ばれるもの」がなければ、「事物の不変をあてにする」こともできる。しかし、この世に時間があるかぎり、「変化」は不可避なのだ。(一四一)

だが、Twoはあくまでも安全の幻影にすがろうとする。「たとえその錯覚が――あてにならないものであっても、保護されていると――感ずることの方が――いい」のだと。死を見据えるOneは、逆に、「時間」が存在する限り不可避な「変化」に、むしろ「直面」すべきだと主張する。この「変化」への勧めには、死を見据えた〈イド〉の、〈生〉か〈死〉かの二者択一を迫まる冷厳な響きがある。「[彼に]前もって心の準備ができていれば」ずっと「受け入れ易くなる」変化とは、彼女自身の〈死〉なのである。

作品の結末部には、作者の〈個的な〉夢への傾斜と暗い死への共感が色濃く漂う。Oneの〈家〉は、Twoが(そしてウィリアムズが)〈生者〉として生き残ろうとする限り守り抜かなくてはならない、夢の世界――犯すべからざる〈聖域〉なのだ。Twoはこの家を訪れるたびに、家への「賛辞」を忘れない。しかし、この聖域は、常にOneの不在を予定している。二人は、明日になったら、「あの恐ろしい死体公示所」に荷物を取りに行こうと相談する。それ以後のことは「想像することもできない」のだ。作品は、Oneが、「アルプスの山頂を登るにも似た」けわしい階段をひとり登ろうとするところで終る。だが、それは「いましばらくしてから」のことであり、その死は保留つきである。

一九六九年版『二人だけの劇』は、『明日を想像することは出来ない』を土台に、『牛乳列車』、『どたばた悲劇』の現実像と劇的構成力を総合した、ウィリアムズの最も野心的な作品である。

『牛乳列車』は、東洋思考の異端を背負ったクリスの受難と抵抗を描いていた。クリスは、西洋的思考という「死」の世界にあって、「自己放棄」という反西洋的な「生」の思想を説くが故に、「死の天使」という「偽の身分証明」を宣告され、社会からの離脱を宿命づけられていた。『二人だけの劇』では、クリスの「異端」は「不具」思想に入れ代わり、「死の天使」という「偽の身分証明」は、「狂気」という社会からの悪意に満ちた命名に置き換えられる。

ウィリアムズは、劇中、フェリースの手になる劇中劇を「本当の芝居」というよりは、「二人のスター役者によって演じられる稽古用台本に近いもの」と評したとする団員のひとりグエンドリン・フォーブスなる人物に焼死の運命を見合わせた末、フェリースに次のように言わせている。「もし彼女の頭にひとかけらの良識でもあったら、ぼくが今しようとしていることが少しは理解できただろうに」（八四、――）と。

この生ま生ましい作者の声は、この作品が作者最大の関心事、「不具」思想、と対決する作者のこの上なく野心的な試みであったことを示している。だが、その試みは、入り組んだ論理と構成の迷路に包まれて、容易に理解し得ぬものになったことも事実である。しかし、ウィリアムズはこの事実を十分認識していた。なぜなら彼は、フェリースの口を借りて、この作品を観客との「文化交流《カルチュラル・イクスチェンジ》」（二二、――）と規定しているからだ。

登場人物は、前作同様二人、フェリース（Felice）とクレア（Clare）である。二人は、レパートリー劇団を主催する兄妹の役者で、劇団員とともに、不評続きの公演旅行をもう幾年となく続けてきた。時間と空間の意識を欠いたその旅は、ウィリアムズのこの時期の心象風景を思わせる夢魔にも似た荒涼たる旅である（一〇、三一四）。フェリースは、

「いつ」「どこで」始まったのかも定かでない「混乱」と「恐怖」にとりつかれている。彼だけではない。クレアもまた、フェリースが「わずかな混乱でも見せたら最後」、またたくまに崩壊しかねない深い不安におののいている。

だが、二人は決して「狂気」ではない。「狂気」とも見紛う「生存」形態を強いられているだけである。フェリースは冒頭、制作中の劇中劇の独白部で、これまでと同様の残酷な現実像を喚起している。「要求しろ！　ゆすれ！　見下げた奴！　拒絶しろ！」と囁き続ける、「自動音声装置」を内臓した人間たちの世界である。

長い旅路の果てに何処とも知れぬ劇場に到着した二人は、その日演ずるはずの舞台装置も未着のまま、劇場に二人だけ取り残されているのを発見する。劇団員たちは、その日の舞台係を除いて、「あなたとあなたの妹さんは——気狂いだ」という電報を残し、いずこともなく消え去ってしまったのだ。フェリースは仕方なく、これまでも幾度となく公演してきた「二人だけの劇」を演じることに決意する。作品は、それを演じようとするフェリースと、それを拒もうとするクレアとの入念な葛藤を中心にして展開する。クレアは、その劇中劇に、彼の死が隠されていることに気づいているのだ。

劇が始まると同時に、フェリースは、それを演じ切ることだけに専心し、クレアには前以って観客を見ることを禁止し、質問を一切封じ、彼女がひたすら「劇に没頭」することだけを要求する。しかも彼は、「以後」二人が演ずるのはこの劇だけだと宣言し、今夜の劇中劇にはかつてなく多くの「即興台詞」が入ることを予告する。今夜のフェリースは、劇に没頭するかぎり不可避的に「起こる」結末を求めているのだ。それが、彼の〈生〉の証しであり、「芸術家」としての証しである。

二人の名前が、Felice Devoto であり、Clare Devoto であることに注目する必要がある。フェリースは、名前のごとく、死という不変の〈至福〉(Felicity) に献身する (Devote) 作者の死の情念＝イドであり、クレアは、その名前 (Clarity) が暗示する澄明な理性と現実的配慮に奉仕する作者の自我意識である。二人がウィリアムズ自身の相対立する二つの要素である事実は、作中、二人がリフレインのように繰り返す「ときにわれわれは、同時に同じ事を考える」によっても暗示される。

フェリース（作者）は、死の情念と理性との対話を設定しながら、至福としての〈死〉を導き入れようとするのだが、それを一直線には語らない。〈死〉の信奉者ブリックと〈生〉の主張者マギーとを対立させた『猫』の場合と同様、彼は、クレアの十全な抵抗を許すのだ。だが、それはむしろ死を隠蔽する入念な偽装工作と見るべきだろう。フェリースのみならずクレアでさえ、この作品では当初から現実を直視する勇気を欠いているからだ。もはや死以外とは共存しようもない作者の〈不具〉思想を「聖域」と見立て、それを守り抜く試みがこの作品である。作者の暗い衝動を暗示する重要なシンボルのひとつが、終始舞台上に置かれる「明らかに不吉な様子を呈する」張子づくりの「巨人像」[1]である。

さらに重要なシンボルは、フェリースの「両性具有者」を思わせる「長い髪」である。フェリース、それに、劇中劇のなかのフェリースとその父が備えていた「長い髪」は、〈不具〉思想に生き、それ故に、世界への洞察を許された神秘主義者、予言者の自負と栄誉の印なのだ。[2]

安全の〈仮像〉に惑わされることなく、ただひたすら〈至福〉を見詰める〈情念〉のフェリース。それとは逆に、安全の〈仮像〉にこそすがり、奇異を嫌い、常軌と現実的配慮に固執する「理性」のクレア。二人の対立は、そのまま劇中劇のフェリースとクレアに引き継がれ、さらには彼らの父母にまで引き継がれて、変更不能な暗い血の宿命を形成する。

劇中劇のフェリースに暗い衝動を見るクレアは、開幕早々、彼に髪を切るように言う。「二人だけの劇」だけが「私たちが演ずる唯一無二の劇ではない」のだからと。今夜の劇に即興台詞を入れ、「かつてなかった仕方で」演じたいというフェリースの提案は、そこに彼の必然的な死があるかぎり、クレアには到底受け入れ難い「不可能事」なのだ。だが、フェリースにとっては、それは「必要事」であり、「議論ではない――決意」(一五、三二三)なのである。

クレアの恐怖は、フェリースに対する危惧にのみ由来するのではない。『牛乳列車』のクリスを見舞ったものと同質の社会からの死の宣告――「狂気」という「偽の身分証明」を恐れるからだ。「もし今夜わたしたちが公演をしたら、〔劇団員たちの言うことが〕本当だったことを証明することになる」とクレアは言う。劇団員たちが自分たちのことを「本当に狂気だと思っているのか」、それとも「ただ憎まれ口をきいただけ」なのかを、彼女は峻別しょうとする。「狂気」の烙印を押されること、それこそ、クレアの(そしてフェリースの)恐怖の中心を成すものなのだ。

しかし、「不可能事」が「必要事」だと固く「決意」しているフェリースは、「二人だけの劇」をかつてなく見事に演ずることだけに専念する。クレアが言うように、それはまさしく「絶望的」で「不合理」な決意なのだ。フェリースは、抵抗するクレアに言う。「〔二人が〕芸術家であることをやめたら、〔二人は〕無」なのだと。(二〇、――)クレアもまた芸術にかけては「不滅」の闘士である。舞台を去りかけたクレアの背後から、観客の嘲りの笑い声が聞えてくる。その声を聞くや、クレアはすばやく振り返り、「挑戦するように観客と向かい合」い、二人は劇中劇を開始する。

六九年版『二人だけの劇』のうち、改訂版『叫び』のなかで最も大きな改変が加えられるのは、この劇中劇の部分である。主題とスタイルを支配する「恐怖」の側面が強調されている六九年版では、『叫び』に比べて、はるかに錯

1　この巨人像は『二人だけの劇』ではビランデルロ劇のための小道具とされているが、作中、作者は明らかにこれを個的な世界の「不具性」の象徴として用いている。この期の作者はこの重要な象徴の意味を十分明確化しえていなかったと考えられる。『叫び』では、これが十分に明確化され、ビランデルロへの言及は一切消えている。

2　『叫び』では、「長い髪」をもった者たちの神秘主義者、予言者としての側面がさらに強調され、二人は占星術用の衣服を着用する。第二次『二人だけの劇』でも、この神秘性は継承される。

綜し、混乱した様相を呈している。劇団員の電報、観客の存在、なによりも劇中劇自体が隠している危険な結末などへの恐怖がクレアに絶えず台詞を忘れさせ、あるいは、劇中劇上演の続行を拒否させ、台本にない台詞を彼女自身入れることで、劇の流れそのものを変えさせようとする。劇中劇を混乱させているのはクレアだけではない。フェリース自身もまた、ときに劇の流れを見失い、台詞を忘れ、精神の均衡そのものを失いかける。概してフェリースは、クレアに比べてはるかに自制力を堅持し、劇中劇の進行をはかるのだが、その彼自身が劇中劇の結末を深く恐れ、逡巡し、劇の進行を中断させる。また、『叫び』に比して、詩の朗読や歌を挿入するといった脱線型スタイルや、事件の配列順序をあえて前後させる混乱型スタイル（ピストルのテーマ、グロスマンの店のテーマの部分で現れる）、連想思考の発展とも呼び得る模索型スタイル（向日葵の家の思索から発展した「番地」考など）、フェリースとクレアがしきりに忘れる台詞を補い合い、あるいは、クレアが勝手に台詞を取り入れる共同作業型スタイル、などが一層色濃く取り入れられる。こうしたスタイルは、この作品の構成上の欠陥と見るべき節もあるが、フェリースが恐れ模索しながら劇の結末を求めるという、作品全体の試行錯誤的な、また思考模索的な生理の表現としてそれを見るとき、これはこれなりにひとつのスタイルとも見ることができるだろう。

この一見混乱した印象のなかから、劇中劇はいくつかのテーマを浮き上がらせてくる。作品の最大の特徴となるきわめて論理性の強い〈自然論〉のテーマ（〈不具〉思想のテーマ）、それと合わせ論じられる象徴「向日葵」のテーマ、フェリースとクレアの父母をめぐる宿命のテーマ、クレアが決意し、実行不可能のままに終る外出のテーマ、フェリースが決意し、実行不可能なままに終る「グロスマンの店」のテーマ、この作品中もっとも複雑かつ重要なピストル探しのテーマ、二人が最後に吹き上げるシャボン玉のテーマ、それに、この作品ではわずかに暗示されるにすぎない二人の近親相姦のテーマなどである。

これらは、一見したかぎりでは、ときに矛盾し、相互に孤立し、混乱した印象を与えるかもしれない。しかし、劇中劇上演のフェリースの目的——甘美な死への願望——に基づいて眺めるとき、すべてが論理的一完性に貫かれていることに気づくのだ。

フェリースは、父母の家を取りかこむ異様な向日葵について語ることから、〈不具〉思想を展開し始める。彼は今日、向日葵のところまで外出したが、それ以上は進むことができず帰ってきたのだ。向日葵は、すでに二階建てのこの家の屋根にまでとどくほど異様な成長をとげている。だが、クレアはこの異様さにも不思議を感じる様子はない。この世界には「予想されたもの、見慣れたものから、予想外の逸脱をとげるものがある」ことを疑わないのだ。[1]

フェリースはクレアの先を促す言葉に誘われるようにして、「最初の週のリハーサルでは」劇から削られた筈だとされる〈自然論〉のテーマを展開し始める。二人は「同意」と「理解」に達せぬかぎり「全世界を巻き込み、その破滅をも導きかねない」重大論議の交渉にあたる「険悪な二国」よろしく机をはさんで座ると、フェリースは「自然の本質」について述べ始める。自然ははたして「完全な画一性《ユニフォーミティ》」をこそ好むのであろうか、それとも、「普通の高さではなく、家の高さと同じほど大きく成長した」向日葵のような「変化」、「突然変異《ミューテイション》」をこそ好むのであろうか、というのである。自然は何百年、何千年にわたって、「互いに同じもの、あるいはほとんど同じもの」をより多く造ってきた。しかし、「ときに自然は、同種のなかで、わずかだが、しかし重要な変化をとげたものの出現を、存在を、許している」ではないか。

ぼくが提出している問題は、これら突然の、神秘的な、説明不可能なわずかな変化、こうした——こうした実質

1　二人の対照をきわ立て、劇的緊張を高めようとする『叫び』では、クレアはこの事実を聞いて驚く。向日葵の不具性を知悉している第二次『二人だけの劇』のクレアは、二人をウィリアムズの二つの側面として発想した当初の発想をそのまま残していると見ることができるだろう。

的同一性からの逸脱こそ、自然にとってはーーもっとも自然に考える能力があったとしてのことだがーー恐らく適合《コンフォーミティーズ》よりはもっと重要なのではないかということなのだ。（二七、三三〇）

『牛乳列車』が「世界で一番古い海」地中海を背景に、古代から現代に至る西洋文明史を視野に入れていたのとちょうど同じように、フェリースはここで進化論という途方もなく巨大な視野を持ち出し、そのなかに彼の〈不具〉思想を位置づけ、合理主義という『牛乳列車』以来の西洋思考に貫かれた「自然」へのアンチ・テーゼとなるべき〈不具〉思想を語るのだ。

魚は「何百万年とかかりはしたが」海から出、「それからまた徐々に何百万年かをかけて、空や地上に住む鳥や獣に変わっていった」。しかし、これらの変化は「成功した変化」であり、「破滅的な変化」ではなかった。ところが自然は、「種全体の――なんというか、そのう――究局的な変化」には関心を示しながら、個体の変化――「個体がこのように変化すること」――にはまったく関心を示してくれないのだ。

ついでフェリースは、子供時代の父母のテーマに話題をすすめ、〈自然〉論と密接にかかわる、この作品の最も重要な象徴「向日葵」の意味を語りだす。クレアは、この花が二人の「聖なる花」であったと言う。二人は子供の頃、父親に「向日葵の花を切り倒さないように」頼み、父親はこの「聖なる花」が「この家の四方に成長することを完全に望んでいた」のだ。

しかし「奇異」を受け入れようとしない母親は、子供たちの希望を無視して、「今日こそ、前庭の向日葵の花を切り倒す」ようにと常に父親に要求していた。しかし父親はそれを受け入れず、「それがどのように育とうと、われわれには一向気にはならないのだ」ということを世間に知らせるためにも、向日葵を成長させておくことに固執した。賛否両論の長い論争に負けた母親は、最後に、「恥ずべきほどに長い」髪を切り落とすよう父親に要求したが、父はそれに対して、「次の日曜日から五千日目に床屋に行く」ことを約束する。

　向日葵をめぐる父母の確執を述べたあと、フェリースは再び自然の本質について話をもどす。自然は、「その変化が建設的であり、有用であるかぎりにおいて」、変化の存在を「許し、ときには奨励すらする」。しかし「常にと言っていいほど」、「その変化は無用な変化」、「単なる不具《ディフォーミティ》」にすぎなく、こうして「不具を課せられた人間は自然の容認を期待することができない」ばかりか、「狂気」の宣告を――「妹さんとあなたは気狂いだ」（二九、――）という電報を――受け取らざるを得ないのであると。「聖なる花」向日葵は、「不具」が「不具」のまま生息し得る個的な夢の世界――それを容認し、保護してくれる安息所、つまりは〈不具〉思想の象徴なのだ。

　父母のテーマは、この作品が『猫』の構図をとった『牛乳列車』の再現であることを示しているが、単なる再現ではない。「次の日曜日から五千日目に床屋に行く」ことを約束する父親は、〈有効性〉の原理に貫かれた現代合理主義精神に反逆した異端者クリスであるのみならず、そこに世界の終末を見る洞察者、神秘主義者なのだ。『牛乳列車』にも終末論的ヴィジョンはあったが、それは、「世界の最も古い海」から始まる西洋世界の物質主義的、合理主義的偏向思想の終末を語るもので、そこにはまだ、卑小な人間の営為と対比される〈救出〉としての自然が息づいていた。しかし、進化論を援用し、人間の営為をも含めた自然全般にまで有用性の原理を貫くこの作品には、すでに〈救出〉としての自然は存在しようもない。自然界における「実質的同一性からの逸脱」こそ、自然にとっては「恐らく適合よりはもっと重要なもの」と考える二人の父は、〈自然〉全体を相手に勝ち目のない戦いを挑む〈反自然〉の異端者、非有用な個的「変異」の成長を通して「種全体の究極的変化」を夢見る、一種の千里眼、神秘主義者と呼ぶほかはない。しかし、この種の異端思想は、有用性の原理に立つこの〈自然〉においてはとうてい許されるものではない。

　父母のテーマは、この作品に重層性を与える優れた工夫であるのみならず、フェリースとクレアの恐怖の中核をなす重要なテーマともなる。二人は劇中、幾度かこれにふれながら、その度にその実体を語ることを回避し、恐れてきた。それは、父母のテーマが、同じ〈不具〉思想に生きるフェリースの、そしてその彼に深い恐怖を覚えるクレアの、この現実に生きるかぎり避けることのできない暗い宿命の予告となっているからだ。〈反自然〉の異端思想を生きるかぎり、それを生きる者は常に〈自然〉からの乗離を宿命づけられ、絶えざる緊張を強いられるばかりか、〈自然〉からの死よりも恐ろしい「狂気」の告発（「偽の身分証明」）に常にさらされなくてはならない。事実、父母のテーマは、母を殺害し、自殺を遂げることで、〈自然〉の側からの悪意に満ちた宣告を逃れた、〈不具〉思想の信奉者父親の悲惨な宿命[1]を語っていたのだ。

作者は、この劇を見ながら観客に解説している批評家の姿に言及している。〈自然〉の代表者であるその批評家は、〈反自然〉の思想に込められた深い意味には気づきもせずに、二人の行為を、ただただ「特殊性への役立たずな冒険」、「奇異をてらう無用な実験」（三二、——）と解説する。まさしく二人は、「自然が利用不可能なかたちで画一性《セイムネス》から逸脱し」、それ故、「自然からの途方もなく巨大な無関心にさらされ、自然に背を向けられている」人々なのだ。

〈自然〉論を展開し、〈不具〉思想の意味を明らかにした後、劇中劇は、その実質的なアクション——フェリースの死をめぐる二人の実に精緻な対決に進んでいく。父母の事件の後、二人は向日葵に閉ざされて逼塞している。しかし二人はすでに、「狂気」にも近い現実恐怖に陥っている。作者は、劇中劇を構成するにあたって、死を願望する情念の平静さ（フェリース）に対する理性（クレア）の混乱という図式を思い描いていたに違いない。危機に際しては、一見強靭に見える理性こそが、まず不安と恐怖の表情をもって反応するからだ。外出衝動をまず見せるのは、クレアである。彼女はすでに、「今日のために」昨日洗濯しておいた外出着を着込んでいる。だが、フェリースには外出する気持はない。彼には「プライバシー」こそが重要なのだ。ひとりで外出するように言われるクレアだが、彼女が彼を残して外出するはずもない。いつ「消防自動車のうなり声」が、「ピストルの発射音」が聞こえてくるともかぎらないからだ。

クレアは、ワイリー牧師に電話をする。その電話によれば、二人は昼と言わず夜と言わず、現実とも幻覚ともつかぬ世界の悪意に包囲されている。「石を投げられ」、「ささやき、嘲笑する声」が聞こえ、「淫らな内容の手紙」が送りつけられ、地方新聞は二人の近親相姦をほのめかす。それも、「決して人を傷つけず」、「怒らせず」、「ただただ生き残る」ことだけに努めている二人に対してである。

だが、フェリースは電話をさえぎる。たとえ牧師であろうと、〈自然〉と接触するのはまさに狂気のわざなのだ。「結果は自分で負う」ようにと彼は言う。結果とは、言うまでもなく、世界からの最も明瞭な悪意の表明――「狂気」の宣告である。残された唯一の道は、聖域を死守して、「狂気」に代わる至福としての〈死〉を見詰めるだけである。

フェリース（＝作者）は、父の家の二律背反的本質を正確に把握している。「向日葵」の花は、その「背後で生活する人々」の現実拒否、「世界よ、去れ！」（三八、――）の宣言を「世界に向けて公言する」一方で、クレアが発する台本にない台詞が明らかにしているように、それはOneの「家」やモリーの「宿舎」同様、「私たちを閉じ込め」、「それがなければ、外出するのがずっと容易」（四一、――）になる夢の「牢獄」でもあるのだ。

フェリースは〈番地〉（三八、――）についても考察する。自然は、反自然者を許さぬが故に、逆に「世界よ、去れ！」と叫ぶ逸脱者たちを「喜んで収容しようとする」。番地とは、個々人の人生には無関心な、「画一化」という自然の側のもう一つの敵意の現れなのだ。それを前にしては、向日葵の〈安息所〉も、単なる安全の仮象にすぎない。冬ともなれば、「金色の実は落ち、………灰色に変わり」、「保護する力」も失われる。

フェリースが言うように、「夏」こそが二人の季節なのだ。夏が過ぎ、「太陽を見詰める葉がしぼみ、落ちはじめ

1　本作では、父親は狂気を宣告されたのち、職を失い、ついで妻を殺すことになっている。『叫び』では職を失う部分は消える。この事実は、作者が父母の対立を現実原理と純粋世界との和解し得ぬ対立として普遍化し、この視点で作品全体を統一しようとする意図と見ることができるだろう。

る」のを愚かにも待っていたら、「現在の恐怖を入れるにも小さすぎる」この家は、必ずや爆発してしまうに違いない。クレアの抵抗を押して劇中劇続行を主張するフェリースの意図は、たとえそれが〈安全の仮象〉であろうと、それがある間に（なお正気のある間に）、仮象に代わる確かな実在——死——を求めようというのである。

劇中劇中最も重要なテーマは、したがって自ずと、「ピストル探し」と「グロスマンの店」のテーマということになる。フェリースの劇は、作中最も美しい部分を構成するピストル探しのテーマに、そして、これまでの公演では一度として登場することのなかったピストル発見に向かって、着実に進行してきた。しかし、この新展開は、〈自我〉クレアの最終的な勇気を試めす「グロスマンの店」のテーマを経ずしては成り立たない。

ピストル発見にいたる過程を、作者は、二人の意識の「危険なゲーム」として入念に仕立ててきたが、そのなかから鮮やかに浮き出る事実は、現実と虚構の間を自由に往き交う二人の、互いの死を気づかう愛のテーマである。クレアはフェリースの死の衝動を恐れ、フェリースは、理性に生きるかぎり不可避的なクレアの「狂気」を恐れる。しばしば近親相姦のイメージが指摘される部分だが、大切なことは、このイメージが発生する所以を理解することだろう。二人の愛が、イドと自我との労わり合いという同質者同士の、単一体内での、愛の営みである以上、近親相姦的に見えることに何の不思議もないのだ。[1]

クレアは劇中劇の前後関係を無視してまでフェリースの死を心配する。「夢遊病」にかかったクレア役を演ずる彼女は、すぐさまピストルの恐怖を訴える。夜になると起き出しては、何物かを探しては彷徨うという台詞だが、これは本来「数ページ後」に現れるべきものである。混乱しているのはクレアばかりではない。フェリース自身が、次に取り上げる電話の在り処を、意識下に深く根ざしたピストルの所在場所と間違えて指示するのだ。しかし、こうした混乱のすべては、フェリースのクレアに対する労わり、彼女の狂気を気づかうフェリースが、向日葵に代わる確かな「保護者」となることを主張するためなのである。

意識の危機を描いたあと、フェリースは、劇中もっとも美しいピストル部のテーマを展開し始める。「数日前、きみは」から始まる部分は、死を恐れ合う二人の現実と虚構が往き交うもっとも緊張した愛のドラマである。クレアは、フェリースがピストルのテーマにふれ始めるや、劇中劇上演に激しい拒絶を示し始める（フェリース「数日前、きみは――」／クレア「いいえ、あなたよ、あなたよ、わたしじゃない！」五五、――）。クレアは劇の続行を望むならば、「ピストルの部分を削除する」ようフェリースに訴える。しかし、フェリースはそれを無視して続ける。

フェリース「数日前、僕はきみを見かけたよ、父さんと母さんの寝室の中を、両手でピストルをつかんで、それを持ちながら――」／クレア「数日前、私、あなたを見かけたわ、父さんと母さんの寝室の中を、両手でピストルをつかんで、それを持ちながら、持ちながら、まるで――」／フェリース「顔といったら――」／クレア「うっとりとしたような！　狂ったような表情を――あなたの目に浮かべて！」／フェリース「きみの目だ！」／クレア「あなたのよ、あなたのよ！　火のついた回転花火みたいにしないで、私の頭を！」（五五―六、――）

ほとんど翻訳不可能なかけ合いが続くこの部分ほど美しく、難解な部分もない。観衆、読者はこれを聞き、読みながら、クレアがフェリースの与える台詞を復唱しているだけだと誤解するかもしれない。あるいは現実と非現実が交

1　作者がクレアの造形にあたり、姉ローズを念頭に置いていたらしいことは、この劇の上演用パンフレットでも明らかにされているらしい（Philip French, op. cit.）。また、作者は『回想録』（p. 119）で、「私の劇の真のテーマが『近親相姦』である」と指摘した「ある鋭敏な批評家」の言についてもふれている。この批評家の意見は未見。精神分析的立場からの指摘でだろうか。いずれにしろ、姉ローズとの世界が、作者の意識内で、純粋世界のイメージとして形象化されるにいたるのは容易に理解できる。しかし、本作に近親相姦のニュアンスが要求されるさらに本質的な理由は、私見によれば、二人がウィリアムズ自身の二つの側面であるからにほかならない。

錯する美しい、不可解な謎と受け取るかもしれない。しかし、この部分が、互いの死を気づかい、同時に、劇中劇に隠された死をめぐっての、二人の息づまる攻防であることに気づくとき、不可解とはおよそ異なる論理の一貫性を見るのである。

フェリースの死を恐れるクレアは、ピストル探しの攻防のあいだ、終始、ピストルの存在をこの劇から遠ざけ、否定することに努力する。一方で彼女は、劇中のクレア役として、このピストルをフェリースの手のとどかぬ闇のなかに、「家の板を一枚一枚はがして根こそぎ解体でもしないかぎりは見つけられない」（五六、――）闇のなかにしまい込み、他方では、発射音に耳を澄ます夜の恐怖を訴えて、ピストルを「粉砕し、破壊しよう」と提案する。

だが、フェリースの意識は、常にピストルの所在を明らかにすることに向けられる。何故なら、

　きみにはわからないのかい、きみがこんな調子で続けていたら、ぼくたちは力づくで家から引きずり出され、二匹の狂暴な動物みたいに、鍵のかかったあの動物園と呼ばれる鉄格子の檻のなかに、別々に、入れられるってことを――（五七、――）

ピストルの存在をなんとしても導入したいフェリースは、逆に自分のほうからピストルの隠し場所を聞き出す質問に切り換え、彼自身が台本からはずれながら、ピストルの存在を強引に主張し始める。（クレア「あなたに決して見つけられない所。」／フェリース「きみには決して見つけられない所。」／クレア「あなたが台本通りにしてくれないのなら――」／フェリース「きみはどこにピストルを隠したんだ？」／クレア「あなたには決して見つけられない所。」／フェリース「でもきみにはわかる所！」五九、――）結局、フェリースの台詞は、ピストルを隠したのは自分だという台詞に変わり、改めて「狂気」か「死」かの二者択一をクレアに迫まる。「きみは別々の建物にわけられ、ドアに鍵をかけられて閉じ込められる方がいいっ

ていうのかい？」（六〇、――）彼は、自分こそが向日葵にかわる確かな保護者になろうとするのだ。「向日葵以外の何かがぼくたちを保護してくれなくてはならないんだ。その何かに、ぼくがなるんだ。」（六〇、――）

しかし、フェリースはなおしばらく、死を保留する。それはあたかも、生と死の間で逡巡する作者が、死に勝る生の勇気を静かに見まもるのにも似ている。クレアの勇気を確かめようとするかのように、フェリースは「グロスマンの店」への「外出」を決意する。しかし、二人には当初からその勇気が欠けている。外出着をクレアが二階に取りに行くや、フェリースの耳には「気狂い、気狂い」と叫ぶ恐怖の幻聴が聞こえ、彼がではなく、彼女が「実際どれほど勇気があるのか」を見るために、戸を開ける。しかしそのクレアも、「階段を降りてくる途中のどこかで」、とうにその「勇気」を失っている。

仕方なくフェリースは、向日葵の前までは来てはみる。だが、「それから先へは一歩たりとも」進めない。背後からは、「恋人」のものでもあるかのように、向日葵の家の「かすかな、暖かい息吹」を感じ、「あきらめなさい、家にいなさい」という甘美な囁きさえ聞えてくる。その声に、彼は「もちろん、従う」（七一、三五三）のだ。

フェリースは、電話を使ってグロスマンの店との接触を進言するが、電話はすでに不通である。隣家の電話まで借りることを勧めてみるが、クレアにそれができるはずもない。万策つきたフェリースは、澄み切った金色の夕空に向けて「美しい」シャボン玉を吹き上げる。それは、絶望のなかから吹き上げられる「降服のしるし」である。（七六、三五五）

ここで初めてフェリースは、新しい劇中劇にとりかかる。クレアの手に軽く手をふれ、新しい台詞が入る合図を送る。彼は三たびピストル探しのテーマにふれ、クレアに有無を言わせず、ピストルの弾丸を見つけたと認めさせると、彼は、「彼女が常に嫌い、恐れ……………思い出すことすら拒絶していた小道具」を取り上げ、クレアの抵抗を振り切って実弾を込める。だが、指は「激しく震え」、ピストルは床に落ちる。クレアは息を飲み、それから、せき込むような笑い声を立てる。今夜もまた劇中劇は、完成されることなく中断したのだ。フェリースは戸惑い、台詞を失い、クレアに促されるままに、ピストルを置き、糸巻を取り上げると、居間の窓からシャボン玉を吹き上げる。

中断したのは、観客が大挙して抜け出てしまったからだ。だが、本当の理由は、「劇に没頭し切れなかった」ことにある。死の成就は、自我とイドとのみごとな一致なくしては成立しない。フェリースが言うように、「劇に完全に没頭しさえすれば、帰る観客に気づくこともなければ、観客も帰りはしなかった」（八〇、三五七）のだ。没頭しきれなかったクレアの失敗は、執着する自我を制御しきれなかったフェリースの失敗でもある。意味深くもクレアが指摘するように、劇の結末を「隠した」（九三、――）のは、クレアではなくフェリースなのだ。

「苦悩が終った」のを喜ぶクレアは、フェリースに長い髪を切るように言う。ついで作者は、クレアにこう質問させる。この劇はあまりにも特殊「個人的《パーソナル》」でありすぎはしないかと。そしてさらに、この劇には「結末がないのか」（八六、三六〇）と。「何物かを欠いた」まま、この劇は「いつも途中で」中断されるように思えるからだ。

しかし、グエンドリン・フォーブスなる人物にこと寄せて、「一片の良識さえあれば、ぼくがやろうとしていることが少しはわかったはずだ」と言うフェリースに、結末がないはずはない。「ありきたりの結末」がないだけだと彼は言い、さらに「何事にも実際には完了《エンド》というものはないのだ、ということを言うためにも、劇には普通の意味での結末がないことも有り得るのだ」（八六、三六〇）と彼は言う。

これもまた作者の「有機的」演劇論の展開である。〈不具〉思想を完結する必然としての死を模索する結末は、およそ「ありきたりの結末」とは言えないだろう。そして、永遠回帰する現実という意味においては、それを反映する作品に巧みに構成された虚構という「完了」はあり得ない。

「何事にも完了はない」というフェリースの答えに、クレアは敢えてそれを「永遠」と誤解し、そうではないと答えるフェリースに、こう付け加える。

あなたには自分で言っていることがわかっていないんだと思うわ。物事には終わりがあるし、実際終らなくてはならないはずよ。だから、こんなことは決して言わないで頂戴、……仰々しいナンセンスを愛好する婦人演劇クラブで言いそうな、例えばこんなこと――「存在の状態から非存在への神秘的な巡礼は、神という詩人がつくるメタファーである」なんて。（八七、三六〇）

クレアの反論は、実に辛辣である。「存在の状態から非存在への神秘的巡礼」とは「死」のことである。作者はクレアの言葉を通して、虚構上の「死」を現実の死の単なるメタファーとして描くことで済ますことへの逡巡を語るのだ。「有機的」理論に立つ作者を思えば、その逡巡も理解できる。クレアの台詞を受けたフェリスは、この言葉の真実性に打たれたかのように突然立ち上がり、「すべては明日直面する」ことを提案する。クレアが言うように、フェリースは「不可能事が必要事であるとする今夜の議論に負けた」（八七、三六一）のだ。

フェリースは確かに敗北した。しかし、〈不具〉思想の完成に執着する作者は、ここでもうひとつ偽装工作を付け加える。劇場の出口を見に行ったフェリースは、出口がすべて閉鎖され、電話は不通になり、上演時間分しか与えられていない電気はすでに消えかかっているのを発見する。しかも、この劇場は明日以後も永遠に開けられる予定はない。

劇中劇の状況がすっかりそのまま再現されたることになるこの劇場は、現実の次元にまで拡大された向日葵の家――劇場という巨大な〈不具〉思想の「牢獄」と化すのだ。（「では、牢獄なんだわ、この劇場は。……劇場は役者にとっての牢獄なんだと、私はいつも考えていた。仕事が順調にいっているときでさえ、私はそんな気がしていた」八九、――）。

その寒さは「普通の寒さ」ではない。この寒さのなかで、「これ以外に方法をもたぬ」二人は、「二人だけの劇」上演を決意する。劇に「完全に没頭するかぎり」、夏の日差しと暖かさを「想像する」こともできるからだ。フェリースが「隠した」結末は、一切の逃げ道を排除したこの理想的条件のなかでなら、今度こそ自然に訪れるはずである。フェリースは「ぼくたちの人生の小道具」（九三、——）でもあるピストルをピローの下に置き、二人は台詞を開始する。寒さがこたえるフェリースは、早くも向日葵の部分に跳ぶようクレアに言う。陽光に輝く向日葵にフェリースが見とれ、個的な夢に没頭している間に、クレアはソファに手をのばす。彼女が思わず恐怖の息を呑むうちに、舞台は暗転。

この結末は、『叫び』、第二次『二人だけの劇』と比較するとき、作者の死への願望がほぼ直線的に提示されていることに気づくだろう。にもかかわらず、その死はクレアの恐れによって、微妙に保留されてもいる。「有機的」な演劇論に立つかぎり、フェリースの死は作者の現実的な死と限りなく近づかねばならぬものと作者が考えたからに違いない。一九六九年版『二人だけの劇』が三五〇部の限定版として、しかも作者のサイン入りの私家本として出版された事実は、十分に意味のあることだったのかもしれない。「死」との対決を隠し、それ故に入念な偽装工作をほどこし、死を韜晦した『二人だけの劇』は、作者の精神史上のひとつの記念碑的作品であったに違いないからだ。その意味では、この作品は、作者の精神療法としてはみごとに効を奏したとも言えるだろう。

しかし、作者の意図を十分に理解した上でも、なおクレアが言うように、あまりにも「個人的」、「特殊的」である点はいなめない。進化論を援用し、自然全体を相手に「不具」の意味を問いかける姿勢には、絶えざる緊張の上にしか成立し得ない個的関心事へのエゴセントリックな主張、作者の自己愛と切り離し難く共存した「奇異」への冒険をやはり見ないわけにはいかないだろう。この限りにおいて、またこの限りにおいてのみ、この作品に登場する批評家に仮託した作者の自己批判は正しいのである。〈不具〉思想は、これを自然の理法を破るまでに主張するとき、それはやはり一つの病にしかすぎなくなる。作者はこれを意識したに違いなく、次作『東京のホテルの酒場で』では、一芸術家の死を描かざるを得なかった。『叫び』以後、フェリースの思想は、「彼自身の性格に根ざした」「倒錯」として明示されねばならなかったゆえんである。

『東京のホテルの酒場で』――芸術家の死と反転

六〇年代最後の作品『東京のホテルの酒場で』は、一九六九年五月一一日、ニューヨークのイーストサイド・プレイハウスで初演され、二五回の公演の後、打ち切られた。三年前の『どたばた悲劇』がわずか七回、二年前の『二人だけの劇』ロンドン公演が三週間にすぎなかったのを想起すれば、これでもあるいは息の長い公演であったというべきか。

公演にあたり、ウィリアムズは、「この劇の意図、その意味」を明らかにする目的で、俳優たちに手紙を発表している。[1] この手紙は、二つの段落から成り立っているが、その大要を示せば、次のようなものである。

> この劇は、芸術家の破滅――通常、早々と訪れ、ことのほか屈辱的な破滅について描いている。彼は作品制作を開始して以来、全身全霊を仕事に打ち込んできた。マークの言葉通り、その仕事による緊張、それが課する絶え間のない挑戦や要求（ほとんどの場合、それが日々くりかえされる）のために、芸術家はすっかり消耗し、数時間にわたる作業のあとは、素朴で気楽な在り様は不可能になる。………
>
> 仕事を始めたばかりの頃は、つまり若いうちは、肉体の健康が、仕事と仕事以外の生活とを同時に処理することを可能にしていた。彼は寡黙ではあるが、性欲は旺盛である。仕事に向けるのと同じ激しい欲求を、彼は、妻、

1　'Tennessee Williams talks about his play, "In the Bar of a Tokyo Hotel"', *New York Times*, Wednesday, May 14, 1969.

愛人〈男〉を探すことに向けるだろう。数年の間は、妻、愛人も、仕事に対する彼の第一義的な没頭を受け入れ、あるいは受け入れているかに見える。しかし、それ以上になると、彼らは当然のことながら、常に第二義的な立場に置かれている事実に憤慨し、無差別の乱交によって報復するだろう。ときには、ミリアムのような貪欲さで。若い時期が過ぎる。肉体の衰えが始まる。すると、仕事は彼の大半というよりは、文字通りすべてを要求することになる。ついに仕事は、不能者の愛の試み《ラブ・メイキング》にも似てくる。彼は死を宣告されたのである。死が近づくとともに、これまでの仕事に本質的な価値があったとは、とても自信をもっては感じられなくなる。彼の打ちひしがれた状態に、妻、愛人は反発を覚え、出来るかぎり一緒にいる時間を少なくしようとする。彼らには、なおどこかに、彼に対する無意識の愛情が残っているのだが、それがはじめて現れてくるのは、芸術家が死んで後のことにすぎない。

作者自身によるこの風変わりな説明が、俳優たちにどの程度にまで有益であったかは疑問がある。論述的な説明は一切省かれ、もっぱら暗示にだけ依存しているこの解説は、ストーリーの流れを再現することのほかには、さして言い立てるほどのことは何も言っていないように見えるからだ。しかし、注意深い読者であれば、この説明からある事実が読みとれるのではなかろうか。それは、ここに描かれている芸術家＝画家マークの作品制作の過程が、ウィリアムズのほぼ六〇年代一〇年間にわたる創作過程の圧縮された反映であるということだ。画家マークによる現在の絵の制作開始は、ウィリアムズのいわゆる「革命的」な実験劇の開始にあたる『牛乳列車』の時期にあたると見てよかろう。「若い時期」が過ぎ、「肉体の衰え」をへ、「不能者の愛の試み」にも似た苦痛の創作期は、狂気と競い合うようにして内面化していった『どたばた悲劇』、『二人だけの劇』、そして、一〇年間の最後を締めくくる本作『東京のホテルの酒場で』にまでたどり着く。そして、この解説でさらにもう一つ重要な点は、本作が、「通常、早々と訪れ、ことのほか屈辱的な」「芸術家の破滅」を描いたものとする指摘である。ウィリアムズは、この暗示的な解説によって、この作品が、実は、一〇年間にわたる彼自身の圧縮された精神史の反映であることを指摘したかったのだ。

六〇年代のウィリアムズ劇を見る上で、見落とすことのできない点が二つある。それは、この一〇年間が作者自身の自己崩壊の時期であったこと、もう一つは、それが同時に、作者の最も内面的な自己変貌の時代、新芸術探求の革命期にあたっていたことである。[1]

ウィリアムズはこの一〇年間を、「ダイナマイトで破壊されつつあるスローモーション写真」にも似た自己崩壊の過程として思い起こす。[2]それは、芸術上の危機であったばかりでなく、内部からも押し寄せる不安と狂気との戦いの時期でもあった。『猫』発表（一九五五）以来、薬品とアルコールの助けなしには執筆不可能となっていた彼の悪習は、その後の不評と合わせるようにして深まり、『牛乳列車』発表に先立つ六一、二年には作者は緘黙症状を呈するまでになる。それに追い打ちをかけるような『牛乳列車』の失敗と愛人フランク・マーロの死。一四年間生活を共にしてきたフランクの死は（一九六三）は、絶望的ともいえる衝撃を与えることになる。フランクの死以後、鬱病の周期はこれまでになく繁く、長く作者を襲い、それはしばしば狂気の境いにまで接する。彼の作品に暗い死の影が色濃くなり始めるのもこの頃からである。ウィリアムズは、『東京のホテルの酒場で』が発表された六九年の暮れから翌年の新年にかけての三ケ月間、自己崩壊の一〇年間を締めくくるように、狂暴性患者として精神病院に入院する。「有機的」演劇論に立つ限り、この時期の作品が、作者自身の反映とならぬ筈がなかった。

六〇年代に入って以降、これまでの仮構性は作品を追うごとに影をひそめ、『お嬢さま』を嚆矢として、それ以降、作品と作者との距離は最小限に切り詰められる。なお、仮構性を保っているとは言え、『お嬢さま』、『二人だけの劇』、

1　*Memoirs*, pp.xvii-xviii.
2　*Memoirs*, p.203.

そして『東京のホテルの酒場で』の三作には、すでに作者と作品との距離はなく、作品はそのまま作者自身となる。「芸術家の破滅」を指摘する作者の説明は、この間の作者の精神史と深くかかわっていたと想像しなくてはならないだろう。結論から先に言えば、この間の精神史の圧縮となる本作は、その最低点にまで行きついた作者の退行の極地における、〈生〉への無意識の反転衝動、いわゆる、エナンティオドロミア（Enantiodromia）現象[1]の文学的表現であったと同時に、作者自身の内部からも押し寄せてくる精神病状と深く関連して進行していた新芸術探求の行きづまりからの反転でもあったのだ。

一〇年間の作者の歩みは、作者自身が逸脱として意識していた作者の性的趣向とも深く繋がる、作者の反規範主義的な異端意識――合理主義的な有用思想とは対立する、非有用の思想を主張し続けることにあった。六〇年代初期においては、その異端思想は東洋の衣装を借りたハナ（『イグアナの夜』）やクリス（『牛乳列車』）の主張として展開され、作品にはなお仮構性が残っていた。ウィリアムズ劇にユング思想の反映を見るとすれば、それは主に、有用思想が支配する西洋世界の蘇生のために、この非有用の思想の意義を主張することにあっただろう。しかし、六〇年代の中期以後、その作品からは、東洋の衣装を借りて西洋世界に挑みかかる闘士・異端者としての積極性は影をひそめる。作品からは急速に仮構性が消え、作品は、外界の敵意と内なる狂気と戦いながら、正気の世界に踏みとどまろうと努力する痛ましい自閉的な芸術家像の定着、作者自身の心象風景そのものを映し出す作者の深層心理劇となっていった。

深層心理劇への急速な変貌は、作者自身がくりかえし語るように、愛人フランク・マーロの死以来[2]、作者を襲う長く重い「鬱状態」と「狂気」への傾斜と深く関係していただろう。しかし、この時期の作者の「革命的」な新芸術探索が、自己の内的変貌[3]をからめた無意識イドの解放にあった事実も見落としてはなるまい。『牛乳列車』がすでに、「死の天使」クリスの表現を取った作者の〈イド〉による〈エゴ〉（ゴーフォース夫人）への挑戦という図式をとっていたが、この事実は、六〇年代初頭までの作者には、新芸術探索のためにはなお破壊すべき、挑戦の対象となるべき、強固な〈自我〉が残っていたことを示している。しかし、「お嬢さま」となった作者の自画像にはすでに強固な〈自我〉はない。モリーの宿舎が象徴する正気の世界にとどまるための痛ましい努力があるだけである。しかし彼女にはまだ、そこにとどまろうとして闘う闘士の側面が残されていた。だが、『二人だけの劇』になると事情はすっかり異なる。兄フェリースが指揮するこの作品では、作者の〈イド〉が全体を被い、フェリースはひたすら死だけを見詰めている。有用性の原理を自然界全体にまで貫き、自然界における「実質的同一性からの逸脱」こそが、自然にとっては「恐らく適合よりはもっと重要なもの」と考え、個的な「異変」の成長を通して「種全体の究極的な変化」を夢見るフェリースは、すでに退行の極地――死以外には救出の方法とてない退行の最低点――にまで達していた。作者自身が生き残ろうとする限り、そこからの反転、作者の無意識的な〈生〉への反転衝動を待つ以外に道はなかった。『東京のホテルの酒場で』は、まさしく、この反転衝動の精神史的産物であったのだ。

一幕二部からなるこの作品は、新芸術探索に赴いた一芸術家（画家）の、不安と魅了、自信と恐怖、そして唐突な死を描いている。主要な登場人物は、『二人だけの劇』と同様二人、画家マークと妻ミリアムである。本作にはもう一人、第二部から登場する画商兼マークの芸術理解者レオナードが登場するが、劇的展開を担うのは、マークとミリ

1　本書一五頁　注1を参照。
2　'Cecil Brown, Interview with Tennessee Williams,' *Partisan Review*, 45 (1978), pp.280-1. また *Memoirs*, p.204 or 235 など。
3　崩壊と見えた六〇年代作品が、作者の自己変貌をかけたものであった事実については、例えば、写真集『テネシー・ウィリアムズの世界』(*The World of Tennessee Williams*, ed. Richard F. Leavitt, A Howard & Wyndham Company, 1978) の序文に寄せた作者の次のような表現にも明らかである。「ディック・レヴィットが初めて写真集を見せてくれたとき、私は一点についてだけ強い不満を述べた。これでは、一九六一年頃に私が存在するのを止めたと言っているようなものではないかというものだった。ところが実際には、まさにその時点から、私は、私以前の劇作家たちと同様の、緊張感に溢れた劇作家としての変容過程を歩み始めていたのだから。」

アムの二人であり、レオナードは第三者的立場から、一種の解説者を演ずるだけである。場所は、東洋の国日本の東京、とあるホテルのバーである。舞台背景に東洋の国日本を選ぶとは、いささか奇異な設定だと思われるかもしれない。しかし、『この夏』、『イグアナ』そして特に『牛乳列車』で重要な役割を演じていた、作者の思想的補強としての東洋への関心を思い浮かべれば、必ずしも奇異とは言えないことがわかるだろう。芸術家マークの狂気にも似た芸術への専心とミリアムの熱狂的な生への渇望を描くこの「狂気」のドラマにも、救出としての東洋思想がかすかに息づいているということである。

マークとミリアムは、しばらく前からこのホテルに滞在している。しかし、東京に滞在する二人の目的は、それぞれに異なる。マークはいま手がけている前人未踏の新芸術を完成するためであり、ミリアムは迫まり来る老いの時間と競いながら、奔放な生の享受を求めるためである。

しかし、この東洋の国への旅が、まず妻ミリアムの発案であったことは明記しておかなくてはならないだろう。画家マークは「子供たちが猫の尻尾に結わえ付ける空カン」(四七)のように、彼女について来たのである。新芸術への魅了と自信に比して、マークの敗北の意識ははるかに重く色濃いのだ。

マークは、すでに見るかげもなく荒廃している。初めて登場してくる彼は、「プレスのとれた揃いの背広に、鮮やかな絵の具」(一三)を散りばめ、正常な歩行すらも容易ではない。テーブルに椅子を引きつけようとして、「よろめいて膝をつき、それから、言い分けでもするように笑いながら、よろよろと立ち上がる」(一四)。特に制作のあとの疲労は激しい。部屋のなかを歩くにも、まず椅子をつかみ、タンスにすがり、といった具合であり、廊下に出れば、壁に身を寄せ、徐々に伝い歩きするしかない。しかし、なんといってもこの芸術家の凄惨とも見える痛ましさは、制作中の姿である。夫の部屋をのぞき見たミリアムは、彼が「釘でとめた巨大なカンバスの上を真裸のままでのたうちまわり」(一七)、カンバスに向かって、「この牝犬め、おまえが勝つか、俺が勝つかだ！　やったぞ、さあ、つかまえたぞ！　光の炸裂を――」（二八）と、不気味なわめき声さえ立てているのを聞く。それはまさしく狂者の様態であり、「私は狂気と結婚している」（三九）というミリアムの言葉も誇張とは言い切れない。マークはすでに現実感をことごとく失い、「仕事のあとでは」他人に与えるべきものを「ほとんど残さぬ」（二八）ほど、芸術制作にその意識のすべてを奪われている。「幼児的依存性」（一四）、「専制的なまでの依存性」（一七）だけを残して、現実処理能力の一切を失っている。ミリアムのこの旅の目的は、何よりもまず、この夫からの逃走、狂気の様相までも呈しはじめている彼の「依存性」からの解放だった。

幕があいて、われわれにまず紹介されるのは、肉体への、〈生〉への渇望に取り付かれたゴーフォース夫人の再来ミリアムの姿である。「東洋の仏像」を思わせる（とト書にある）ホテルのバーマンを相手に、彼女は、アメリカが輸出し、いまでは全世界に蔓延している「ヴァイタリティの爆発」について語りながら、「十分に、いや、十分以上にある」自分のヴァイタリティを自慢する。ゴーフォース夫人に似ているのは、〈生〉の渇望においてばかりではない。「自分の進む道は、常に明確」だと断言する理知と決断への自負、人によっては一昼夜を要する（とバーマンが言う）寺院の観照に、わずか「一分」を費やすだけで「眺め」、「消化し」、「先へ進む」貪婪な征服欲、「内なる静けさ」を「生命力の欠如」と見なす行動主義、「敬虔」を「見せかけ」と決めつける即物主義など、すべてが、退行を知らぬ前進型意識の所有者ゴーフォース夫人のものである。

しかし、ゴーフォース夫人の再来でありながら、かつてのゴーフォース夫人とはどこか異なる。彼女の激しすぎる「生命力《ヴァイタリティ》」の主張そのものが、すでに異様なのである。確かに、彼女の渇望、〈肉体〉と〈青春〉への固執は、ゴーフォース夫人やアレクサンドラ・デル・ラゴ（『青春の甘い鳥』）たちのものと同種の恐怖――「カレンダー、柱時計、腕時計の恐るべき産物」（一三）としての肉体の死への恐怖――から発している。だが、ミリアムにとっては、「追憶」だけではもはや飽き足らない。ひたすら「現実行為《プレゼント・アクション》」（一〇）だけを渇望するミリアムは、「内なる平静」とは無縁な女、消すすべもない生（性）の焔に「燃えたぎる女」である。そこには、トラウマにも似た〈生〉への渇望が見てとれる。第二部に登場する画商レオナードに、彼女は、この旅が自分にとっては「特別に重要なもの」（三七）だと言う。しかし、その理由については「説明する気もなければ、正当化する気もない」、ただ、「やめない理由がある」だけなのだ。

前作『二人だけの劇』の芸術家フェリースもまた、狂気に似た芸術への専心を持っていた。そしてその狂気から、フェリースの創作する劇中劇から、逃亡しようと計っていたのも、この作品同様、理性を代表する妹のクレアである。しかし、フェリースは、〈死の情念〉イドの平静さに支えられながら、むしろ妹クレアの狂気をこそ気づかう保護者であり、二人はフェリースの冷静な指揮のもとに、一身・同体として不安定のなかにも微妙な調和を保っていた。しかし、この作品にはもはやこの調和はない。理性とイドの調和は破れ、理性はイドの退行に反逆する。ミリアムはひたすら夫の狂気から、死から逃亡を計るのだ。『二人だけの劇』が作者自身の二つの部分、〈イド〉と〈自我〉との対話であったのと同じように、ここで語られる愛のテーマも、実は、作者自身の心の葛藤を映し出したものである。本作第一部の末部が暗示しているように、マークとミリアムは作者自身の二つの面、「強迫的な牝犬の体に住む芸術家」（ケン点筆者）（三〇）にほかならない。ミリアムの解放への渇望は、作者自身の〈生〉への渇望と解されるべきものなのだ。

この作品に、六〇年代一〇年間の影がほぼすべて再現されているのに気づくだろう。ゴーフォース夫人の再現はまた、海、温泉、花、寺院などの意味と魅力を言葉少なに語ろうとするクリス（バーマン）のかすかな再現をも呼び起こす。そしてマークには、「お嬢さま」の、またフェリースの影が見られるだろう。しかし、マークには、「お嬢さま」の闘士としての逞しさも、フェリースの平静もない。彼はただ、巨大なカンバスの前でのたうち、わめき、憔悴するだけである。

ところで、読者、観客は、マークがいま制作している絵そのものを見ることはない。ただ、ミリアムの台詞からそれを想像するにすぎないのだが、それは「サーカス団のけばけばしい色を配した泥まんじゅう」とだけ語られる。サーカス団の色という表現によって伝えられる鮮烈な色彩と光の炸裂、泥まんじゅうという言葉によって表現される混沌。本作が革命的な実験劇であることの一端は、読者、観客が、光と混沌のイメージ以外には、この絵については一切説明されないというところにもあると言えよう。光と混沌のうちに進行しているマークの絵とは、本作『東京のホテルの酒場で』のことかもしれないのだが、少なくとも、前人未到の分野に立ち向かいつつあると自負するその新様式が、マークの（つまり作者の）狂気と接した自信と恐怖、興奮と絶望の二律背反した緊張そのものを描き出す意識の絵画化、つまり、本作の文体そのものであることに間違いなかろう。

では、マークは何故これほど激しい二律背反の感情に揺れ動いているのだろうか。マークの自我崩壊は、彼の芸術の本質そのものと密接に関わるものと考えなくてはならないだろう。ミリアムが覗き見た制作中のマークの姿が、それを象徴的に伝えている。釘でとめた巨大なカンバスが暗示するもの、それは、単なるカンバスである以上に、そこに芸術的形象化を求めて彼がいま立ち向かいつつある、途方もなく巨大な対象そのものの暗示であろう。しかも、形象化しようとする対象は、釘でとめて置かねばならぬほどに捕捉し難い瞬時の幻、光の炸裂にも似た直観の産物である。マークは、描く自己と描かれる対象との間に通常あるべき「距離」の喪失について語っている。

> ぼくは、画家と――対象！　との間にあるべき、存在しなくてはならない、親密さについては知っているつもりだ。ところが、今では、対象がぼくの目を見る、あるいは、ぼくがその対象の目を見詰める、ぼくたちの間には、もはや、区別というものがないんだ！　一体感だけ！（一七）

この「一体感」に、性的イメージを、作者の言う「不能者の愛の試み」にも似た芸術制作の苦渋を見ることは容易だろう。しかし、それ以上に、芸術家自身が対象そのものとなる自負、宇宙の本質そのものを直視する透視者としての芸術家の自負が見えるのではなかろうか。

　マークは「サーカス団のけばけばしい色を配した泥まんじゅう」と彼の絵を形容したミリアムに、それはまだ「初期の段階にある」、「未熟な状態」のものだと言う。しかし、彼は自己の芸術が、「入ることを許されていない国の辺境を越えつつある」（一九）とも思い、「灌木の茂みに――森の中に――毒矢をもった野蛮人たちが潜んでいる密林の国への冒険」（二四）とも感じている。

　途方もなく巨大な宇宙の本質にまで迫まろうとする彼の芸術衝動が、苦渋に満ち、「制御」不可能であるのも当然だろう。宇宙の本質を把握しようとするかぎり、それは一瞬の直観を通して、途切れ途切れに訪れる瞬時の閃き以外の何物でもあり得ない。仕事場として屋根裏部屋を勧めるミリアムに、彼が「釘で押さえたカンバスの上に即座に定着」させてしまわぬかぎりは、たちまちにして消え去る「イメージの閃光」（二三）について語っているのも当然だろう。マークの途方もない疲労と幼児的な依存性は、この捕捉し難く巨大な対象の表現行為に伴う当然の結果なのだ。彼の芸術行為は、「これまでも常に消耗的だった」。しかし、この途方もない芸術行為に伴うこの度の興奮と緊張とは、すでに常軌を逸している。それは、制作の中断がたちまち、取りかえしのきかない弾みの喪失につながる（二四）種類の、絶えざる緊張の持続があって初めて可能な行為ではないか。マークの言うように、この芸術を「制御」するには、意識の「未開地《フロンティア》」、狂気との絶えざる共存を強いられた「危険な綱渡り」こそ必要なのだ。（二二）

　セバスチャン（『この夏』）の神の洞察にも似た、宇宙の透視者としてのマークの芸術観は、「色」と「光」の発見者という自負のなかに明らかである。

　ぼくは今まで気づかなかった。色、色、そして光！……突如として発見される色と光が拓く可能性、それは、通りを歩いている人間を転倒させるのに十分だ。地上には最後に巨大な昆虫しか残らないと聞いたことがある。でも、ぼくにはいまわかった、最後に生き残るもの、不滅のもの、それは色と光だ。(二四)

マークは、セバスチャン、フェリースと同種の神秘主義者、宇宙の洞察者なのだ。しかし、宇宙の洞察者というこの意識には、どこかにかすかな傲慢さはないだろうか。それがすでに芸術家の狂気故の逸脱でないかぎり、自らが神ともなる自我肥大の不敬さはないであろうか。

死を迎える直前のマークを襲う新たな洞察は、この意味で重要である。狂気と競い合うようにして意識の極北において展開される彼の芸術、その危険な本質を認識し、それをすでに放棄したかのように、マークはこざっぱりとした夏服を着て登場してくる。「顔一面に血まみれた薄葉紙の小片を散りばめた」その姿には、生存のための闘いを闘い抜いた「お嬢さま」を思わせる痛ましさがあり、同時に、その「子供らしさのあふれた」様子には、フェリースと同種の美しい敗北者の趣もある。マークは突然、何物かからの啓示を得たように、視力を奪われ(四六)、「呼吸」と「脈拍」について語り始める。われわれは自分の呼吸と脈拍に慣れすぎていて、通常、それらを当然のものと思い込み、「永遠に所有しているもの」と考える。だが、実は、それらは「ただわれわれに貸与された」ものにすぎず、その貸与は、いつ訪れるとも知れぬ「受け戻し権の喪失」の危険に常にさらされているのだと。(四七)

ウィリアムズ自身の病理的体験からも出ているにちがいないこの「受け戻し権喪失」についての思索は、もちろん単なる病状報告ではない。なぜなら、マークが語る「真剣な画家」に要求される「二つの必要条件」——「長い白いあごひげ」と「梯子」——についての思索と緊密に結びついているからだ。

マークは、自分自身に語って聞かせるかのように、システィナ礼拝堂の天井に描かれたミケランジェロの「天地創造」についてふれる。「そう、それこそ、常に十分な自信を与えてくれるものなんだ。長い白いひげと梯子、それと絵を画く委任――」（四八）。彼は、自分の絵の前人未到の境地について語ろうとするかのように、「天地創造」を、「創造の創造の創造」と言い直していく。言い直された表現は、明らかにマーク自身の芸術の意図と抱負を語るものだが、傍らにいた画商レオナードに、ミリアムがすかさず「彼をそのかさないで」と合いの手を入れざるを得ないほど、それは誇大な自負、卑小な人間の営為を越えた不遜である。

　続けて彼は、彼がはじめて新芸術の成就を自負した日のことを思い出す。空の奥の奥までが見通せるほど澄みわたっていたその日、大勢の客を招いてパーティをしていたのだが、それも忘れて制作に没頭していたマークは、突然、生まれたままの姿でアトリエを飛び出し、客のいなくなった部屋に入ってくるなり、新芸術誕生をミリアムに宣言したのだ。だが、その時にも、マークは、成就したのではなく、「成就したと思ったにすぎなかった」（五〇）のだ。「呼吸」と「脈拍」から始まった思索は、「創造の創造の創造」を生み出すために必要とされる芸術家の要件へと思索を進め、そして新芸術誕生を自負した遠い過去をふりかえりながら、改めて「創造の創造を描くために必要な、長い白いあごひげと、システィナ礼拝堂の天井に掛ける梯子」に欠けていた自分に思いあたる。そして、それに気付いたマーク自身の反省は、「ごまかしこそ、許しがたい罪」（五〇）という自覚であった。この二つのシンボルは、マークの考える前人未到の新芸術を成就しようとする限り、芸術家に要求される神にも等しい「叡智」と「能力」を意味しているのだろう。その資質を欠くというマークの自覚は、新芸術創造に関わったウィリアムズ自身の自省であったと同時に、自然という超越者を前にした作者の、人間としての謙虚さの自覚であったのかもしれない。

　この自覚の直後、マークはあたかも「受け戻し権の喪失」を発動する超越者からの干渉によるかのように、唐突な死を遂げる。この死は、それがあまりにも唐突であるが故に、むしろ意味深いと見るべきだろう。なぜなら、それは不条理の死などではなく、超越者にまで迫まろうとした不遜者の死、宇宙の理法を逸脱した故の芸術家の死だったからだ。

マークの唐突な死を目撃したミリアムは、「光の輪」について次のように語っている。

> 光の輪には縁（へり）というものが、限界というものがある。その輪は小さい。でも、それがわたしたちを保護してくれるんだわ。輪の中に居なくては。それが、わたしたちの存在であり、保護でもあるのだから。わたしたちの存在を保護してくれるもの。もし、家というものがあるとすれば、それが、わたしたちの家なのだわ。（五一）

「そのなかから出ることが危険な」光の輪とは、『お嬢さま』、『明日を想像することはできない』、『二人だけの劇』などに常に一貫して存在していた「安全」としての「家」――「理性」と「正気」のことである。フェリースは狂気にも近い〈死〉の情念にこそ安全の〈家〉を見ていたが、「理性」と「正気」とを再び強調するこの作品の反転としての意味は明らかだろう。「はっきりとふちどられた光の輪」は、狂気への逸脱からわれわれを保護してくれる「防禦」であり、その「光の輪」こそが、「是認する神の顔」（五三）なのである。

マークは、「自然からの実質的同一性からの逸脱こそ、自然にとっては……恐らく適合《コンフォーミズム》よりはもっと重要なものではないか」と考えたフェリースと同様、ミリアムの言う「犯すべからざる理法」（五二）を犯した故の自然からの、宇宙からの逸脱者、そして、「己れ自身の光の輪を創造し得ると考えた」「いやし難く、病める人々」のひとりだったのだ。

確かにマークは、「病める」逸脱者の一人ではあったかもしれない。だが、その逸脱は、逸脱であるが故に、ひたすら合理性と実利性を求める理性と自我への、規範主義への、鋭い批判たり得ていた。〈イド〉の解放から始まった六〇年代一〇年間の作者の精神史をしめくくるマークの認識が、逸脱の意義自体を全的に否定する筈はない。作者自身の退行からの反転、マークの死に象徴されるエナンティオドロミアを完成してはじめて、ミリアムは、マークへの愛を、彼の芸術の意味を認識するのだ（ミリアム「にもかかわらず、後になって、彼のことを深く愛していたことに気付くことは、奇妙なことかもしれないけれど、あり得ることなの。」五三）

本作の末尾には、祖母を亡くしたときのレオナードの母の話が付け加えられている。数時間の苦悶の後に彼の祖母をなくした彼の母は、手順通りに葬儀屋に電話をすると、子供たちを呼び集め、「おばあさんは立派に闘ったわ。さあ、階下に降りていらっしゃい、ココアとシナモン・トーストを作ってあげますからね」と言ったという。レオナードは、子供心にも、その提案がいかにもその場に相応しくないように思えたと言う。この話を聞いたミリアムは、『牛乳列車』のクリスが語ったあの「理性」と「肉体」の調和を、この母に認めるのだ。彼女は、「光の輪の中に——われわれの肉体がわれわれを裏切らず、われわれの理性が宇宙の理法と矛盾する性質の逸脱をしない」限り、われわれに忠実に付き添ってくれる——光の輪の中にいたのだと。（五二）

彼女の語る「肉体」と「理性」との調和のなかに、両者を統合した全体としての人間、自然としての人間が語られていることに気づくだろう。そして言うまでもなく、この光の輪は、宇宙の理法と「矛盾する性質の逸脱」でない限りは、『イグアナの夜』のハナが言うように、人間的なあらゆる逸脱を許容し得るものなのだろう。

六〇年代末に見い出されたこの〈自然としての人間〉の回復を考え合わせれば、七〇年以後に続くウィリアムズの赤裸な自己告白を含む自己解放の理由は、すでに説明するまでもなく明白ではなかろうか。その赤裸さは、自然なる自己の全体性への揺るぎない確信に基づく故のものだろう。その後の性的逸脱の表明や異端性の告白、孤独への共感、過去への郷愁の素朴な表白など、すべては自然である自己への揺るぎない自信と信念によるものだろう。『ガラスの動物園』のローラから始まるウィリアムズの「風変わりな美しさ」の探求は、『猫』、『欲望』、『この夏』、『イグアナ』、『牛乳列車』、『どたばた悲劇』、『二人だけの劇』などを経た後、『東京のホテルの酒場で』をもってその一サイクルを完成したのだ。

第二部　変容の詩人サム・シェパード

「内」と「外」の蘇生

誕生から出発まで

サム・シェパードは、一九四三年一一月五日、イリノイ州フォート・シェリダンに生まれた。父の名はサミュエル・シェパードというから、彼は父の名をそのまま受け継いだことになる。自分の名前をそのまま息子に引き継がせる家父長的父親への反抗は、その後サムが繰り返し取り上げるテーマである。

父は職業軍人で、サムは父が軍役にある間、父の転属のたびに、サウス・ダコタ、ユタ、フロリダ、マリアナ諸島のグァムなど、転々と移動したが、一九五五年、父の除隊とともに、一家はカリフォルニア州サウス・パサデナに居を移した。当初は、母方のおばの家に同居したが、間もなく一戸をかまえ、父は大学卒の資格を取るため、夜間大学に通い始め、母は教師として勤めを始める。父はデキシーランド・ジャズが好きで、自分でもドラムを演奏していた。サムはこの父からドラムを習い、間なく父を凌駕する腕前になったが、この経験は、後にロック・ミュージックとサブ・カルチャーの世界に彼を結びつける契機となる。サムの父はシステマティックな刻苦勉励型の努力家であったらしい。「彼はとても厳格な人だった」、とサムは言う。[1]「勉強するにしろ、何をするにしろ、鍛練というものの必要性をとても意識する人だった」。ところが、サムにはそうしたことが「もう牢獄に入れられるのと同じように」感じられるのだ。努力と忍耐を美徳とする父親、それらが「牢獄」としか思えない息子、この二人の対立のなかに世代間

1　劇作家にいたるまでのシェパードの経歴は、Kenneth Chubb によるインターヴュー 'Metaphors, Mad Dogs and Old Time Cowboys: Interview with Sam Shepard,' *American Dreams: The Imagination of Sam Shepard*, ed. Bonnie Marranca（Performing Arts Journal Publications, 1981）に主として寄った。なお他に、David W. Engel による 'Sam Shepard' *Dictionary of Literary Biography 7*、および、Doris Auerback, *Shepard, Kopit and the Off Broadway Theater*（Twayne, 1982）を参照した。

ギャップが鮮やかに刻印されているのを見ることができるだろう。しかし『ホーク・ムーン』（一九七三）のなかの一編「運転席での眠り[1]」で語られるように、「私とは何物か」を一瞬洞察するとき、そこにはいつも「父親」が「自分のなかに、木のなかの虫のように生きている」のに気付くのだ。サム・シェパードの劇的行為は、かつて否定したこの「父親」を自らのなかに発見し、救出していく長い歩みであったと言っても過言ではない。

間もなく、サムの一家はパサデナの東にあたるデュアルテに移り、アボカド農園に落ち着いている。このアボカド農園をサムは気に入った。馬や羊の世話を楽しみ、羊牧場の経営を夢見たり、獣医になることに憧れたりもした。また、貧富の差を生み出す社会制度の矛盾に気付き出したのもこの頃である。この町は、三つのはっきりとした生活圏に分かれていた。豊かな農場を持ち、高級車を乗り回す山側の金持ちたち、その下には、百科全書を備える程度に余裕のある中産階級、そして、鉄道線路の南側には、貧しい黒人やメキシコ人たちの居住区。少年サムは、「鉄道線路の不運な側に生まれることの意味」を発見するのだ。『罪の歯』（一九七二）には、功なり名とげたロック歌手ホスが、新世代のジプシー・キラーことクロウの登場を恐れながら、なおクロウの貧しい生い立ちに共感して、高校時代の仲間ムースとクルーズを思い出すくだりがある。学友たちから馬鹿にされるこの二人に、ホスは強い愛着を感じている。ある時三人は、学友たちに取り巻かれ、ムースとクルーズが攻撃を受け始める。この争いが、「階級間の戦い」であることに気付いたホスは、狂ったように二人に加勢し、疎外された者同士の兄弟愛を確かめ合うのだ。サム・シェパードの創作法にふれる部分で再びふれるが、シェパードの演劇には、このように意識の底に沈められていた過去の記憶が次々と喚起されては記憶を呼び起こしていく自由連想の趣がある。これは、六〇年代のヒッピー文化、特に麻薬によるトリップの経験が、アメリカ演劇史上に残した最大の成果であると言えるかもしれない。六〇年代初頭に成人を迎えるサムもまた、このデュアルテ時代に麻薬の洗礼を受けている。

しかし、無軌道な高校時代にも特筆すべき出来事があった。まだ「演劇については何ひとつ知らなかった」頃のことだ。ある日、仲間からビートニックと呼ばれていた友人の家に出かけ、これを読んでみないかと一冊の本を渡される。それはこれまで読んだどの本ともちがい、彼には「皆目わからなかった」。それが、ベケットの『ゴドーを待ちながら』であった。サムは後にふり返り、「でも、ある意味では、その方が僕には良かったのだと思う」と言う。「なぜなら、僕は、演劇というものをどんな風に作ったらいいのか皆目知らなかったわけで、初期作品のいわゆる独創性というのは、無知から生じているわけだから」と。ジェラルド・ウィールズ[2]は、後にこの挿話にふれながら、この無知こそ、サムにとっては「生産的な無知」であったと述べているが、何よりも重要なことは、この「無知」故に、サムが既成の演劇的枠組から解放され、さながら麻薬のトリップのごとく、あらゆる意識の規制を排した自由な連想に身をまかすことが出来たということだろう。彼の芸術を語るとき、この意識の解放、言い換えれば、自己の無意識との自由な交流という視点は欠かすことが出来ない。

六〇年代に入ったウィリアムズも、内面化する時代の流れのなかで無意識との交流に向かっていた。同じことは、サムより少し前、五〇年代から劇作を開始していたオールビーについても言えるだろう。しかしこれら先輩劇作家たちとサムとの間には歴然たる違いがある。意識下との交流は、ウィリアムズ、オールビーにとっては努力して開発しなくてはならぬ未踏地であった。しかるに、サムにとっては、すでに未踏地ではない。二人の先輩作家が努力と苦悩をもって開発した世界に、彼は普段着のままで踏み込むことが出来ているのだ。これは、サムがウィリアムズ、オールビーの正統な後継者であることを示すと同時に、時代の差をも明らかにしている。

一九六一年、サムはデュアルテ・ハイ・スクールを卒業、その年、マウント・アントニオ短期大学に入学するが、一年で退学している。システマティックな努力と忍耐という伝統的な価値観から離脱している彼としては、当然のこ

1　Shepard, 'Sleeping at the Wheel,' *Hawk Moon* (Performing Arts Journal Publications, 1981).
2　Gerald Weales, 'The Transformations of Sam Shepard,' *American Dreams*.

とても言えるだろう。自由と解放の夢を喚起する芸術の世界に、心を奪われ始めていたのだろう。この頃から詩を書き始め、また、高校卒業一年前の一九六〇年には、テネシー・ウィリアムズばりの芝居をひとつ書いたという報告がある。

一九六二年、デュアルテの町近くに、「ビショップス劇団」というレパートリー劇団が巡回してくる。これは教会などを利用して全国を巡回するものだったらしい。サムは早速これに加わり、俳優としての経験などを積みながら八ケ月後の一九六三年、はじめてニューヨークの土を踏む。一九歳であった。

ニューヨークには、高校時代の友人で画家、そして有名なミュージッシャンの息子チャールズ・ミンガス二世がいて、サムはチャールズとローアー・イースト・サイドのアパートに住み始めた。そこには有名なドラマーのダニー・リッチモンドも住んでいた。間もなくサムは、チャールズの紹介でグリニッチ・ヴィレッジの「ヴィレッジ・ゲイト」と呼ばれるジャズ・クラブにサラ洗いの仕事を見つける。そこは仕事にあぶれた俳優、演出家、画家など芸術家の卵が集まる楽しい仕事場であったが、ここに忘れることの出来ない偶然が待ち合わせていた。「創世記劇場《シアター・ジェネシス》」の創設者ラルフ・クックがここに働いていて、彼は折しも聖マルコ教会を買い取り、劇場に衣替えする計画をもっていたのだ。これが「創世記劇場」になるのだが、ある日クックが、「新しい劇を探している」と言うので、サムが「僕にひとつある」と言って彼に見せる。それが処女作のひとつ『カウボーイたち』であった。クックはそれを読み、上演することにする。一九六四年一〇月一〇日に初演された『カウボーイたち』は『石庭』とのダブルビルであった。役者は二人までが「ヴィレッジ・ゲイト」の給仕達で、まさにサムが言うように、「ヴィレッジ・ゲイト劇団」と呼んでもいい感じだった。ニューヨーク『ポスト』紙のジェリー・タルマーにベケットの真似だとさんざんにやっつけられ、サムは荷物をまとめてカリフォルニアに帰るつもりになりかけた。だが、間もなく、『ヴィレッジ・ボイス』の批評家、演出家、劇作家でもあるマイケル・スミスがサムの劇を絶賛する。これが契機となってサムは順調にすべり出し、マスメディア時代の若者を代表する反体制文化の旗手というイメージを確立していく。二〇歳に一ケ月かける若さだった。

シェパード劇の特質

サムにとって、クックとの出合い、マイケル・スミスとの出合いは幸運であったにはちがいない。だが、彼にとってさらに重要だったのは、オフ＝オフ・ブロードウェイ演劇活動がいままさに始まろうとする時期に居合わせたという事実だろう。名だたる実験劇場が集中して創設されているのもこの時期である。五八年創設のジョゼフ・チーノによる実験劇場「カフェ・チーノ」の先鞭は置くとして、六一年にはエレン・ステュアートの「カフェ・ラ・ママ」、アル・カーマインズによる「ジャドソン詩人劇場」、六三年には、ジョゼフ・チャイキンの「オープン・シアター」、六四年には、ウィン・ハンドマンによる「アメリカン・プレイス劇場」が創設される。六八年には、リチャード・シェクナーによる「パフォーマンス・グループ」が創設されるが、サムとともに出発した「創世記劇場」が六四年創設だったことはすでに述べた。サム自身、「これらすべてがまさに始まろうとしていたその時期に」ニューヨークに来合わせたことを、「幸運な偶然だった」と認めている。この時期は、アメリカにおける大きな二つの意識革命のほぼ中間点に位置していた。五〇年代の意識革命ビート・ジエネレーションの影響力はまだ強く残っており、彼らは、ファーリンゲッティ、コルソ、ケルーアクなどのビートたちを大いに論じ合っていた。そして間もなく、さらに大きな、徹底した意識革命が到来する。フラワー・チルドレンと呼ばれるヒッピー、イッピーたちのＬＳＤによる意識拡大運動である。東部のＬＳＤ意識・文化革命の教祖がティモシー・リアリーであれば、西部西海岸の教祖はケン・キージーである。サムが『見えざる手』（一九六九）を書くにあたって、おそらく大きな影響を受けたと考えられるキージーの『カッコーの巣を越えて』が発表されるのが六二年である。キージーはこの作品の印税で間もなくアシッド・テストと呼ばれるＬＳＤ交感実験を同志たちと始め、いわゆるサイケデリック文化がアメリ全土に広がり始める。この文化の本質は、あらゆる体系化、組織化からの自由にあり、それは、社会体制の束縛からの自由は言うまでもなく、思考を縛る既成概念からの自由、さらには、思考を支配する言語自体の合理性からの自由までを含むものであった。(1) キージーとその仲間、メリー・プランクスターズの実験とその顚末を、サイケデリック調に塗られたバスに乗って同行し、報告したトム・ウルフの『クール・クール・ＬＳＤ交感テスト』が発表されるのが、六八年である。

サムは、アメリカ全土に胎動し始めたこの新しい意識の潮流のなかに居合わせた。この時期の雰囲気について、サムはこんなふうに述べている。「ローアー・イースト・サイドには、特殊な文化が形成されつつあった。芝居を見に行く連中というのは、誰も皆身近な感じで、自分とは実はひとつだという感じだった……こうして、何かが起こりつつあることを意識し始める。もちろん、それが何であるかは誰にもわかりはしない。だが、何かが起こっているという感じはあった」(「チャブ」)。

シェパードの創作法と感性の質は、六〇年代に進行していたこの意識革命の潮流を無視しては考えられない。一九七七年、当時をふり返ったエッセイ「アメリカの実験演劇――当時と今」(2) のなかで、サムは六〇年代の遺産のうち、「唯一生き残り、最も重要なものとして今なお続いているのは、意識についての考え方である」と述べている。サムは「実験的」と言われるたびに戸惑いを感じている。彼にしてみれば、実験性とは手法の斬新さだけに求められるものではない。作者の意識が硬化せず、常に新しい意識を求めるかぎり、そこには自ずと新芸術への衝動が息づくのだ。実験的な作家というレッテルの下でとかく見失われがちなのが、サムのこの保守的ともいえる伝統主義者の姿勢であることを思えば、『罪の歯』を環境演劇的に演出しようとしたシェクナーの気負いにサムが不満であったのは当然だろう。環境演劇的演出は、「始めからその内容が定義不可能な種類の劇」にこそ相応しいのであって、「演じられ方にはじめから一定の仮定を設定してある」演劇とは「無関係」のことなのだ（「チャブ」）。

サムの感性と創作法を見る上で、一九七七年発表のエッセイ「言葉、視覚化そして内臓図書館《イナー・ライブラリー》」[3]は、実に多くのことを示唆してくれる。ここでもサムは、「実験的」という表現に戸惑いながら、「視覚化——これこそ実験の始まる所」と主張する。人物造型はどこで行なわれるのかと自問しながら、彼はこう答える。「私の経験では、その人物は視覚化され、立体化されて何処からともなく現われ、語り出す」のだと。チャブとのインタヴューでも、「僕は、何か絵の様なものが思い浮かび、ただ、そこから始めるだけだ」と語る。例えば『シカゴ』の場合には、「風呂桶のなかにいる男の絵」から、また『罪の歯』の場合には、主人公のホスの「声」を聞くことから。そして、「絵」ないし「声」から始まるとする彼の主張は、「開いた《オープン・エンディド》」劇の主張と呼応し、さらに「遊び」としての演劇の主張につながっていく。「劇を書き始めたのは、遊びの感覚（「子供」の頃の）を大人の生活にまで拡げていけたらと思ったからだ。〈芝居〉が〈労務《レイバー》〉になってしまうなら、どこに芝居を書く理由なんかあるのだろうか」。

「絵」や「声」に従って書くということは、言い換えれば、シンボルに従って創作するということだ。イメージの流れに従う行為は、生硬な知性に優位を許さず、柔軟な感性をこそ信頼する行為であり、閉ざされた分析的、合理的営為を捨てて、直観的営為につく行為である。それは、感覚の共通性だけを頼りに、次々と連続するイメージを追い続ける夢の作業に似ている。そこでは、性急な知性の介入は、自発性を阻害する組織化、歪小化として排除されなく

1　ケン・キージーたちの文学活動については、トニー・ターナー著『言語の都市』（佐伯・武藤訳、白水社、一九八〇年）、第一六章「エッジ・シティ」に詳しい。

2　Shepard, 'American Experimental Theater: Then and Now,' *America Dreams*.

3　Shepard, 'Language, Visualization, and the Inner Library,' *American Dreams*.

てはならない。「この絵は心のなかを動いていて、それを追うにつれて、それは、ますます自由に動くことが許される。それを追うことが、書くことにあたるのだ。言い換えれば、私は、内部のどこかで生起している出来事について、出来る限り詳細な記録《ノート》を取っているわけだ。実際、私がどこまでこの絵を追いつめることができるか、そして、どこまで私自身の愚かな意識の干渉を排除することができるかに、霊感と技術の真の意味がかかっている。もし私がその人物をある方向に無理強いするようなことになれば、私が技巧に陥って真の流れを失ったことのほぼ確実な印なのだ」(1)。

シェパードの作品に共通した、自発性、流露する感覚の自在性などの特質は、意識と無意識との中間に位置した創作法――観察者の介在する夢見る行為から生じていると言えるだろう。彼の劇が「遊び」でなくてはならないのも、また「開いた劇」でなくてはならないのも、煎じ詰めれば、この自発性の故である。開かれていなくてはならないのは、何事でも起こり得る、開かれた心の状態を必要としているからだ。彼の劇が、しばしば連続した連作の様相を呈するのも、また、一度書き上げた作品の手直しを拒むのも、同じ理由によるものだろう。その作品は、その時点での作者の内的トリップの報告であり、それはさらに大きな、作者の生涯をかけた内的発展の一部をなすものにすぎないとする信念があるからだ。「僕には、自分が書いた作品に執着を持ち続けるというのは、むずかしい。作品を書く前に膨大なノートをとる作家がいると聞いているが、僕の場合、作品というのは、別の作品に移るために書くもので、ひとつひとつは、別のものにつながる発展の一部なのだ。僕は、作品に執着するというよりは、いつも置き去りにしていくといった気持でいる」(「チャブ」)。

創作行為という彼のトリップが、「記憶」に依存する行為であることも意味深い。外界からの経験がイメージとして貯えられた記憶装置を、シェパードは「内臓図書館《イナー・ライブラリー》」と呼ぶが、彼のトリップは、意識の抑制の排除とともに活発となる記憶喚起の行為なのだ。「もし私が真の創意に富むならば、いかなる瞬間にも、この図書館からまさに必要とされる情報を引き出すことができる」のだ。もちろんシェパードはこの夢行為の危険にも気付いている。メソード演技技術にふける役者が観客を忘れて夢に埋没してしまう危険があるように、作者が夢に埋没して観客を忘れるならば、作者は観客の「居眠り」によって報復されるのだ。

意識と言語の合理化と組織化への反発、それに代わる自発性、遊戯性、流動性の回復、夢思考への傾斜、現在性の強調など、すでに指摘した諸点は、すべて六〇年代の意識革命と共通した特徴であろう。だが、さらに重要な点は、組織化への反発と自発性回復の試みが、結局は、人間の心の、また世界の、全体性の回復をこそ目指しているということだろう。シェパードはこれを「感覚的経験の全的世界」という言葉で言い表す。それを捕えるのに、シェパードはいわゆる実験演劇に連想される通説とは逆に、言葉への限りない信頼を語るのだ。「高められた知覚の瞬間」にのみ流れる呪術的な言葉、喚起力に満ちた神話的言語への信頼である。このような言語のみが、「未知なる世界に飛躍する力」をもつのだ。

シェパードの創作過程は大きく三つの発展段階に分けて考えることができるだろう。その第一は、六〇年代を中心とした初期作品群、その第二は『メロドラマ・プレイ』から始まる七〇年代のロック・プレイの系列、そしてその第三は、七〇年代後半『飢えた階級の呪い』から始まる家族劇の系列である。

1　シェパードの創作法がユングの深い影響下にあることは、この部分をユングの「アクティヴ・イマジネーション」を論ずる以下の文章と比較するとき明らかである。「私たちは無意識を最も扱いやすいかたち、つまり、自発的な空想、夢、不合理な気分や情緒などのかたちで取り出し、それを観察する。それに特別の注意を払い、意識を集中してその変化を客観的に観察する。全身全霊をもってこの作業に没入し、この自発的な空想がその後さまざまに変容していく過程を、注意深く、慎重に見守らなくてはならない。とりわけ、この空想とは無関係な、外的夾雑物の一切を排除するよう努めなくてはならない。なぜなら、この空想イメージのなかに『必要とされるすべてのもの』があるからである。こうすることで、私たちは気まぐれな意識の介入を排除し、無意識に、自由な行動を保証することができる。」（ジョン・A・サンフォード著『見えざる異性』長田光展訳、創元社）、二一四頁より引用。

初期作品──『石庭』から『罪の歯』まで

『石庭』（一九六四）から『サイドワインダー作戦』（一九七〇）にいたる時期は、六〇年代の感性が最もナイーブに発露する時期である。核となるイメージへの依存、詩的独白の優位を特徴とする最初期の作品群から、インディアン、カウボーイなどの神話的人物、漫画、ＳＦのスタイルなどを利用して、徐々に作品世界を明瞭化していく時期である。そんななかで、現存する処女作『石庭』は特異な位置を占めている。これは、後にシェパードが追求しはじめる家庭劇の原型と見ることができるからだ。ドリス・アウアーバークにあてた私信のなか[1]で、作者はこれを『飢えた階級の呪い』に勝る作品と見ているらしいが、一部肯けないわけではない。三場からなるこの一幕劇は、父母兄妹四人からなるアメリカ家庭をほぼ幾何学的な構成によって描き出したもので、男女二人ずつの家族構成は、そのまま『飢えた階級の呪い』に引き継がれ、幾何学的構成は『本物の西部』に受け継がれることになるからだ。作者はこの作品を、「僕の母と父を置いていく[2]」物語、つまり世代交代の物語としていた様だが、ここに描かれる父子入れ換えのテーマ、祖父の不可解な習癖、止まることのない一家のすき間風など、アメリカ家庭の崩壊物語である以上に、アメリカ文明の病根をえぐるその後の家庭劇につながる視野を先取りしていた点は注目に値する。第三場の父子の対話は、後にケネス・タイナン考案のミュージカル『おお、カルカッタ！』（一九六九）で利用され、一週六十八ドルの臨時収入をシェパードにもたらした。

サムはこのあと、『木曜日まで』、『犬』、『揺り椅子』（いずれも一九六五年二月上演）の三作を発表しているが、『カウボーイ』と同様、その原稿は現在失われてしまっている。作者の記憶に残るほどの作品ではなかったようだ。しかし、六五年は多産というべきである。上記三作のほかに、『シカゴ』、『イカルスの母』、『４Ｈクラブ』の合計六編が発表される。「風呂桶のなかにいる男」の「絵」から始まった『シカゴ』は、一日で書き上げられたそうだが、風呂桶という小さな空間が、船になり、海になりながら、幻想が幻想を生んでいく様子は、まさに麻薬によるトリップを思わせる。事情は、『イカルスの母』の場合も同じだ。作品の核となるのは、ウィスコンシン州ミルウォーキーで見た独立記念日の花火が引き起こした恐怖の記憶と言われている。空に浮ぶジェット機の不気味さとして投影され、それを見つめる青年男女たちの不可解な恐怖心に連動される。シェパードがサスペンス作りの名手であることは、作品全体が恐怖のサスペンスとして成立していることでも明らかだろう。ビルとハワードは何故煙の信号を上げるのか、何故、二人は女たちやフランクに嘘を言うのか、作者は明らかにしない。それでいて、例えば海辺に出たパットとジルがパイロットと不思議な交流をする卑猥と豊饒の行為が違和感もなく生き生きとしているのは、シェパードの言語が表層よりは感覚に訴える内面性をもつからだろう。『4Hクラブ』は、言葉の感覚性に頼る最初期の傾向から、イメージに依存する次の作品群への移行を見せている。作品の中心的イメージは、「家の掃除」である。男ばかり三人が住む古びた家、その住人のひとりで、割れたコーヒー・カップを片づけ始めるジョーは、家をきれいにするというよりは、危険物を片づけずにはいられぬ一種の強迫観念にとりつかれている。家をきれいにするなら消防車のホースを使うのが一番なのだが、そうなれば、老朽したこの家全体が崩壊しかねない。窓から投げ出されるゴミ入れやリンゴ、それが当たって頭が割れる老婦人や警官。この家が、アメリカ社会と文明のメタファーであることは明らかだろう。そしてこの家を内側から破壊する目に見えぬ害獣ネズミ。シェパードが繰り返し取り上げるアメリカ文明という「呪い」をイメージ化した最初の佳作である。

害獣のイメージは、後に革命劇『弁論術と航海者たち』（一九六七）に発展していくが、それに先立つ六六年、作者

1　Auerback, op. cit., p.3.
2　Chubb, op. cit., p.193.

はさらに三作の実験をしている。『百十四万冊の本』は、巨大な本立てを作るトムとドナの話だが、巨大な本立てとそこに収める百十四万冊の本が、営々と築き上げられてきたアメリカ社会と文明のメタファーであることは、前作の老朽化した家の場合と同じである。トムはこの作業に完成というものはないと言う。内省に欠けた無意味な文明の営為。作者は友人エドを通して、文明からの一時的な脱落、休息の意味を説く。雪に埋もれるエドの山荘は、死の山荘だが、それは文明の再生のための死の山荘である。黙示録的終末を伝える父母の本を読む声と合わせて、本立ては突然崩れ、舞台は空白となる。『赤十字』は、この時点で最も充実した作品である。前作の山荘のイメージが発展したものだが、この山荘すら文明の「呪い」から自由ではない。ジムとキャロルはいまこの山荘にいるのだが、ジムは全身を侵し始めた毛ジラミに苦しみ、キャロルは不可解な全身の痛みに苦しんでいる。毛ジラミや不可解な痛みは、『4Hクラブ』の目に見えぬ害獣ネズミと同様、アメリカ文明の目に見えぬ病毒である。ジムは苦しみから逃がれるためにさまざまな対症療法を試みるが、どれも一時的な効果しかない。作品の圧巻は、文明の病を負ったジムが、文明離脱の象徴的行為をメイドに教える部分である。メイドはジムの指導のもとに夜の森の湖で溺れかかる自分の姿を視覚化し、ついには「魚」となって、文明から脱離する孤独なヴィジョンを完成する。離脱の意味を知りながら、それが「息の続く限りの楽しみ」でしかないジムには、メイドの深いヴィジョンは許されない。最終部は文明の病に追い立てられ、再び新たな逃避行を計画するジムとキャロルのイメージで終わっている。同じ年の最後の作である『旅行者』は、そんな二人がメキシコに逃亡した物語だが、文明の病はここでも色濃い。構成の点で難点があるが、作者の最初の多幕劇であった。

一九六七年には、『弁論術と航海者たち』と『メロドラマ・プレイ』が発表される。この時点までに、作者はすでに四つのオービー賞を獲得している。『シカゴ』、『イカルスの母』、『赤十字』、『旅行者』とほぼ発表ごとの受賞である。受賞はさらにこの年の二作についても実現する。一週三夜で五十ドルの皿洗いの仕事をやめたサムだったが、定期収入が見込めるようになるのはこの頃からだろう。『弁論術と航海士たち』は後に彼の妻となるオウ＝ラン・ジョンソンが出演している以外は、さして目新しさのないマンガ仕立ての革命劇である。ケン・キージーの『カッコーの巣を超えて』の影響とも見られる、精神病院（砂漠の要塞）奪還計画がモチーフとなっているが、これはあくまでもモチーフであるに過ぎない。話の本筋は、この要塞から派遣された害虫駆除業者が、革命分子を一掃する職務を遂行する過程で、いつしか自らが駆除されるべき被圧迫民の一部であることを自覚するというもの。六五年からヴエトナム戦争に参加したアメリカの政治的状況に対する、ヒッピーたちの反体制的気分を反映したものである。むしろ注目されるのは、『メロドラマ・プレイ』である。この作品は、芸術家の老いをテーマに芸術家の死と再生の苦悩を描く、一連のロック・プレイの出発点となるばかりか、後の『勝ち馬予想屋の地理学』（一九七四）や『本物の西部』（一九八〇）の原型とも見られるからだ。時流に乗ってたちまちロック界の寵児となった作曲家デュークだが、彼は早くも創造力の枯渇に見舞われている。そもそもデュークには真の創造力が欠けていた。彼のヒット曲そのものが兄ドレイクの歌を盗用したものだったからだ。デュークをめぐる生存世界は過酷である。監禁され、ボディガードに見張られながら、彼は作曲を強制される。『本物の西部』につながるのは、そんな過酷な雇主フロイドが、創造力の根源である兄ドレイクを呼んで兄弟の共同作業を企てる部分である。真の創造性よりは創造性の盗用によって時代の寵児となったデュークに、作者はこの時期の己自身の新生への苦悩を映していたのだろう。ボディガードが語る地を這う盲目の男のイメージや、最終部で兄ドレイクが地を這う男そのものに変容していく部分は、芸術の商品化だけを求める社会に対する作者の怒りの表明でもあったのだろう。早熟な作者満二三歳の作品である。

シェパードは一九六九年、オウ＝ラン・ジョンソンと結婚。翌年には長男ジェシー・モジョーが生まれる。この年の成果は二つあるが、彼の精神史を見る上では『聖霊』が興味深い。『メロドラマ・プレイ』から『聖霊』発表の時期（二三、四から二六歳頃）にかけて、作者は成熟のための苦悩と直面していたにちがいない。芸術家の本質を問うのが前作であれば、後者は自伝的事実を生き直しながら、成熟の契機としての父＝子関係を問い直しているからだ。システマティックな努力家であった父親像が正確に再現され、一八歳迄その父の教訓と価値観の「奴隷」となってきた作者自身の反抗も再現される。表面的には息子の独立のための父親殺しというエディプス的状況を描きながら、その拒絶は『石庭』のものとは大きく異なる。ここには息子の側からの愛情（裏情）が溢れさえしているからだ。息子アイスが語る火（父）と氷（息子）の創造神話は、世代交代を自然の摂理として神話化する試みにほかならない。父からの救出の願いを拒否して父を射殺するアイスの行為は、己のなかにすでに同じ宿命を見ている息子の行為であり、だからこそ、火のなかで再生しようとする英雄的な父の行為が美しく描き得たのだろう。この作品は、後に、『罪の歯』、『埋められた子供』として開花するための基礎作業であった。

この年もうひとつの成果は、アメリカ合衆国、別名アズサを訪れた異星人ウィリーを描いた空想科学劇『見えざる手』である。異星の国ノーゴーランドは、実はアメリカの未来像である。そこは専制主義的な超管理国家で、マントヒヒから人間に改造されたウィリーたちは、テレパシー管理による「見えざる手」の自動制御装置によって支配され、自由意志を奪われている。この未来国家がケン・キージーの精神病院と酷似することはすでに述べた。ウィリーは、この未来国家に対決し得る唯一の力、〈素朴な人間〉を求めて来訪したのだ。ノーゴーランドの支配者たちは、開拓者時代のブルーとその兄弟たちの想像を絶した旧時代人的人間性を前にすれば、必ずや大混乱を起こすにちがいないからだ。こうしてこの作品は、SF仕立ての外貌をとりながら、現代アメリカにおける神話的人物、カウボーイたち、の野性溢れた生命力による人間性回復をテーマにしている。作者の文明に対する深い懐疑は、アズサの現代青年キッドが言葉を逆さにして用いることで専制支配離脱の道を発見していく、逆思考の提言にも現われている。前向きでなく、後ろを向く思考こそ、シェパードの意識革命の基本をなすのだ。

一九七〇年、シェパードは六〇年代の総決算として『サイドワインダー作戦』を書く。この時期までにオフ＝オフ作家としてのシェパードの名声は確立したと言っていい。かつてない規模の制作費をかけ、シェパードははじめてオフ＝オフの場を離れてリンカン・センターのレパートリー劇場に進出する。だが、興業的には惨敗だった。ヴェトナム戦争反対の厭戦感と幻滅感みなぎる一九六八年の選挙年を中心に描かれたこの作品は、ヒッピーたちの過激な革命思想、魂の救出を求めるインディアン文化への傾斜など、六〇年代末の文化状況をほぼ正確に伝える野心作ではあったが、内容はもうひとつといった感じだった。

文化現象とともに成長している限り、作者はいずれ、社会が彼に求める公的イメージと己自身とのギャップに苦しまざるを得なくなる。若者文化の代弁者という公的イメージの圧力は、シェパードを絶えざる緊張下に置くことになる。その兆候はすでに三年前の『メロドラマ・プレイ』にも現われていた。名声とともに訪れる経済的安定、そして結婚。シェパードは、自分自身がいやおうなく保守的、守勢的環境のなかに組み込まれているのに気づかざるを得なかったろう。この頃の作者は、保守化する自分を鞭うつように麻薬に頼る。新しい世界への飛躍が是非とも欲しい。生活と仕事との矛盾のなかで、作者は劇作以外の道まで考える。ロンドンはロック・ミュージックの本場である。音楽の道で再生してもいい。この新生への一念が翌七一年、作者をロンドンに向かわせ、足かけ四年滞在させることになる。この英国滞在はシェパード劇を飛躍的に成長させ、彼の演劇は自己省察に裏打ちされた新たな段階を迎えることになる。その成果が、英国滞在中に書かれた『罪の歯』（一九七二）以後の作品である。

七〇年の最後の作品『毛剃られた割れ目』から、七一年の『狂犬ブルース』、『カウボーイ口調』、『沼沢地の怪獣』は、新生にいたるまでの模索的作品と見るべきだろう。『毛剃られた割れ目』は一見した限りでは、『見えざる手』、『サイドワインダー作戦』と同様の革命劇だが、作品の終末部からもわかるように、「戦いは終わった」という認識から出発している。作中の革命家ギーズは六〇年代の終結に戸惑いながら、音楽による救いに向かうのだ。この三作のなかで、直接ロック・ミュージックと関係しているのは、『罪の歯』の前身『カウボーイ口調』だが、無名時代のロック詩人パティ・スミスと共作したこの作品は、二年前に結婚した作者自身の分身スリムの夢と絶望の相克を描いてすさまじい。ここでも老いは自然の摂理であって、自然の摂理を拒否した救世主ロック歌手への夢は、死と共存した世界以外の何物でもない。スリムの夢と絶望の相克は、安定と芸術的冒険を求める衝動との間で苦しむ作者自身の姿である。迫りくる老いとの戦いは、『沼沢地の怪獣』のテーマでもある。男系の子孫たちを食い尽す沼沢地の怪獣とは、実は、人間すべてのなかに内在している恐ろしい老い、後に女性原理として作者のなかで結実していく再生の契機としての「老い」の宿命にほかならない。老いを見つめつつ最後の戦いに挑もうとする主人公スリムは、次作の主人公ホスの前身である。

新生をめざして

英国滞在中に発表する『罪の歯』(一九七二)は、ロック・プレイの代表作であると同時に、これまでのすべてを結集した秀作である。題名はマラルメの詩から、言葉による決闘の構成はブレヒトの『都会のジャングル』(一九二三)の影響によるものとされる。だが、それはあく迄も外的要素にすぎない。主人公ホスの声を聞くことから始まったこの作品は、『石庭』以来、作者の内部に蓄積していた彼自身の父子関係に関する記憶の総体が機熟して自ずと噴出した、きわめて個的な産物と見るべきだろう。中年ロック歌手ホスが、非情な新時代のロック歌手たちと生き残りをかけたロックの戦いを演ずるというのが、この作品である。ホスが仮想した最初の敵が、モジョー・ルートフォース(根源の力・モジョー)であるのは偶然ではあるまい。モジョーは一年前に誕生した作者の息子の名前である。作者自身が経てきた父殺しの心的過程が、父となった己れ自身のなかでいま再現されているのを作者は知るのだ。この作品が単なるロック界の抗争劇をはるかに越える深みを持ち得たのも、世代抗争を人間存在に普遍的な神話の次元にまで高め得た点にある。ホスとクロウの抗争は、ギャングの抗争、自動車レース、星占い、カウボーイ時代の決闘など、神話的時間のなかに埋め込まれる。この永遠の時間のなかで、ホスは自ら父となり少年となりながら、父子二人を同時に生きる。『聖霊』のシステマティックな父親は、いまホス自身である。二人の決闘が、当初からホスにはきわめて不利な設定であるのに気付かれるだろう。ホスは当然にして敗れなくてはならないのだ。功成り名とげたホスは、成功者の「イメージ」と豊かさのなかに沈みかけ、殺しの本能を忘れかけていた。不法時代の青春は終わったのだ。残された道は、不法を許さぬ体制内のゲームのなかで生存をかけた戦いをするだけだが、過酷な競争原理も今の自分には信じられない。この作品の生命は、世代交代という人生の宿命のなかで、この宿命から逃れる道を発見しようとする作者の根源的な衝動にある。これを輪回と呼ぶならば、この輪回から脱する道は、父のなかに子を見、子のなかに父を見る己自身の成熟しかない。その成熟こそが、唯一信頼出来る「自己」の発見につながるのだ。クロウに敗北したホスは自らも不法者として生きる道を決意し、クロウから新時代の生き方を学ぼうとする。だが、その生き方とは、ただ「外」を向くだけの虚の世界、空虚な「イメージ」だけの世界である。ホスは、許された唯一独創的な世界として自己自身の死を選ぶ。メタファーとしての死は、作者の新生にかけた決意の表明だった。

滞英中に書かれたもう一編は、七四年発表の『勝ち馬予想屋の地理学』である。作者自身が演出した最初の作品である。レイモンド・チャンドラー、ダシール・ハメットらの文体を用いながら、不思議な予知力を持つ勝ち馬予想屋に仮託した芸術家の創造力の浮沈、芸術家と社会との関係などを描き出す。材料としては『罪の歯』以前のものだが、滞英経験なくしては書き得なかった作品である。英国滞在は、生まれ育った文化的環境なくしては、芸術家は書くことも考えることもできないことを教えたのだ。勝ち馬予想屋コディは、ならず者の配下サンテとボジョーに見張られ、監禁されながら、密室のなかで勝ち馬の予想を強いられる。だが、コディの予知夢は、現在自分がいる土地との関係が把握できない限り、夢見る力が働かないのだ。大地との結びつきを要求するコディのなかに、アメリカを離れて、所属する場のない虚空のなかで執筆してきたシェパード自身のアメリカ回帰の渇望を読み取ることができるだろう。この作品にはもう一点、注目すべきことがある。芸術家コディの病が、そのまま社会の代表者、集合的な意識の主体者と見られるべきやくざのボス、フィンガーの病と連動していることだ。『罪の歯』以後、父親であることの意味はシェパードの重要な関心事となる。自己の病は父親の病でもある。この連動性の認識こそ、ロック劇の変奏『エンジェル・シティー』(一九七六)から始まり、一連の家族劇で追求される最も冒険的なテーマ——アメリカ即自己という図式のなかで、文明=父親の蘇生を探る深層心理劇の中心をなす概念だった。

一九七四年、シェパードは帰国すると、彼自身のルーツをたぐり、己の再生を求めるかのように、少年時の記憶の原点となるカリフォルニアに居を定める。翌年発表する『アクション』(一九七五)は、あたかも、初心に帰るかのような初期作品の再現である。しかし、その認識の確かさは初期作品の及ばぬものだ。平明な言葉は意識そのものとなり、クリスマスの夜に集う若者達の対話は微細をきわめながら、その細部はいずれも現実の深層を映し出す窓となる。彼らの世界には、心を防御する壁すらない。目に見えぬ不可解な敵は心と肉体の間にまで滑り込み、彼らの自我を破壊する。ジープが突然椅子を壊し、シューターが風呂に入るのを恐れるのは、その敵への恐怖があるからだ。「四方を壁に囲まれ、屋根があるからといって」危険があるのに変わりはない、とシューターは言う。不可解な敵とは、文明の総体のことである。シェパードは、意識と繋がる文明のあり様を確実に作品化し出したのだ。

新たな価値原理創出を求めて

『エンジェル・シティー』

一九七六年発表の『エンジェル・シティー』は、これまでの作者の記憶と思索を結集した金字塔的作品となる。前作『勝ち馬予想屋の地理学』の連続のなかにある事実は、前作の医師、およびボスのフィンガーが、それぞれラビット、ホィーラーとして登場していることでも明らかだが、連続しているのはこの作品とだけではない。ラビットはまた、かどわかされ、さらわれてきた数々のロック・プレイの主人公（芸術家）たちの変奏であり、不気味な様態をもつホィーラーは、「沼沢地の怪獣」の発展したものである。基底においてはつながりながら、『エンジェル・シティー』で構築された世界は、飛躍的な充実度と完成を持っている。ここで扱われる主題は、作者の最も個的な関心事が最も普遍的な関心事と結びついたテーマ――西洋文明のなかにある芸術家の宿命とその蘇生を、文明それ自体の死と再生の深層心理的変貌の過程として描き出すことである。これまでの作品では、わずかに『沼沢地の怪獣』のみが、その象徴的含意において、この世界に近づき得ていた。この飛躍を説明できるものは、やはり、自然主義文学でいう「遺伝」と「環境」にも比せられる「文化」の決定論的特質への考察を拓いた滞英経験であり、作者自身の成熟を支える記憶への深い沈潜、心の深層にまで至る退行経験の深まりであったと言うほかはあるまい。

題名の「天使の都市」は言う迄もなく映画産業の都ロサンジェルスのことだが、映画界の大君ホィーラーが語る「変装した天使」の合意はさらに重要である。病み衰えたこの都市は、美しい姿の「天使」を内に秘めた仮の姿、死の苦悩を経つつある現代アメリカの姿なのだ。

作品の退行状況は、人物たちが突然変容する第一幕から暗示されていたが、人物たちが変容したまま始まる第二幕は、退行状況の深化として意図され、その退行の深まりのなかで、この作品の死と再生をかけた深層部での核心的ドラマが演じられる。それが、劇中劇のかたちをとったホィーラーの象徴劇としての映画そのものにほかならない。

作者の分身ラビットがホィーラーに呼ばれたのは、逆説的にも、この都市を救うための「大惨事」を主題とした映画を作るためである。準備はすべて完了している。欠けているのはただ「意味ある人物」の造形だけだ。窓外の都市は、スタジオの住人たちを「生きたまま喰う」怪獣の様相をすでに呈し始めている。大惨事の創出だけが、スタジオの全的崩壊をくい止め、都市を守る唯一の方法である。

作者のもうひとりの分身ティンパニーが語るように、このスタジオはこの都市の頭脳、「狂った頭脳」なのだ。と同時に、ホィーラーが語るように、それは、西洋文明そのものでもある。スタジオの主ホィーラーは、その西洋文明の中心に位置する頭脳、言い換れば、西洋文明という巨大な心の活動を司る〈自我意識〉にほかならない。その意識が今病んでいる。不気味な怪物の様相を呈しはじめている。都市の、西洋文明の〈意識〉の中枢ホィーラー（*wheel* は舵輪の意味）は、名前の如く、文明という「心」の健康を保持、補修するのがその使命である。ラビットを呼んだゆえんである。

大惨事になぞらえられた「意味ある人物」が、再生のための破壊となる新原理導入の比喩であることはもう明らかだろう。ティンパニーとラビットは、大惨事となる最も恐ろしいものを模索する。奇妙にもそれは、突如訪れる「死」と「女性の体のなかに住む」「正常なもの《ノーマルネス》」である。シェパードはサスペンスの才能を十全に活用しながら、西洋文明を支配してきた男性原理の長い歴史に、いま、その対極的な力となる「女性原理」への視点を導入しようとしているのだ。ホィーラーが見せた恐るべき計画、目下作成中の映画とは、「二つのものの対極的な二つの力」、男性原理と女性原理とが相争う象徴劇であり、悠久の時間のなかで両者が和解し、結合して出来上がる第三の原理を夢見るものであった。

この作品の最もパーソナルな部分は、作者の分身ラビットの造型である。登場人物の一人、スクーンズ嬢は、芸術衝動に本質的に根ざす「野心」を指摘していた。ラビットの「呪術の輪」の「西」、西洋は、「内部を見る」空間、「発見」のための空間である。だが、医師＝芸術家、変容の儀式をこそ司るべき呪術師ラビットは、「内部を見る」行為を恐れるのだ。ホィーラーは「私の内部を見よ」と言い、二人は「同一人」だと言う。ホィーラーの病を他人事とし、自ら芸術家を主張するラビットに、ホィーラーは「創造こそ病だ」と言う。芸術とは、文化環境に無意識のうちに規制され、支配されたものだという意味で、ひとつの「病」であり、真の創造行為とは、その病いを超えることなのだが、ラビットはホィーラーの象徴劇を見て、それを陳腐なラヴ・ストーリーだと断定する以外には、本質的な意味を理解しない。シェパードは文化環境のなかにある芸術家の危険を、自己反省とともに提示したのだ。結末部では、ラビットもまた、ホィーラーの病を引き継いでいく。こうして、以後の家族劇に共通する、西洋文明の病の深さ、根深さを暗示するのだ。

一九七六年は実に多産な年で、さらに二つの作品が発表されている。『変ロ音の自殺』と『飢えた階級の呪い』である。

『変ロ音の自殺』

前者は、「視覚的音楽《ヴィジュアル・ミュージック》」の劇として注目される。ロック・プレイ最後のものだが、『エンジェル・シティー』を通過したこの作品は、同じロック・プレイでありながら、作者にとってはらむ意味ははるかに大きい。「視覚的音楽」とは、サックスから女の悲鳴が発せられるといった単なる表現技法にとどまるのでなく、言語では表現不可能な「心的状況」そのものが音楽であり、作品全体が音楽という呪術的空間を形成しながら、作者は音楽家ナイルズの死と再生の過程を再現しようとするのだ。パブロ、ルイスという二人の探偵を配した趣向は、心的過程の隠された秘儀を探るこの作品にはすぐれて相応しい技法なのだ。

現実界の秩序を代表する外界からの使者である二人は、自殺者ナイルズの死の真相を探りに来た。ナイルズは自殺したのだ。だが、二人はこの通説を信じてはいない。二人の役目は、死の現場を検証すること、言い換えれば、ナイルズの想像力の内側に入り込み、ナイルズの心的状況を再現してみることだ。

生前のナイルズに、作者自身の反映を見るのは容易だろう。「丁年に達する」以前に訪れた名声。それ故の自己確立の苦しみ。パブロ、ルイスは、功なり名とげた芸術家の死をめぐって可能な限りの推測をほどこしながら、死の真相に迫り、ナイルズの芸術的営為そのものを分析する。彼の音楽は、前人未踏の芸術的冒険に挑み、「かつて耳にしたことのない」音色を求めて、絶望と歓喜の間を揺れ動いていた。だが、彼はどこかに潜んでいる、というのがルイスの推測である。だが、パブロはさらに彼の死の真相に迫る。ナイルズは殺されたのだ。未曾有の境地を求めたナイルズの芸術衝動はデーモンと化して彼を追い立て、絶望と狂気の果てに、彼は宗教、迷信、呪術などの権威にすがる。しばらくは、デーモンも飼い馴らされたが、その芸術は独創性を失い、単調な反復になり始める。ナイルズは権威者たちの庇護を離れて、再び独自の道を歩む決意を固める。その途端、自由を許さぬ権威者たちがナイルズの殺害に及んだのだ、というのがパブロの推理だ。二人の推理が、ロック・プレイ以後、神話的装いに依存しながら、独自の世界を求めてきたシェパードのこの時点までのほぼ正確な芸術的経緯の要約であるのは言う迄もない。

幾度となく登場してきたロック歌手たちの創造への渇望と坐折。歓喜と絶望の間を往還しながら未知なる音楽を求めた彼らの芸術衝動は、ルイスやパブロが恐れる伝統破壊的な革命性を帯びるものだった。前人未到の音楽に象徴された心的状況は、「父祖たちの勤勉努力」を放擲し、文明史の輪回を脱して新しい価値原理創出につながる危険な衝動に違いないからだ。だが、ナイルズはこの衝動の中で、先行する幾多のロック歌手同様、絶望し、停頓していた。作者＝ナイルズにとって、新生をかけた死と再生の儀式は是非とも必要であった。

この作品では、真の殺人者は当初から明白である。自殺者ナイルズがその人であり、あとは、その行為にいたる動機に向けて逆向きに辿るだけだ。呪術空間への案内者ポーレットは、殺人行為の「儀式」性を明らかにしていた。ナイルズはペイコス・ビルをはじめとする多くの神話的人物を招き入れ、彼らは制御不可能なまでにナイルズを支配するに至っていた。ナイルズが語るのでなく、彼ら自身が語り出した。己れ自身の声をとり戻すためにも、彼らを殺害し、零から始め直す再生の儀式はぜひ必要だった。

神話棄却の心的行為は、危険な独自の未踏地に踏み出さんとする行為でもある。ルイスは当初からこの呪術的空間にとどまる危険を再三警告していた。安全の外貌が崩れて、背後から矢を射込まれる無秩序が現出する危険があったからだ。しかし、この無秩序は、すべての人間が同一の顔を持つ画一性を脱するための創造的な退行でもある。彼らが共有するこの呪術的空間は、変容の過程にあるアメリカの縮図であり、その事実は、彼らが実はナイルズと不可分の同一者なのだという、ナイルズの最後の言葉が暗示していた。

作品の終末部は、神話放擲という死を遂げたナイルズが、ペトローネに誘われるまま再び現実に生還し、ルイス、パブロに捕縛されるところで終わっている。蘇ったのは作者自身にほかならない。作者の新生は、『飢えた階級の呪い』に始まる新たな家族劇に結実していく。

充実期——家族劇の系譜

『飢えた階級の呪い』

一九七六年最後の作品『飢えた階級の呪い』は、最初期の作品『石庭』の再現であることはすでに述べた。帰米後の作者が、いかに記憶の源泉につながろうとしているかがわかる。この作品の背景もまた、少年期を過ごしたデュアルテを思わせるアボカド農場である。

しかし記憶の原点に立ち帰る行為でありながら、それは単なる記憶の再現ではない。世代交代に自然の摂理を見、帰米後、文化状況への認識を深め、外界が内界に連続する心的ドラマの象徴性を確認した作者は、一見自然主義的なこの作品に、『エンジェル・シティー』以来の深層心理的企てをみごとに生かし得ているのだ。

作品は、一家の家屋敷売却の物語を中心に展開している。男女比同数の四人から成るこの一家は、今、崩壊の危機に瀕している。父親ウェストンは、何物かに追い立てられるように酒に溺れ、家に寄りつかない。昨夜も酔って帰ってくると妻エラと口論の未、戸口を蹴破って何処となく消え去ってしまった。父親不在の状況は明らかである。母親エラも一家再興の努力を放棄している。努力するどころか、彼女は弁護士兼不動産取引代理人テイラーと組んで、家屋敷売却をもくろみ、ヨーロッパ逃亡を計画している。後に明らかとなるように、家屋敷売却を計画しているのは、エラだけではない。父親もまた同様である。家族の頭脳となるべき父母の双方が、一家再建の努力を放棄しているのだ。

家族の再建、修復に努力しているのは、むしろ二人の子供たち、息子ウェズリーと妹エマである。作品は、父親に蹴破られた戸口修復に努める息子ウェズリーの象徴的な行為で始まっていた。母親のヨーロッパ逃亡計画を聞いたエマは、激しく抗議し、母の計画につくことは「死」につながるとさえ言う。続くウェズリーの台詞は、この作品の意図を明らかにしていた。昨夜、父の帰りを待つ間、彼は自分がアメリカの一部であることを確認し、天井の模型飛行機を見つめながら、自分が彼らの敵となり、「何物かが自分のなかに侵略」してくる恐怖を覚える。自己なるアメリカ、そしてそこに侵略してくる外敵、二つのイメージは、この作品の象徴的意図のほぼすべてを尽している。

「空中を不可思議に浮遊する目に見えぬ細菌」への恐怖は、エラ、エマが繰り返し言及していた。作者はウェストン一家をアメリカ文明が集約する一つの「場」として設定し、この場のなかで、文明蘇生のドラマを深層心理的ドラマとして展開して見せようというのである。『エンジェル・シティー』に見られた文明の毒素は、空中を浮遊する細菌に形を変え、「呪い」となってこの一家の家系に侵入している。題名の「飢え」と「呪い」は、死と再生の契機をはらんだこの一家の退行状態を説明するに相応しいイメージである。飢えているのは、何物かが奪われ、喪失している心的飢餓感にほかならない。「呪い」とは、文明という毒素に過度に侵入され、占有されている一家の文明史的血の呪いである。

一家の家屋敷が、健康な自我＝意識とほぼパラレルに置かれていることは疑いない。自我が両性の原理から成り立つように、この家屋敷も父母半々の共有である。だが、父母それぞれが無断でこれを売却し、家屋敷再興を放棄していることで示されるように、この自我は病み、退行している。わずかに、未来の意識の芽である子供たちだけが、自我の補修に努めているだけだ。家系に流れている文明の毒素については、父ウェストン自身が、自分の血のなかを流れる父祖の毒として語っていた。そして、内と外にある毒素の呼応は、いまエラが文明の代理者、知の悪魔テイラーと共謀し、また、ウェストン自身がかつてこのテイラーに利用されていた事実にも明らかだ。甘言に乗るのは、同じ意識を共有しているからにほかならない。

一家の擬似的意味での再生の秘儀は、第二幕末で訪れる。妻エラの計画を知ったウェストンは、妻を呪い、家族を呪った末に、テーブルの上で眠り込む。目覚めた彼は、みごとに蘇生したかに見える。家族との絆を発見し、戸口の修復を始めるばかりか、妻にまで同じ死の儀式を勧めさえする。この唐突な再生の心理過程は容易に解釈できるだろう。売却計画における二人の出合いは、自我建設を放棄した己れ自身の姿を見る鏡の効果にも似ているからだ。

ウェストンが言うように、家庭こそが父親（自我＝意識）蘇生の秘儀の場なのだが、妻（女性原理）の協力のないウェストンの蘇生は、あまりにも唐突、部分的な蘇生にすぎない。それは、連綿と連なる文明史の罪の清算を等閑に付したまま、一瞬にして過去を忘れる逃避にすぎない。ウェストンの過去は、借金を取り立てるヤクザの到来となって現われ、娘エマの不可解な乱行や死となって現われる。父親出奔のあと、息子ウェズリ―は父ウェストンに変貌するが、これは、父の罪、言い換えれば、文明の毒素の根強さを示すとともに、真の再生までには幾度となく繰り返される小さな再生が必要であることを示している。

『誘　惑』

一九七八年、シェパードは二つの勝れた作品を発表している。そのひとつが、家族劇を一時離れて『エンジェル・シティー』につながる『誘惑』である。悠久の時間のなかで展開する男性原理、女性原理の対立と和解が『エンジェル・シティー』のテーマならば、同じテーマをエロス原理の装いのなかで追求するのが『誘惑』である。

主人公は、大実業家ハワード・ヒューズをモデルにしたヘンリー・ハカモア。その彼が、密閉された自分の部屋に、かつて関係した女たちを招き入れるというのがその物語である。ヘンリーが、ホィーラーの再現であることは、長い髪、白い髭、不気味な手足の指からも明らかである。それは太古からの年齢を重ね、いま死を迎えつつある文明の様態である。

彼が体現する原理の質は、空間配置に対する彼の異常なまでの厳密さに示される。それは、数量的な精密さへの執着、一切の異物を排除する秩序と明晰さへの執着である。エラやエマと同様、細菌汚染に寄せる彼の限りない恐怖は、体全体にクリネックスを貼り付けるその異様な行為によって示される。ただ、この細菌は前作とは逆に、文明の毒素を破壊する異物としての女性的なるものだ。これまでと同様、彼が、心《サイキ》としての呪術的空間——密閉された彼の居室——における自我＝意識に比せられる事実は、ルーナが語るこの部屋の意味からも明らかだろう。「すべてが発する核」としての最奥部の部屋、そのファラオの地下墳墓に眠る王が、彼なのだ。

〈女性的なるもの〉への拒絶は、一切の欲望から解脱しようとする彼の心的態度に現われる。「女性」に触れてはならない。それは欲望を喚起するばかりか、「目に見えぬ」魂を、心までを、冒すことになるからだ。にもかかわらず、その彼が、彼の部屋に女性を呼び入れる決意をする。死という「緊急事態は決断の根源」なのだ。死にも比せられる退行の極地のなかで、意識＝ヘンリーは、女たちを呼び入れる行為の意味を本能的に理解したのだ。

生ま生ましい男性原理は遠い記憶の片隅に退去している。その意味すら忘れ果てた財産整理の最中に、ルーナは訪れる。呼び寄せたのは彼の筈だが、ルーナ登場への恐怖は著しい。まさに「異質の生」に侵入されたかのようである。純粋意識の囚われ人ヘンリーの眼前に現われたルーナ、その艶然たる媚態は、意識に対する純然たるエロス的感覚の象徴である。エロスの媚態を通して、作者は、純粋意識ヘンリーに新たな原理としての女性性への眺望をもたらそうとするのだ。ヘンリーには、一瞬ルーナが識別できない。だが、ほどなく彼は、ルーナの意味を明らかにする。次第に強調されるルーナの媚態と誘惑的な身振りの前で、ヘンリーはぼんやり見えるその姿に、「女性性」と「畏怖すべき力」を見てとるのだ。「危険」な「制御不可能」な「力」としての女性である。ぼんやり見える白い歯は、「天国の門」である。それは、「死の入口」にいる自我＝意識ヘンリーを、「別の世界」に導き、「恍惚」とともに「救済」をもたらしてくれる〈女性〉である。

ここで注目されるのは、両者がともに触れ合うことを恐怖していることだろう。ヘンリーはこれを、「強姦」関係による相互の反発、嫌悪として説明する。ルーナが代表するエロスの世界は、ほぼ〈自然〉と同義である。純粋意識ヘンリーはその自然を有無を言わせず切り捨て、蹂躙してきたのだ。ヘンリーがあまりに異質なルーナを前に、一瞬気を失う衝撃を受けるのも当然だろう。

第二幕は、ついで登場してきたマイアミとルーナによる激しい誘惑の媚態で始まっている。エロスの働きかけに、彼も硬直した意識を徐々に解きほぐしているかのようだ。ここでの中心は、女性を呼び寄せた理由を明らかにするのと交換に、マイアミ、ルーナに彼女たちの「人生」を語らせ、彼がそれを聞く部分である。その人生は、「人生一般」であってはならない。「個別の人生」であり、しかも大切なのは、生きた臨場感を伴う「語り口」であって、事の真偽ではない。彼には、人生の〈女性版〉が必要なのだ。ヘンリーはこれまで、〈男性〉看護士ラウルの目を通してしか情報を受けてはこなかった。だが、死の「緊急事態」のなかで、女性こそが、新たな世界に自己を拓く「最後の絆」であることを彼は知るのだ。人生の「女性版」に没入出来るか否かは、彼の女性原理受容度如何にかかっている。だが、そもそも現実感の裏付けのない話を作り上げることと自体に無理がある。しかも、二人が一つの物語を作り上げるとなれば、整合性が欠けるのは当然だろう。二人の話に矛盾を見たヘンリーは、たちまち異物侵入の恐怖に怯え、明晰な意識の及ばぬ混沌と無秩序の深淵を見て戦慄する。

マイアミ、ルーナの物語にかほどの衝撃を受けたのは、ヘンリーが自己の本質である整合性の原理に見合う「人生」、言い換えれば、己自身の「人生」だけに執着していたからにほかならない。異物としての女性原理を受け入れず、整合性と秩序だけを求める彼の強い衝動は、棕櫚の樹が揺れ、大地が揺れる恐怖の幻想が示している。しかし、蘇生の心的過程を歩み出した彼は、なお、蘇生への憧れ、女性への執着を捨ててはいない。ヘンリーが向かう砂漠は、それが無であるが故に聖なる土地でもある。空白な無は、あらゆることが生起し得る、すぐれて創造的な退行のイメージであるからだ。

『埋められた子供』

一九七八年のもうひとつの作品『埋められた子供』は、再び家族という勝れて象徴的な場のなかで、アメリカ文明の死と再生の過程を追っていく。構成の緊密さ、内容の充実において、シェパード劇の一頂点を成すものであることに疑いない。文明蘇生の核心にいたる行為――文明史の底深く秘められた罪の発見と自己認識――を、一家の歴史に秘められた子殺しの罪の暴露としてイメージ化するのが、この作品である。。背景も、作者出生の地、中西部イリノイの、とある農家である。

死を迎えつつある家長ドッジの家には、固く鎖された秘密がある。妻ハリーと長男ティルデンの間に出来た罪の子を、かつてドッジは殺し、裏庭のどこかに埋めたのだ。その死んだ孫ヴィンスが、ドッジ家を訪れてきた。ドラマは、このヴィンス認知を巡って展開する。一見、堅固な自然主義的リアリズムの外貌をもつ作品だが、当初から神話的な夢の様態が強調される。幕が上がると間もなく、一家の長男ティルデンは、腕一杯にトウモロコシを抱えて裏庭から帰ってくる。三〇年来作物を植えたことのない裏庭である。恵みの雨、不毛な土地に突如訪れた豊穣。穀物神再生の神話的イメージは濃厚である。しかも、この雨は、かすかに死と破壊の影を伴っている。雨は近くの橋に壊滅的な被害を及ぼし、家長ドッジは雨とともに咳こむ。こうして死とともに訪れる再生のパターンは、周到に用意される。

「忍耐」、「勇気」、「決断」を信条としてきたドッジが、家父長的原理に立つ文明の「家長」であることは、孫のみならず、その孫の孫までいるという彼の父祖的自負や、彼の背後にはただ「死者の長い列」があるだけ、という彼の言葉からも明らかだ。子供を、過去を、情感にかかわるすべてを切り捨て、ひたすら前進のみを心がけてきた死の原理が、彼である。

ドッジの農場は、かつてそこからとれるミルクがミシガン湖二つを満たすほどに栄えていた。そこに、母子相姦による不義の子が生まれる。不義の子は育ち、一家の「一部」になろうとした。この「たったひとつの過ち」が、営々として「築き上げてきたすべて」を無に帰するようにドッジには思えた。築き上げられた生活原理を守り抜くために、ドッジはその子を殺す。一家の疲弊はそれ以来のことである。

不義の子ヴィンスは、文明という強固な自我＝意識を補償する新たな原理の芽と見てよい。この作品が、『聖霊』以来の国譲りの神話的枠組を用いている理由もここにある。国譲りは、枯渇した古い原理（合理的な男性原理）がエロス原理（無意識の女性原理）を統合して蘇生する新しい自我の誕生と見られるからだ。

ヴィンスは、退行しつつある一家の心的状況のなかで出現すべくして出現したと言っていい。ドッジの病、ティルデンの白痴化[1]はその退行の現われと見ていいからだ。ヴィンスは無意識への導き手アニマに案内されるように、女友達シェリーを伴い、ドッジの家に立ち寄る。たが、強固な自我に守られたこの一家に、ヴィンスがただちに認知される筈もない。自我の制御をほどくのは、もっぱら魅力的なシェリーの働きだ。彼女はたちまちティルデンの心をとらえ、二人の間には不思議な交流が始まる。ティルデンは秘密を語り出し、ついでドッジがすべてを語る。

一家の秘密が語り終わると同時に、ヴィンスは激しい勢いで帰ってくる。酒ビンをたたきつけ、網戸を切り裂いての登場は、強固な自我の壁を激しく打ち破って侵入する、無意識の噴出そのもののようだ。戦いにも似た領土乗っ取りが宣言されると、ブラドレーを除いて、一家はたちまち彼の身元を確認し、ドッジの国譲りが完成する。

アメリカの自己回復は、文明の最も深い部分にある自己、つまり殺された子供に行きつくことで実現するという前提がここにはある。殺された子供とは、家父長的な原理とは異質な第三の原理、自然と命に繋がる女性原理を統合した〈全体的〉原理と見ていいだろう。では何故、第三の原理が近親相姦によってもたらされなくてはならないのだろうか。これについては、レヴィ＝ストロースのエディプス神話分析の理論が説明してくれるようだ。レヴィ＝ストロースは、「血を濃くする関係」（母子相姦）と「血を薄くする関係」（父親殺し）の二つの原理を用いて、「血を濃くする関係」を、古代ギリシャに根強くあった人間の単一生殖《オートクソニー》の原理から両性生殖の原理に移行する心的過程と見なしている。[2] この理論はまさしくこの作品の状況を説明してくれるようだ。アメリカ精神の歴史を家父長的単一生殖の長い歴史と見れば、それから離脱し、女性原理を含む第三の原理を導入するための「血を濃くする」行為が、ハリーとティルデンの母子相姦だったということになるからだ。

しかし、この作品でも文明蘇生の実現は見送られている。酒を買いに出たヴィンスが車のなかで遡及する過去のすべてが、男系の過去であったように、ヴィンスは第二のドッジに変貌するだけである。妻ハリーの最後の言葉は、ひたすら「待つ」ことの意味を伝えていた。

『本物の西部』

一九八〇年発表の『本物の西部』で、作者は再び父親（文明）蘇生のテーマを取り上げる。幾何学的構成のもとに、対照的な二人の兄弟の反発、引き合い、共同作業、その失敗を跡づけることで、作者は父親（自我）蘇生を、「影」（アルター・エゴ）統合の心的過程として追求するのだ。

作品は、ほのかなローソクの明りに照らされてシナリオ書きに専念するオースチン、そのかたわらで軽く酔い、話しかける兄リーの描写で始まっている。鮮明な光りではなく、ほのかなローソクの明りであることが、ドラマのすべてが、ほの暗い心の深部で生起している出来事であることを暗示している。北部に安定した家庭をもつ知識人オースチンは、その北部を一時脱して母の留守宅を訪れている。母の留守宅は、これまでと同様、自我の制御が一時ゆるみ、蘇生のための心的過程が行われつつある退行空間と言っていい。だが、この家すら秩序から完全に脱しているとは言い難い。引き出しという引き出に鍵をかける母もまた秩序の人だからだ。母不在の留守宅でなくてはならぬゆえんだ。自我＝意識オースチンは、この条件が整ってはじめて、「影」リーの訪問を受けることができるのだ。

知的行為者オースチンに対する、田夫野人＝西部人リーの「影」としての特質は、その犯罪者的反秩序者の資質にも明らかである。その生業は、窃盗業。「影」とは、己自身の「生きられていない半面」のことだが、それは、通常、悪として意織され、忌避される。しかし、それ故にこそ、「影」はまた力に満ちた蘇生力の源泉でもある。自我の再生がしばしば「影」統合によって完成されることを思えば、生業としての窃盗行為に対するリーの絶大なる自信のほ

1　ティルデンはニューメキシコ滞在中に、不可解な出来事に遭遇して、知性を失ったことになっている。この出来事の内容を作者が敢えて曖昧にしているのは、それが、彼のそれまでの生活原理（男性原理）に激しい反省を迫るシンボリックな内的出来事としてあることを暗示したいがためである。

2　Lévi-Strauss, 'The Structural Study of Myth,' *Myth: a Symposium*, ed. Thomas A. Sebeok (Indiana University Press, 1958) 参照。なお、レヴィ＝ストロースとの関係を最初に気付かせてくれたのは、Thomas Nash, 'Sam Shepard's *Buried Child*: The Ironic Use of Folklore,' (Modern Drama vol. XXVI, No.4, Dec. 1983) である。

ども理解できる。

この作品が、映画プロデューサー、ソール・キマーの提案する、兄弟の共同作業によるシナリオ作成をめぐって展開しているのもこのためだ。キマーの役割は、フロイド（『メロドラマ・プレイ』）、フィンガー（『勝ち馬予想屋の地理学』）、ホィーラー（『エンジェル・シティー』）と同様、すべてを知悉した英知の体現者としてのそれである。オースチンの新しいシナリオに有望性を見た彼だが、リー腹案の西部物語を見るや、たちまちその隠れた才能を認め、その物語に「真実の響き」、「本物の西部についての何物か」を嗅ぎつける。キマーは、砂漠に出奔した二人の父の現状にふれ、酒と借金に身をもち崩した父親救出のための「信託財産」設立まで提案する。この父親が、父ウェストン（『飢えた階級の呪い』）出奔の連想と繋がるシェパード自身の父親の再現であり、父親救出は、外なる父（文明）救出と連動した内なる父（自我＝意識）蘇生のメタファーなのだ。

キマーが言うように、二人は「同一人物」のなかの二つの原理である。二人が相互に相手に憧れ、相手になる願望を持つのもこのためだ。リー腹案のシナリオは、オースチン以外のライターに任すことも出来るのだが、それでは「意味をなさない」。兄弟であるが故に、「それ以外では不可能な、素材に対する親密さ」が二人にはあるからだ。二人の共同作業によるシナリオ完成は、自我による「影」統合のメタファーであり、新たな自我、オースチン＝リー誕生のメタファーである。となれば、オースチンの協力は是非とも必要である。田夫野人たる無意識の「影」自体には、表出衝動があるだけで、意識化する力はないからだ。

しかし、作品は当初から、「影」の不安定な移ろい易さを暗示していた。「影」の不安定さは、そのまま、リーの物語に対する、また、父親救出を呼びかけるリーの提案に対する、オースチンの強い抵抗となって現われる。自己の存在のすべてを賭けたオースチンの新しいシナリオである。出来ることならお金を与えてリーを追い払いたい。だが、彼が現在書いているシナリオが、「ちょっとした恋愛物語」であることが示すように、彼もまた再生の苦悩に直面しているのだ。「恋愛もの」は、創造力の枯渇に直面したこれまでの多くの芸術家たちに共通した、蘇生をはらむ挫折の象徴だったからだ。

「影」統合の衝動を見せながら、父親救出の提案にオースチンが一貫して反発するのは何故だろう。彼もまた彼なりに父親救出の努力はしたのだ。砂漠に住む父を訪れ、彼は父にお金を渡す。だが、父の返礼は、彼に唾をかけることだった。彼は明らかに父親から軽蔑されたのだ。これが彼の父親体験の原点であり、父親蘇生の不可能性を主張する根拠なのだが、この心理は、心理学でいう反動形成の心理(1)とそっくりである。実は彼自身が父親を軽蔑している。そのための父の処罰を恐れて、それを父からの軽蔑として自覚するのだ。父にお金を渡すだけの救出法は、明らかに、高をくくった解決法であり、再生の苦悩を回避した見せかけの援助である。オースチンの激しい協力拒否となる理由だ。

第七場では、リー、オースチンの役割が完全に入れ替わる。シナリオ作製に従事するのは無学な野人リーである。だが、意識化する力のない「影」リーの苦闘は見るも無惨だ。内面の声は「聞こえても」、彼には「それを紙の上に表現することが出来ない」。タイプライターのリボンはからまり、はては、テーブルの上にタイプライターを叩きつける。意識オースチンへの再三の助力呼びかけがなされる理由だが、そのオースチンは立ち上がれぬほど酒に酔い、彼自身が限りなくリーの反秩序性に近づいている。ここで、「意識」と「影」とは、『飢えた階級の呪い』の父母同様、それぞれ分裂の道を選ぼうとするかに見える。オースチンは一瞬父との同一性を見ながら、かつての父ウェストンと同様、この現実を楽園と見て部分的な蘇生に逃がれようとし、リーはリーで、家屋敷を相互に売り払おうとしたウェストンやエラと同様、利益折半を条件にオースチンの援助を求めようとする。

1　反動形成とは、自我の防衛規制の一つで、無意識のうちに抑圧されている強い衝動に対して、意識面ではそれと正反対の傾向を形成して、抑圧を強化すること。例えば、無意識の劣等感が強いが故に、逆に意識面ではいばるがごときがその一例。

第八場は、すでに惨たんたる荒廃の様相を呈している。ビール缶は散乱し、オースチンが盗んで来たトースターは一列に並び、母の植木は枯れ萎んでいる。リーは、タイプライターを破壊し始め、原稿を火にくべ始める。この荒廃した舞台光景は、そのまま退行した心の内部風景である。しかし、方向感覚すら喪失したこの退行の極地のなかで、はじめてオースチンの死と再生が始まる。彼は突然、「新生《ビギニング》」について語り出し、砂漠への渇望を語り出す。注目されるのは、「新生」を愛好すると言うオースチンに、リーは、むしろ「終末」を愛すると言っていることだ。リーのこの敗北者宣言は、オースチンの言うように、「西部」の死を語るものだ。となれば、生命の源としての「西部」を生かす道は、心のなかの「西部」を掘り起こすしかない。「影」リーは最後の取引に出る。オースチンの砂漠行を実現してやる代わりに、リーの口述通りに物語を書き、「権利」はすべてリーが所有するという条件だ。オースチンはその条件をのむ。それは、「影」が全的に「意識」を占有し、意識の防衛機制の一切がはずれて、新たなオースチン＝リーの誕生とも見える。事実、二人の共同作業は順調に進み、「独創的」な響きの物語が進行し始めたかに見える。しかし、この物語でもまた、「影」統合の実現は見送られる。早すぎる母の帰宅が邪魔をするのだ。瞬く間にリーは物語への関心を失い、シャツを着込む。惨たんたる荒廃の様子を見て、母は一片の同情もなくモーテルに泊まりに出かける。母なる女性原理はここでも全く機能していないのだ。

終末部は、荒涼とした砂漠のなかで、互いに「次の一歩」を見守るリー、オースチンの姿で終わっている。荒涼とした砂漠は、『誘惑』の場合同様、無であるが故にあらゆることが生起し得る、優れて創造的な退行のイメージであり、蘇生の過程を経つつある現代アメリカの心象風景でもある。

『フール・フォア・ラブ』

一九八三年、シェパードは新たな家族劇『フール・フォア・ラブ』を発表する。モハーヴィ砂漠近くのモーテルに相寄る腹ちがいの兄妹の、近親相姦的な愛の破局をたどるこの作品は、これまでになく平明、写実的な物語に見える。だが、ここにも、シェパードの文明史的視野、文明蘇生の企てが、潜んでいるのを見落としてはならないだろう。ここにもモーテルという密室空間があり、二人の兄妹以外の目には見えない、出奔後の幻想の父がいる。現実界からの使者マーチンにとって、この兄妹の不可解な物語は人生の深淵を一瞬垣間見る、夢にも近いものであったにちがいない。

この作品が、愛を蝕む文明の呪いの物語、しかも、作者自身の声も露わな肉声によって語られたもの、と言ったら奇異に聞こえるだろうか。これが文明という決定論的環境のなかにある芸術家の再生の物語と言えば、これがいかに『エンジェル・シティー』に近いかがわかるだろう。男女両性原理の融合、和解を眺望するのが前者の「劇中劇」であれば、ここでは、同じテーマを男性原理の罪を発掘する『埋められた子供』の視点を通して追求される。兄妹の愛の葛藤そのものを描くよりは、共通の父をめぐる二人の母とその子供たちという、父をめぐる愛と血の歴史をめぐって物語が出来上がっているのもこのためである。

エディとメイは久し振りにこのモーテルで出合う。エディがここを訪れたのは、メイとの愛をあらためて確認するためである。作品の意図は、聞き手マーチンを配して、兄妹をめぐる愛と血の歴史を二人が相互に語り合い、補完し合い、完成させる「語り」を展開させることにある。と言えば、これが『誘惑』の変形であることがわかる。二人の「語り」が、それぞれ父の原理、母の原理から見た「人生《ヒストリー》」であるのは言うまでもない。

冒頭、幻想の父は、エディを「幻想家《ファンタシスト》」と呼び、「夢をつむぐ」ことが彼の役目だと言う。エディが父系原理に立つ文明の夢の紡ぎ手であることは、再三強調されている彼と父との「盟約」が明らかにしている。エディが語る父の人生は、独立独行のカウボーイ・イメージを伴う、孤独で淋しい父（文明）の姿であり、家庭という小さな情愛の世界に安住できぬ冒険と夢につかれた男の姿である。女性は彼にとって、あくまでも男の世界を保証する「夢の女」

——オアシスにも似た幻想のなかの女でなくてはならない。共通の父をめぐる二人の母、そして、その母から生まれた兄と妹。アダム神話にも似たこの図式は、『埋められた子供』の場合同様、男性原理に貫かれた文明史という、文明の単一生殖を映すメタファーである。

不思議な愛の出合いを語るエディの話に、メイは、「不気味で、病的な考え」にとりつかれた彼が、また同じ作り話をしていると言う。幾度となくこの話を「繰り返し」ては、その度に話が少しずつ「変わる」のだと。そんなはずはないと否定するエディだが、メイの確信には一点のゆるぎもない。メイによれば、彼はただ、「大きな円」のなかを回っているにすぎないのだ。このやり取りが、これまでのシェパードの創作行為に、作者自身が自省をこめて言及したものであるのは明らかだろう。男性作家である以上、意識するしないにかかわらず、彼もまた、自ずと男の視点に縛られながら、文明蘇生の物語にこだわり続けてきたからだ。女性原理メイの立場からすれば、男系の盟約から紡ぎ出されるエディ（シェパード）の物語は、常に女性の視点に欠けた一方的な「作り話」に違いないからだ。

切り捨てられた「人生」の他の半面に光を当てて、男系の盟約が紡ぎ出す罪の歴史を掘り起こすのが、メイの役目だ。彼女が語る人生は、二人の母とその子供たちを相互に近づけまいと腐心して保身に努めた父の姿、一途な愛に身を捧げる悲しい女たちの情念の世界だ。わずかに残された手がかりを頼りに、長年月をかけて父の家を突き止めるメイの母。しかし、その家からは、父の姿はありながらその声は聞こえず、聞こえてくるのはただエディと母の声だけ。父の所在をつきとめた二人の喜びも束の間、その直後に、父は永遠に、母の前から、一切の女たちの前から消えうせる。以来、母は生ける屍同然である。メイが語る女としての母の痛ましさは、母の苦しみも知らず、一瞬にして燃え上がったメイとエディの恋の歓喜によって増幅される。メイの恋は、母の歴史の再現なのだ。

メイがエディとの恋を語り始めたとき、幻想の父は、メイの話が脇道に入りかけているのを恐れていた。事実、彼女が語り出すのは、新しい自我意識蘇生の芽となるエディと彼女との激しい結合への願望であり、その同じ願望を裏切られて自殺したエディの母の死である。二組の母子を互いに近づけまいと腐心し、家のなかに姿はあっても声なき父、父の不在性は明らかである。責任と自己蘇生の努力を回避する父（文明）の原理は、メイの母の生きながらの死、エディの母の文字通りの死という、意図せぬ無数の女性たちの死をはらむものであった。

一五年にわたるエディとメイの愛の歴史は、父と二人の母の歴史の再現である。エディもまた、二人の女性の間を往還する父である。だが、この作品が愛の賛歌でもある理由は、父の再現であるエディが、メイとの愛を確認するため、いまモーテルを訪れているという事実にある。彼は父そのままではない。エディの母の死をメイが語り終えたあと、父はあらためて「男性の側から見た人生」を語るようにエディに言う。だが、エディは、父の不在中に起こった母の死を否定しない。父の要請をふり切り、舞台中央で抱擁し合う兄妹の姿に、父の歴史を翻す男女両性原理の結合が一瞬垣間見える。しかし、このとき再び、傷つけられ、切り捨てられた過去の女の怨念が噴出する。エディが捨てたもう一人の女が、彼のトレイラーに火をつけたのだ。炎上するトレイラー、炎を逃れて駆けめぐる馬のいななき。男の世界に挑み、復讐する女の怨念のみごとなイメージである。エディはこの女を追って、再び何処へともなく立ち去っていく。女性原理統合を成就することなく終わるこの作品は、一部始終を見た孤児マーチンに、自己蘇生の可能性を託すかのようである。

『心 の 嘘』

一九八五年、シェパードは『心の嘘』を発表する。『フール・フォア・ラブ』に続くもうひとつの家族劇である。同じ出奔したシェパードの父が語られ、毛布の取り合いがあり、兄弟の入れ替えの手法があり、火による清算の場面がある。しかし、この作品では、調和的な世界観を呈示しようとする作者のこれまでにない積極的な意志が明瞭である。最も大きな違いは、シェパード自身の家族のほかに、もう一つ、かつての妻オウ＝ラン・ジョンソンのものと思われる家族が初めて登場することである。しかも、家族劇の清算を目論むかのように、作者は、主人公ジェイク(つまりシェパード家)の家屋敷を最終的に焼き払うのだ。

この作品も、若い夫婦ジェイクとベスの激しい愛の情念をめぐって展開している。ベスは女優。ジェイクの職業は定かではないが、二人は互いに激しく求め合い、愛し合っていながら、現実の愛では満たされない。ベスは現実のジェイクよりは、空想の、架空の世界の愛にこそ一層真実な愛の姿を見、ジェイクはそんな彼女に幾度となく嫉妬しては、暴力をふるってきた。作品は、そんな二人の生活を最終的に締めくくるようなジェイクの激しい暴力で始まっている。

『フール・フォア・ラブ』が、女から逃亡する男の歴史を文明史的視野をもって描き出していたように、二人の愛の破綻についても、作者は同様の視野のなかに入れたいのだ。第一幕では壁のないセット、壁が用意されるのは第二幕以降だが、壁なしセットによって作者が意図したことは明らかだろう。「無限の空間」を暗示する壁なしセットはアメリカ的な空間、文明史的な空間である。ベスに加えられた暴力は、その父権的状況のなかで女性性に加えられた暴力である。作者は、原理としての男と女が融合し得ない文明の状況を暗示することから、この作品を始めているのだ。

ベスの生存を確信したジェイクは、父の遺骨箱を持ち、父の空軍用のレザー・ジャケットを着、アメリカの国旗を肩にかけて、彼女のいる北部モンタナまで謝罪に出かける。ベスはすでにジェイクを他人と思い込み、彼女の様子を見に来ていた弟のフランキーとの結婚を夢見ているのだが、そのベスに、ジェイクは改めて真正な愛の告白をし、次のように言いながら、弟フランキーにベスを譲る。「僕の——頭のなかにあるものが——嘘を言う、僕に。頭のなかのすべてが嘘を言い、僕に物語をする」と。「僕の頭のなかにあるもの」とは、『フール・フォア・ラブ』の場合同様、ジェイクを、そして作者を、無意識のうちに支配する文化と文明のことである。ベスが憧れていた架空の愛とは、それらからの呪縛を離れた愛であり、ジェイクの嫉妬は、それらに呪縛された「心の嘘」の所産である。

ベスの脳障害は、彼女に加えられた恐ろしい衝撃を象徴しているが、意味深いのは、ベスの祖母もかつて同じ脳障害を患っていたという事実である。そして興味深いのは、ベスの母メグがその脳障害を、しばしば自分のことと思い違いしていることである。この事実は、ベスが男たちに抱く敵意と合わせ考えるとき、作者の父権的文化・文明への態度を一層明らかにしてくれるだろう。ベスは、自分を一心に看護してくれたはずの兄マイクに対して、異様なまでの敵意を抱く。同じ敵意は、父ベイラーに対しても向けられるが、彼女によれば、脳障害を患っていた祖母をどこかに隠したのも、自分の脳を摘出する命令を出したのも父であり、そのためのサインをしたのは兄である。ベスにとって、兄は「戦い」と「敵」を作るだけの人間、父は「愛の死んだ」人である。ベスの家系はこの作品で初めて導入されるシェパード家以外の家系だが、この家族においてすら男の暴力性は明らかである反面、愛を確信している女性たちの積極性はかつてなく鮮明である。母メグは「愛そのもの」であり、ベス自身もまた「愛とは何かを知っている」存在なのだ。

他方、ジェイクの家族は、繰り返し登場してきた作者自身の家族である。空軍の基地から基地へと移り動く父。馴染み深い飛行機のプラモデル。しかし、同じ家族でありながら、これまでとは明らかに異なる色調もほどこされる。その一つは母ローレインだが、彼女は息子を溺愛する支配的な母親として描き出され、家庭は、息子の成長を阻む幼児的空間となり、プラモデルはその幼児的空間の象徴である。そしてさらに重要な変化は、かつてない理解と同情が出奔した父親に向けられ、ジェイクと父親との類似性がかつてなく強調されていることである。そしてここでも重要な挿話は、ニューメキシコに一人住む父親を妹サリーとともに訪れた折りの、あの父親殺しの挿話である。このモチーフの提出には、作者は特に入念な工夫をこらしている。ジェイクにはわざわざいったんこの事件を忘れさせ、サリーの口から語らせるのだが、この工夫は、父親殺しのモチーフが彼にとっていかに重大な意味をもち、その忘却が実は無意識の願望の結果であることを暗示している。こうして作者は、父親に対するジェイクの深い罪意識を表現するのだ。他言しないと約束していたサリーだったが、秘密に絶え切れなくなった彼女は、堰を切ったように、一部始終を母親に語り明かす。彼女はジェイクの殺意をはっきりと認めるばかりか、父親について語る彼女の語り口には、かつてなく父親への同情が溢れている。その父親は、もはや責任を放棄して逃亡する父親ではなく、優しさを求めて彷徨う父であり、責められるのは、むしろ夫への「復讐」を支えに生きてきた、冷たく愚鈍な妻ローレインである。

この作品には、総じて父親像への優しい共感が溢れ出ている。ジェイク（作者）とサリーによって表現される父親への深い同情、ベイラーが体現している父親像の復権などを考えるとき、先に述べた一見不可解に見えるジェイクの象徴的行為が明らかになる。父の遺骨箱を携え、父のレザー・ジャケットには在るかぎりのメダルをつけて身にまとい、アメリカの国旗を肩にかけて、ベスのいるモンタナに出かけていくあの行為である。この決意は、第二幕第二場、妹サリーがまさに父の死の事故について語り始めようとするときに映し出される、ベスの幻影と合わせるようにして行われる。ベスが優しくフランキーの足に父ベイラーのシャツを巻きつけているあの幻影である。父の遺骨を携え、父の衣服を身につける行為は、父と己との一体性を確認する象徴的行為である。それと同時に映し出される幻影の効果は、放浪する父の行為に、愛の幻影を追い求めずにはいられない己自身を見ることである。それは、父の再現であり、確認である。ではアメリカの国旗はどうだろうか。作者は、愛を求め、蘇生を求めるジェイクの行為を、アメリカの蘇生行為として位置づけるのだ。

この作品の価値基準は明らかに女性の側にあり、ここにも女性たちの苦悩の歴史がはめ込まれている。ベスの祖母、ベスの母、そしてベスとつながる、母娘の歴史である。そしてシンボルとしての脳障害は、男性的な世界観が女性の歴史に加えてきた暴力の表現である。男性側の残酷なイメージは、部屋のなかに首の取れた鹿を運びこむマイクや、その鹿をおろして血みどろになるベイラーの姿によって伝えられる。その暴力が、いまベスに加えられたのだ。

狩りにばかり熱中するベイラーに、メグはこの社会での女性の運命について解説する。ベイラーが狩りに熱中するのは、女性から逃げ出したいからだと彼女は言い、ついで、母の言葉——男女は理解し合うことのない「二つの正反対の動物」なのだ——を彼に伝える。母が無力な狂人だったからではないかと言うベイラーに、メグはこう言う。本当の理由は、母が「一点の男性もない」「純粋な女性」だったからであり、母が「虚ろなまなざし」をしていたのは、女性に必要な「もう一方のもの」、つまり、「男性」が不足していたからだと。完全な女性の誕生には、ユングの言う「生きられてこなかった自分の半面」、内なる男性性の開発と統合こそが必要なのだと、メグは言うのだ。ところがメグは、ベスについては、「彼女のなかには男性がいる」と言う。ここではすでに、新しい女性の誕生が始まっているのだ。

ベスの興味深い発想は「かの如く振舞う《ブリテンド》」ということである。「かのごとく振舞う」世界こそが、彼女には現実よりもはるかに現実的な世界なのだ。父親のシャツをめぐるフランキーとの対話のなかでも、彼女は同じことを語っている。男のシャツは男のシンボルであり、したがって、男のシャツを着れば男になれる。また、男のシャツを着ている自分に恋をしていると思い込めば、フランキーは女にもなれるのだと。ベスの言葉が伝えているのは、この世に固定した男女はなく、人間は本来両性具有者であり、内なる異性の開発があって、初めて人間はより完全な男女になるということだ。

作品は、戸惑うフランキーにジェイクがベスを譲ることで終わるのだが、この譲渡のシンボルは次のことを意味するのだろう。よりよき男性性の発見を求めて、ベスはこれからも幾度か愛の経験をするだろう。しかし彼女が発見する内なる異性は、個々別々なものでなく、心のなかでは、一本の親木に繋がる兄弟にも似た異性として体験されるに違いないということだ。事実ベスは、ジェイクになろうとすればジェイクにもなれるのだとフランキーに言い、彼女は彼に「女のように優しい男《ウーマン・マン》」になることを願うのだ。

一九八三年、シェパードは妻オウ＝ラン・ジョンソンと正式に離婚し、ジェシカ・ラングとの生活を始めている。同じ年には出奔していた父サミュエルがトラックに轢かれるという事故によって死亡し、これよりさかのぼる一九七九年には、オウ＝ランの母スカーレットが脳動脈りゅうによる脳手術を受け、その凄惨な一部始終は『モーテル・クロニクルズ』の最後の文章(1)が明らかにしている。これら一連の伝記的事実が前作と本作の核にあるのは間違いなく、ベスの家族はオウ＝ランの家族である。

作品の結末部では、ベイラーとメグとがアメリカの国旗をたたみ、それなりの愛を確認し合っているあいだ、フランキーとベスは舞台中央で抱擁し合う。『フール・フォア・ラブ』の場合よりも、はるかに安定した男女融合のヴィジョンである。二人が抱擁する傍らでは、ジェイクの母ローレインと妹サリーが自分たちの家に火を放つ。二人は家全体に火を放ったのだ。そしてローレインは、再び故国に帰らぬ決意を表明する。

自分の家全体に火を放つシェパードの行為は、きわめてシンボリックな行為である。シェパードは、『心の嘘』を、彼の長い創作行為の一つの終着点として位置づけ、劇作行為への一応の終焉宣言として意図したのかもしれない。その後の劇作品が急激に減少したこと、そしてその後に刊行された『ステイツ・オヴ・ショック』（一九九一）も『似たもの同士』（一九九四）も、すでに昔日の輝きを失っているのがその証拠かもしれない。

シェパードのこれまでの創作行為は、ただひとつのことを目ざしての長いトリップに似ていた。それは、作者自身の自己蘇生を求めての旅であり、それがそのまま現代アメリカ文明の蘇生とつながる旅であった。内面化した六〇年代以降のアメリカ演劇に及ぼしたシェパードの貢献は、どんなに強調しても強調しすぎることはないだろう。

1　Shepard, *Motel Chronicles* (City Lights Books, 1982), pp.124-142

第三部　ランフォード・ウィルソン

マイノリティーの視点とアメリカの蘇生

一九八〇年一一月、『七月五日』（一九七八）がブロードウェイのアポロ・シアターで再演されたとき、ニューヨーカー誌の批評家ブレンダン・ギルは、ランフォード・ウィルソンの「どちらかと言えばやや小さめなキャンバスの上にこれほど多くの人生を描き切ることのできる才能」を称え、『ニューズウィーク』のジャック・クロールも、「もしランフォード・ウィルソンの『タリーの愚行』（一九七九）がピューリッツァー賞に値するなら――事実その通りになったわけだが――『七月五日』は、少なくともノーベル賞には値するだろう」[1]と絶賛した。これはけっして誇張とばかりは言えない。ウィルソンの今日までの仕事を通観しても、「やや小さめなキャンバスの上に」「これほど大きな人生」を深くかつ暗示的、象徴的に描き得た作品は、『七月五日』をおいてないからだ。これを挟む前後の時期、『塚を築く人々』（一九七五）に始まり、タリー家三部作である『七月五日』、『タリーの愚行』、『タリーと息子』（一九八五）を経て、『これを燃やせ』（一九八七）にいたる一二年間が、彼の最も充実し、かつ最もウィルソン的なテーマの展開された時期だった。この時期の作者の関心事は「女性」と「ホモセクシャル」であったが、この関心事はまた、「差異」と「周辺性」に関心を集中したポストモダンと呼ばれる時代の最もポピュラーなテーマの一つでもあった。

ウィルソン劇を理解する際に最も重要なキー・ワードとして、相互に深く関連し合うおおよそ次のような幾つかのカテゴリーを考えることができるだろう。（1）サブ・カルチャー、あるいはマイナー・グループからの視点、（2）周辺的（peripheral）、あるいは個人的（personal）であることの効用、（3）「喪失」あるいは「死」の視点と「再生」のモチーフ、（4）男文化への不信と現代文明の再生、などである。

1　Gill および Kroll とも、*Dictionary of Literary Biography* vol.7 の Lanford Wilson の項より引用。

ウィリアムズ、オールビーの影——ウィルソンの出発

一九三七年生れのウィルソンは、六〇年代の初頭に（正確には一九六二年、作者二五歳のとき）、それまで六年間住んでいたシカゴからニューヨークに出てくる。この時期のニューヨークは、旧世代ビートたちの反体制文化運動の名残を残しながら、新たに登場してきたヒッピー、イッピー（ヒッピーより政治色の強い若者たち）によるさらに徹底した反体制文化運動が台頭しつつあった。当然演劇界にもこれは連動して、ローアー・イースト・サイドにはオフ・オフ・ブローウェイと呼ばれる新しい実験演劇が始っていた。六〇年代初頭から七〇年代前半にかけてのアメリカは、ヒッピー、麻薬、カウンター・カルチャー、ベトナム反戦運動、市民権運動、フェミニズム運動やホモセクシャルたちの権利擁護の運動など、それは実に活気に満ちた実験的・前衛的な時代であった。

ウィルソンより六歳年下のサム・シェパードもほぼ同時期（一九六三）にニューヨークに出て、演劇活動を開始している。ウィルソンが未刊行の処女作『縁日でさようなら』をカフェ・チーノで上演するのが六三年八月、作者二六歳のときであれば、シェパードが処女作『ロック・ガーデン』を創世記劇場《シアター・ジェネシス》で上演するのが、その一年後の六四年一〇月、シェパード二一歳のときである。活字で残るウィルソン最初の作品『ホーム・フリー』の上演が一九六四年一月、ウィルソン二七歳のときである。シェパードのその後の目覚ましい活躍ぶりと比較すれば（翌六五年だけで、シェパードは六本の良質な一幕劇を発表するが、それに対するウィルソンは三本）、ウィルソンは明らかに後発組ということになる。ナイーブな感性をほとんど自然発生的に開花できた特異な才能のシェパードとは異なり、どちらかと言えば正統的な社会派劇作家の資質を持つウィルソンは、独自の道を拓くためにも、先行するアメリカ演劇の伝統につながろうとした節がある。その際モデルとなるのが、彼の気質や性的趣向の点などから親近感のもてるテネシー・ウィリアムズや

エドワード・オールビーになるのは自然な成り行きであっただろう。

『ホーム・フリー』は、空想の子供を育てながら小さなアパートで夫婦生活を営む兄妹とも思える男女の話だが、作家の分身らしい作家志望の青年ローレンスは、現実を恐れて外出することすらできない。そんな彼を優しく援護し、支えるのが持病を持つジョアンナである。二人は、次に生まれてくる空想の子供を手のかからない理想の子供にするためにも、必要なら両手を切り、声帯を取り去ろうと相談する。仮想の子供を育てたり、両手や声帯を切り取る親たちのモチーフからは、すぐさまオールビーの『アメリカの夢』（一九六〇）や『ヴァージニア・ウルフなんか怖くない』（一九六二）を思い起こすことができるだろう。孤独な夢想性や極度に外界を恐れる兄妹の物語というモチーフからは、即座にテネシー・ウィリアムズとの強い類似性を想起するにちがいない。

次作『レディー・ブライトの狂気』（一九六三）はさらにウィリアムズ的である。盛りを過ぎた男娼の一人芝居だが、過去の顧客たちの写真を壁一面にはりめぐらし、幻想と思い出に耽りながら徐々に正気を失っていく様は、ブランチその他を彷彿とさせてまさにウィリアムズ的である。前作『ホーム・フリー』は一九六五年、オフ・ブロードウェイのチェリー・レイン劇場で再演されるが、その上演主体が「シアター一九六五」であったことも、オールビーとの近親性を明らかにしている。これは、リチャード・バー、クリントン・ワイルダー、それにエドワード・オールビーが結成していた、若手劇作家育成のための組織だったからだ。

独自の世界を模索して——ミニマリズム、モザイク画法

しかし間もなくウィルソンは、ウィリアムズ、オールビーの影響を脱して、独自の演劇世界の構築を模索し始める。彼が関心を向けたのは、台詞の音楽的構成と暗示性、微細な挿話や情報を積み重ねるミニマリズムとモザイク画法の

手法であった。ウィルソン劇の台本を読んで、掴み所のないもどかしさを経験した人は多いにちがいない。その印象は初期の一幕劇に特に顕著だが、はるかに骨格の整った後の作品、例えば、『塚を築く人々』、『七月五日』、『これを燃やせ』などにまで続いている。その原因は、提示される情報の質そのものがしばしばあまりに微細であることのほかに、情報そのものを作者が断片的にしか提供しないことにある。情報そのものが微細な「差異」を問題にするため、受信者はまずその「差異」に波長を合わせる必要がある。それができて初めて情報としての意味が生じ、情報の蓄積が可能になるが、ウィルソンの場合、通常、まずその場では意味不明としか思えぬ情報が提供され、それがしばらく積み上げられ、ほどなく「差異」への波長が同調され、意味が生じ、積み上げられた情報が纏まり出し、やがて全体的なピクチャーが構成されるという手順をとる。それはまさに、観客の想像力と感性を総動員するための戦略としてのミニマリズムであり、点描画法あるいはモザイク画法と言うべきだろう。

その典型的なそして原形的な形態を、『エルドリッチの詩人たち』(一九六六年上演、以下『エルドリッチ』)の前身である『こちら小川の囁きですが』(一九六五、以下『こちら小川』)や、その翌年の六六年に上演されたたった二分の小品『彷徨』などが明らかにしている。これらにおいては、俳優の動きやプロットは重要ではなく、台詞の音楽的配置と構成、フラグメントの集積による全体像の暗示といった側面が重要になる。例えは、『こちら小川』では、作者が少年時代を過ごしたミズーリ州オーザク地方の一二人の人物たちの声からなるが、舞台上には最初から最後まで登場人物全員がそろっていて、彼らが四方八方から次々と台詞を語る。観客はそれを聞き、いま語っている人物が誰であり、どこにいて、いま何をしているのかを想像する。観客は一つの台詞もおろそかにすることはできない。全身の注意を注いで耳を傾けているうちに、やがてとぎれとぎれの情報が、互いに繋がり合い、纏まりあって、オーザク地方の全体像が浮かび上がってくる。『彷徨』の場合にはそのミニマリズムがさらに徹底していて、たった二分という時間の中に、放浪と徴兵忌避をめぐる微細な主題がモチーフとしてリフレインされ、主人公 HIM の四〇年にわたる人生が圧縮される。しかし、ここまで圧縮されると、印象はもはや演劇とは言い難い。副題「一つの回音《ターン》」が明らかにしているように、放浪と徴兵忌避という二つの主旋律が提示、変奏、再現される、言葉とイメージによる音楽表現と見るべきだろう。

『こちら小川』の最後で、作者の分身ウィリー少年は、これから自分が書きたいと考える作品について、こんなふうに述べている。

僕が書くのは、「自然」の驚異についてだ。沢山の登場人物が出てきて、みんなが喋る。ただ、それは、僕たちの周りにいつもある「自然」、田舎みたいなものなんだ。木が声を出して自分のことを喋るんだ。毎年新しくつける年輪のことやなんかを。それから、牧場が喋る。小川が喋る、笑い声みたいにね。それからベリーの灌木も喋るけど、それは自分たちが動物たちに与える果実のことだ。それから小麦畑やらなにやらが喋る。………「自然」のすべてのことについて。

ウィリーは、その自然を「いつも周りにあって、しかも誰も気付いていない自然」とも形容している。その「自然」に、その一部である人間の欲望や無意識の衝動までが含まれるのは言うまでもないだろう。ウィルソンの点描画法、あるいはモザイク画法は、そうした「見えざる世界」を暗示する、喚起力としての暗示性と言い換えることもできるだろう。モザイク手法、点描手法は六〇年代作家たちには共通に見られた傾向だが、なかでもウィルソンはこの手法に最も意識的な作家の一人だった。

創造力の源泉――パーソナルなテーマの発見

ウィルソンが自分本来のテーマを明らかにするのは、『レモン色の空』（一九七〇）以来だが、この作品が彼の跳躍台となり、転換点となる事実は、彼の場合にはとりわけ重要な意味をもっている。一九五五年、サン・ディエゴ州立大学の学生だった作者は（在学一年）、五歳のときに母親が離婚していた実父と再会、その家族のもとに一年間滞在する。『レモン色の空』はそのときの顚末を語る自伝的作品である。ダグラスと生活し始めた作者の分身アラン（一九歳）は、その喜びも束の間、ほどなく父親と激しく対立して絶縁する。同性愛者であることを父に激しく咎められたためである。作品は、その一〇年後、二九歳になったアランが、当時の喜びと幻滅を回想するかたちで作られるが、この回想は、創造力の源泉となる作者自身の最も「パーソナル」な部分と出会い、それを確認する旅であった。以降、ウィルソンは、『ホテル・バルティモア』（一九七三）を初めとする大作を次々とものするのだが、「パーソナルになる」ことが創造力の源泉であることを作者に初めて気付かせた点で、『レモン色の空』は記念碑的作品であったと言うべきだろう。

そのとき自ずと見えてきたのが、サブ・カルチャー、あるいはカウンター・カルチャーが持つ文明批判機能と、それと深く関わる反規範的・周辺的ヴィジョンのポジティヴな意味であった。パーソナルな事実の公認――「ホモセクシュアルである」ことの主張――は、当然、規範的な男文化へのアンチ・テーゼともなり、それは自ずと、男文化のなかでの女性的価値の主張とも繋がっていった。ウィルソン劇ほど、女性があからさまにモラル・センターの役を担わされている作品も少ないだろう。

「周辺的ヴィジョン」の確立――『エルドリッチの詩人たち』

一九六五年に発表される『ギレアドの香油』に、周辺的世界への関心がはっきりと現れてくる。麻薬の売人、売春婦、ホモセクシュアル、麻薬中毒者、浮浪者など周辺的人物群が中心となるからだ。雰囲気としては、一九五九年に発表されたジャック・ゲルバーの『コネクション』とよく似ているが、ややセンチメンタルな部分を別にすれば、ウィルソンの作品の方が遥かに広がりのある群衆劇を作り上げることに成功している。しかし、底辺部の人々の扱いは、いまだアメリカ社会の「他の半分」に光りを当てる社会学的関心の域を出ず、規範に対するアンチ・テーゼとしての視点、つまり「周辺的なヴィジョン」の確立には、六六年上演の『エルドリッチの詩人たち』まで待たなくてはならなかった。『こちら小川』ではまだほんの点景にしかすぎなかった隠者スケリーという人物が、この作品では、人々から疎んじられ、忌み嫌われる中心的な人物として構築、拡大されて再登場してくるからだ。

作品は、かつての炭鉱町、いまではゴーストタウンと化した人口わずか七〇人の小さな町エルドリッチの殺人事件を扱っている。六〇歳になる町の嫌われ者隠者スケリーが、森の中でネリーによって撃ち殺されたのだ。作品はこの事件の裁判を核にして、町の偏見を浮き彫りにする形で展開していく。ネリーは無罪を主張して、こう弁明する。家の裏の森のなかで人の争う物音がして、彼女は銃を持って外に出た。見ると、スケリーが不具の少女エヴァを犯そうとして、そばにいた少年ロバートと揉み合っている。そのスケリーが自分のほうに駆け寄ってきた。危険を感じたネリーは、身を守るためにスケリーを撃ったのだと。

ところで、こう主張し、こう信じようとしているのは彼女ばかりではない。この裁判を担当している判事も、町の指導者である牧師も、この町の住民すべてが、そう主張し、そう信じたいのだ。牧師は、スケリーを前もって取り押さえておかなかったのは「キリスト者としての義務の放棄」であり、「この町の罪」であると会衆に訴え、会衆もまたそれに同意する。例外はただ一人、スケリーと同様、町の部外者であり、したがってこの町の嫌われ者である、ヒルトップ・カフェの経営者コーラ・グローヴズだけである。

しかし、真相は逆である。エヴァを犯そうとしていたのは青年ロバートであり、それを引き止めようとして揉み合っていたのがスケリーである。物音を聞き付けて、ネリーが出てくる。スケリーは援助を求めてネリーの方に駆け寄ったのだが、ネリーはその彼を射殺したのだ。理由は、ほかでもなく、スケリーが町の秘密のすべてを知る観察者であり、それゆえに許し難い異端者であったからだ。

前身となる『こちら小川』と同様、登場人物はすべて最初から最後まで舞台上にいる。時間系列とは無関係に様々なシーンが舞台上のあちこちに浮き上がり、消え、そのたびにシーンを形成する不動の、あるいは移動する俳優たちの声が聞こる。その声の中から、法廷の情景、教会内の情景、家族の情景や娘たちの会話の情景、元レーサーの死、少年たちの卑猥な遊びの情景などが形成され、語られ、重ねられて、町の全体像が造型される。だが、前作と明らかに異なる点は、隠者スケリーが一人の冷厳執拗な観察者として設定され、その目を通して、一見平穏に見えるこの町の隠れた数々の邪悪が見詰められていることである。町の英雄と見られた元レーサーは、実は卑劣な性的倒錯者であり、それを知っているのはスケリーだけである。二世代にわたる町の観察者スケリーは、アウトサイダーであるが故に真実の観察者たり得るのだが、そのためにまた町の偏見の犠牲者ともならざるを得なかった。作者は明らかに、批判的機能としての「周辺的ヴィジョン」を意識したのだ。

ウィルソン的世界の登場――『塚を築く人々』と女性の反乱

『エルドリッチ』で意識化された「周辺的ヴィジョン」の批判機能、および『レモン色の空』で意識化された「パーソナルになる」ことの批判機能が一つとなって開花するのが、一九七五年に発表されるウィルソン最初の本格的な社会派劇『塚を築く人々』である。

作品は、考古学者オーガスト・ハウ教授とその助手ダン・ロギンズ博士によって行われた三年におよぶアメリカ・インディアンの遺跡発掘事業失敗の顚末を巡って展開している。発掘現場のスライドを見せながら解説するハウ教授の現在時と、教授の記憶を再現する昨夏の過去時とが交互しながら劇は展開するのだが、作品は開幕早々から、女性たちの不思議な反乱によって印象づけられる。発掘総責任者ハウ教授の夫人シンシアが、午前二時、密かにどこからともなく帰ってくるのが描かれ、同時に、娘カーステンの「人の話し声が聞こえた」という怯えた声が闇の中から聞こえ、彼女を静めるハウ教授の声が聞こえる。

シンシアはどうやら遺跡の土地所有者ジャスカー老人の息子で、常識の目で見る限りはおよそ無価値としか思えぬチャド・ジャスカーと浮気を重ねているらしいのだ。しかもチャドが誘惑をしかけているのは、シンシアだけではない。間もなく、ダンの妻ジーンにまで執拗な誘惑の手を向けるチャドの様子が描き込まれる。不思議なことに、その誘惑を受けるジーンにも不快な様子は見受けられない。それどころか、二人は二夏前の調査時には恋愛関係にあったらしいのだ。ダンとの結婚を責めるチャドに、彼女は「ダンと自分とには多少とも共通の関心」があったから、と弁明する。郡庁舎に展示されている「ジャスカー開発計画」の完成模型を見に行く誘いこそ断るものの、彼女は、人造湖ができ、州間高速道路ができ上がった後のジャスカー村の発展を幸福感に酔いしれるように語るチャドに対しては、その喜びを心から共有する。ところがそのチャドは、直後の場面で再び登場したシンシアにあたかも当然のことのように金をせびる男である。明らかにチャドは、二人の女性たちから過分としか言いようのない厚遇を受けているのだ。ハウ教授の妹ディーリアは、先の隠者スケリーと同様、一部始終を観察している人物だが、その彼女が、そんなシンシアを諫めて言う。「あなたの行動は、本物の金貨を特売場の安物と取り替えるようなものだ」と。しかしシンシアは、チャドとの情事が今の自分には必要なのだと言い、「光るものすべてが金ならず」とさえ言い放つ。子供までいるこの夫婦に、一体、何が起きていると言うのだろうか。

作者は説明もなく物語を展開しているのだが、謎を解く重要な鍵は、この作品が次作『七月五日』と発想を共にした姉妹編であるということだろう。ここではは っきりと言及されてはいないものの、次作同様、この作品もまた六〇年代のカウンター・カルチャー黄金時代の強烈な後遺症を抜きにしては理解できない。ハウ教授もダン・ロギンズも、いまだに麻薬を常用している。冷蔵庫を開けたシンシアがうんざりして言うように、「この家は、麻薬で充満している」のだ。彼らもまた、『七月五日』のケン、ジューン、ジョン、グエンたちと同じように、社会と人間意識の変革が決して絵空事とは思えなかったあの熱狂と至福の時代、黄金の六〇年代に青春を送り、その後功なり名とげて成功したヤッピーたちなのである。

シンシアの理不尽ともいえる行動の根底には、その後遺症としての深い幻滅があるのだ。熱狂と至福の後、ついに何も変わることのなかった男たちへの、現実への、深い幻滅である。変革への情熱に燃えていた筈のオーガストも、今では仕事と名声だけを求める保守的・父権的な男文化の体現者にすぎない。そして、この作品をさらに次作に近付けているのが、ここでも使われている男たちによる「裏切り」のモチーフである。

遺跡調査が開始されてから、この夏ですでに三年目。素朴単純なチャドは、調査が終り次第、土地は自分たちに返され、見事なリゾート地に変貌し、夢のような豊かさが享受できるものとばかり信じている。ところがさにあらず、オーガストは、調査が始まったその時点で、遺跡調査の継続を確実にし、自分たちの仕事と名声を確保する手立てとして、妻のシンシアにさえ内緒で、密かに州議会に開発差止めの申請書を提出していたのだ。

その事実が明るみに出たとき、裏切られた思いで激怒するのはチャドだけではない。シンシアもまた激しく怒る。妻をさえ欺き続けたのは、シンシアとチャドとの関係をオーガストがとうから知っていて、妻の口から漏れることを警戒してのことだったのだ。妻への無関心、そして仕事と名声のための裏切り、これは『七月五日』のジョンの保身のための裏切りとまさに同じものである。作者は、これを人間の裏切りというよりは、男の裏切り、男の論理と文化の裏切りとして規定するのだ。それは、この事実を知って、シンシアのみならず、ジーン、ディーリアを含めた女性たち全員が、いっせいにオーガストを激しく非難することによっても明らかだろう。『七月五日』のジューンやグエンが青春時代に学んだ左翼思想を忘れずにいたように、シンシア、ジーンのチャドに対する同情のなかには、貧しい弱者としてのチャドに対する周辺的人間同士の同情、男たちからはとうに忘れ去られたヒューマニスティックな弱者への共感が生きているのだ。

この作品がインディアン遺跡の発掘作業と絡めて構成されているのには、それなりの意味があってのことである。作中ディーリアは、学生時代に彼女の小説を授業で読んだと言うダンに、自分の創作意図を説明している。彼女は自分の小説を「チャイニーズ・パズル・ボックス」と呼ぶのだが、その意味は、次々と入り子型に重ねられたチャイニーズ・ボックスのように、人生は永遠の謎の連続であり、その謎を一つずつ解いては、その度に生ずる新たな謎を提示するのが彼女の意図する小説だということである。続けて彼女はダンに言う。「人間はみんな脅迫衝動的な編集者だから」と。考古学者が遺跡を掘り起こしてはわずかな陶器や土器の破片を集めるのも、その小さな断片的、推測的情報から当時の人間の「歴史」を「編集」するためだが、読者に少量の情報を提示しては人生の謎を掘り起こしていくウィルソンの作品もまた、その同じ「編集」の作業であるということだ。その編集によって掘り起されるものの一つが、男たちの隠された裏切りであり、女たちの隠された幻滅である。

『塚を築く人々』には、これ以降の諸作品にも共通する作者の「女性」に対する強い共感がある。ウィルソンの男性たち（「ホモセクシャル」を除いて）が一般に保守的、権威主義的で、しばしば硬直的なマチズモ主義者であるのに対して、ウィルソンの女性たちはいずれも進歩的、自己変革的、柔軟・優美・知的であり、この作品においても例外ではない。ここに登場する女性群はいずれ劣らぬ「聡明な姉妹たち」であり、それ故にまた、ディーリアの言うように、男社会からは「フリーク（社会的はみ出し者）」と名指しされる者たちである。その典型がディーリア自身だ。平板なフェミニズムの域を越えた、奥深い魂と真実の探求者であるが故に、彼女は、兄のオーガストからも、父からも、夫からも、つまりは男社会全体から疎まれ、敬遠される存在なのだ。もし彼女が「病んだ女性」であるとするならば、それは彼女が真実の探求に憑かれているという意味においてであり、ウィルソンの作品においては男は病むことはなく、「病む」ことはむしろ「優れた女性」の印なのだ。

同じように「病んだ女性」の一人に、存在の深い不安を覗き見たジーンがいる。一二歳のとき「スペリング競争」のチャンピオンになった彼女は、しばらくのあいだ「完全な精神崩壊」を経験する。事象のすべてが単なる文字に、さらには細胞単位の、原子単位の微細な断片に分解して、完全に「意味」を喪失するという稀有な精神の危機である。彼女の青春は、世界の「意味」と「セルフ・アイデンティティー」を回復するための過程であったが、その危機克服の契機となったのがディーリアの小説を読むことであった。ウィルソンの他の多くの女性たちと同じように、彼女もまた自分の回りにいる人々から誠実に学び、成長する女性である。彼女が医師を選択したのも、少女時代の入院時に自分より重い患者を見たからであり、婦人科医を選択したのは年老いた女性たちとの付き合いがあったからだ。

ディーリアは、「家族のために汗水たらして」働きながら、なお妻たちに裏切られる「気も塞ぐような哀れな男たち」に同情する。そして、そんな惨めな運命を彼らに強いているのは誰だろうか、と自問する。「女たち？」と言うジーンに、彼女はこう言う。「女たちは素晴らしいっていう、何か妙な直感みたいなものが私にはあるの。それは、妻たちね」と。

男たちを裏切るのは、男たちと生活を共にして幻滅し、反乱する「妻たち」なのだ。ディーリアは、悲喜こもごもの感慨を込めながら、遠い終末時の光景を想像する。それは男たちがすべて消え去り、年老いた女たちばかりが「南国の海岸線という海岸線」に列をなして座り込み、遠い海を見詰めながら暖をとる、いかにも侘しい光景である。目覚めることのない男社会の黙視録的世界である。

タリー家三部作の世界

『七月五日』――アメリカの死と再生のヴィジョン

一九七八年上演の『七月五日』は、ウィルソンのこれまでの成果のすべてを投入した金字塔的作品である。これまでの批判機能がどちらかと言えば作者自身の外延部に位置する「女性」、「アウトサイダー」であったのに対して、この作品の主人公は初めて「ホモセクシュアル」として個性化され、作者の「パーソナル」な自己を怯むことなく主張する。そしてさらに重要な点は、ここでの「ホモセクシュアル」が正統から逸脱した周辺者としての批判機能であるだけでなく、現代アメリカの最も衰微した姿のメタファーとしてある批判機能でもあることだ。

時代背景を一九七七年に、日時を七月五日に設定したとき、作者はこの作品に、文化文明史的な視野の広がりと連作の可能性を見たにちがいない。一九七七年はアメリカ独立二〇〇年祭の翌年、七月五日は独立記念日の翌日だが、独立年および独立記念日をそれぞれ一年あるいは一日経過した日時の設定は、「その後のアメリカ」を検証するほとんどシンボリックな設定となるからだ。そしてその主人公をタリー家最後の男子相続人、ケネス（ケン）・タリー・ジュニアーとして設定し、ベトナム戦争で「両足」を失い、「立つ」ことすら覚束ぬ無力な「ホモセクシュアル」として形象化したとき、このイメージは瀕死の「その後のアメリカ」の類いまれなるメタファーとして機能することになる。この形姿のなかに、作者は、アメリカ社会の最終的な衰微の姿を想定し、その死と再生のシンボルを想定したと考えられる。

「衰微」したのは、ほかならぬアメリカ社会の「男性的」側面である。タリー家三部作のその後の展開から鑑みると、作者はアメリカの蘇生過程を、アメリカの集合的意識における絶えざる女性的要素の掘り起こし作業として想定していたものと思われる。その後の二作が、タリー家の父権的側面を過去に遡って順次明らかにするとともに、女性の側からの反乱をその都度描き込んで行く過程からも、それは明らかだろう。衰微した主人公ケンの形姿は、「男性的」アメリカの最も衰微した姿であり、同時に「女性的要素」の限りなく蘇生した姿であるという意味において、ここでの「ホモセクシュアル」の概念はかつてなく意味深い批判的機能を帯びていると言うことができるのだ。

幕が開くと、松葉杖にすがる以外に立つすべもないケン（三五歳）が、ジョニー・ヤング少年のテープを聞いている。言語障害のあるジョニーが吹き込んだ物語である。彼はそれを明日の正午までに解読し、感想を少年に伝えてやらなくてはならないのだ。こんな手伝いを始めたのも、ベトナム戦争の負傷で入院中に、同じ障害を患う多くの兵士たちと出会い、その治療を手伝った経験があるためだ。

ケンは一時カリフォルニア州オークランドのとある高校で教鞭を取ったこともある。人気のある有能な教師だったが、その後まもなく、徴兵忌避者の彼が突如として徴兵に応じ、半身不随となって帰国した。六年前のことである。ジェッドと同棲する彼に、郷里ミズーリ州レバノンの母校から教鞭を取らないかと誘いがくる。二年前までは復職にあれほど熱心だった彼が、ここ数ケ月来、復職にはひどく懐疑的である。ベトナムの位置すら知らない今の子供たちである。それに、なす術もなく床の上に仰向けに倒れるときのあの音も恐ろしい。二ケ月前、復職の準備のために、彼は母校の授業を参観した。四クラスのうち三クラスまで見たところで、彼は怖気づき、逃げ出して来た。彼の姿を生徒たちが「正視できなかった」からだ。妹ジューンによれば、生徒たちとの「深刻な親和《ラポール》の欠如」を痛感した彼は、そのままセント・ルイスに戻ってくるなり、レバノンの家を売り払い、旅に出る計画を立てたのだ。故郷レバノンの家は、タリー家伝来の家である。それを手放すことは、タリー家最後の男子継承者としての責任を放棄し、一族の歴史を放棄することであり、徹底敗北することである。

物語は、独立記念日を機に、ケンの屋敷に大学時代の友人ジョンとグエンが訪ねてくるところから始まっている。妹のジューン、ジューンの娘シャーリー、叔母サリー、それにグエンの友人ウェストンも加わっている。ジューンは大学時代の仲間ジョンとグエンに再会するためであり、サリーは夫マットの遺骨を今年こそ川に流すためであり、ジョンはこのレバノンの屋敷を妻グエンのために買い、合わせてシャーリーの面倒を見る約束を取り交わすためである。

第一幕は一夜明けた七月四日、独立記念日当日の夕刻である。久し振りに再会した彼らは瞬く間に学生気分に立ち返り、酒も麻薬も昔のままに浮かれ騒いだ昨夜だったが、ケンの心は重い。青春時代の絶望を忘れることができないからだ。ケンとジョンは、レバノンの中高からバークレーまで、ともに進んだ同級生同士だが、二人の関係はただそれだけではない。ジョンは、中高生時代からケンが恋した愛人でもあったのだ。彼らの関係を複雑にしたのは、ケンの妹ジューンもまたジョンを恋していたことだ。みつどもえの複雑な愛情関係は、三人が進んだバークレーにまで持ち越され、間もなく、さらにそこにもう一人の女性が加わってくる。グエンである。

ときはまさに自由と革命の息吹みなぎる黄金の六〇年代である。ラウドスピーカーからはアレン・ギンズバーグの『オーム』が流れ、その傍らではコレッタ・キングが演説をする。反戦集会には五〇万人の若者たちが集まり、頭上には、ベトナム反戦、ブラック・パワー、ゲイ・パワー、ウーマン・リブ、チカノ・パワー、ナチ党など、様々なプラカードが怒濤のように翻る。「ここから何も生まれてこないなんて、よほどの堅物《ストレート》でもないかぎり、考えられもしなかった」（グエン）時代である。この自由の息吹のなかで、ケン、ジョン、ジューン、グエンは、革命的な愛の共同生活を開始する。ジョンを中心としたよつどもえの愛情生活である。グエンはこの時代を「人生最良の時」と呼び、この共同生活を「小さなコミューン」と呼んで懐かしむ。だが、この時期を「人生最良の時」と呼ぶのは事情を知らぬグエンだけである。

ほどなくこの「コミューン」は崩壊する。ジューンがまずグループから脱落する。ジョンの私生児シャーリーを叔母サリーに預けて、彼女は孤独な、そして過激な反戦闘士に変貌していく。それから間もなく、ジョンとグエンがケンに無断でヨーロッパ旅行に出発する。六ケ月前から、徴兵忌避の目的で三人が周到に計画してきた旅行である。その三ケ月後、ベトナム戦争にあれほど批判的であったケンが、徴兵に応じ、参戦し、そして両足を失う負傷をした。

当初から波乱含みの「コミューン」ではあったといえ、崩壊の直接原因を作ったのはジョンである。シャーリーを妊娠したジューンがグループを離れたのは、グエンが加わってきたからだ。そのグエンを引き入れたのはジョンである。銅山を経営する大富豪の娘グエンの資産に目が眩んでのことである。しかし、独立記念日のこの夕刻、さらに思いもかけないジョンの裏切りが明らかになる。ヨーロッパ旅行をなぜ「土壇場になって」降りたのかと、グエンがケンを責めたのだ。ケンは計画を降りたのではない。ケン抜きの旅行がグエンの意向だからと、ジョンから電話があったから、ケンはそれに同意したのだ。そして自ら進んで破滅を求めるように、ベトナム行きの徴兵に応じたのだ。

前作と同様、ジョンの裏切りは単にジョン個人の裏切りというよりは、身勝手な「男の裏切り」として作者は規定したいのだ。ジョンはこの一五年間、自分の子供シャーリーの扶養にも一切責任をもたなかった。作者があえてシャーリーに報告させる彼の歪でグロテスクな性の行為は（『エルドリッチ』の元レーサー、ドライバーの倒錯を想起させる）、

「妻を幸福にする」とは名ばかりの実は彼の野放図で法外な物欲と権力欲とどこかで繋がる醜悪さであり、歪さなのだ。グエンの歓心を買うためなら、彼は手段を選ばない。そしていまケンの屋敷の買収に奔走するのも、グエンの歓心を買うためである。目的はほかでもない。ジューン、ケン、ジェッドが口を揃えて非難するように、彼女の目を重役会からそらさせて、ジョンの傀儡シュワルツコッフと共謀し、グエンの会社を思いのままに動かしたいからにほかならない。

大学を出て以来、幻滅を感じているのはケンだけではない。かつての闘士ジューンもまた、娘の躾に手をやく平凡な母である。ミリタント時代の母親なんて想像もつかないと言うシャーリーに、ジューンは失望と怒りを相半ばして言う。「私たちがもう少しのところでどんな国を作りかけていたか、あなたになんか、わかりっこない」のだと。幻滅の日々を送るのは、グエンもまた同様である。度重なる病に見舞われ、ジョンとの結婚後は歌手として大成を夢見ながらも不可解な神経症を患い続けて、レコーディングすらままならない。にもかかわらず、この作品でも、「男」(ジョン)の論理の醜悪さに比べて、女性たちの精神は健全である。ジョンが妻のグエンを会社の重役会から遠ざけたいのは、彼女がなお青春時代のヒューマニズムを忘れずにいるからだ。

彼女はある日、母親から譲られた銅山を訪れて講演をし、労働者たちに賃上げを約束したのち、さらに純利益のほぼ全体を全員一律に分け合うボーナス支給まで約束した。当然シュワルツコッフの猛然たる反対を受けるのだが、経済哲学の期末試験には落第しても、マルクス思想の基本はなお彼女のなかで生きているのだ。退役後の絶望の縁を歩むケンに、その絶望が逃避であり、責任回避であることを指摘して、早くから勇気ある事実直視を迫っていたのも妹のジューンであり、ケンの翻意を迫ってタリー家伝来の屋敷を守り抜こうと努力するのも叔母のサリーである。

ケンが再生するには、闇に沈んだ過去の事実を総決算し、己の失意と絶望のよって来たる真の原因を明らかにする作業がぜひとも必要である。第二幕七月五日はその重要な「悪魔払い」の部分である。この作品には緻密な三つのシンボルが布置されていた。その一つは言うまでもなく瀕死のアメリカの象徴となるケン自身の形姿だが、他の一つが、ウェストンが語るエスキモーの民話である。エスキモーのある家族が、一冬用のカリブーの肉を戸外に積んで保存する。しかし、保存した肉は堅く凍りついて切り出すことができない。あわや餓死するかと思われたとき、一人の英雄的な兵士が現れ、強力な放屁によって氷を溶かすことに成功する。だが、凄まじい悪臭のために家族はついに肉を口にすることができず、結局一家は餓死したという話である。作中、この民話には幾度となく言及され、その意味と理解の仕方が執拗に問い掛けられていた。

ケンがジョンの最終的な裏切りに決然と対決し、サリーが猛然とジョンに対して屋敷の競り買いを開始するのは、エスキモー一家の物語の意味がタリー家の全員にはっきりと理解されたときである。最初はケンを始めとして誰ひとり教訓があるとは認めなかったこの物語だが、ベトナム帰りの英雄としての負傷兵ケンの物語に、一体どんな教訓が可能なのかとウェストンに詰め寄られたとき、ケンは突然この物語の意味を理解するのだ。それは、「生き残る」ことを選び取らなかった「家族」の物語としての教訓である。ケン（作者）は、エスキモー一家の生き残りにタリー家の、そしてアメリカの生き残りを重ねて見る。ケンは言う。この物語の理想の姿は「肉はひどく臭くてとても食べれそうになかったが、それでも家族は何とか食べ、そして生き残った」とあるべきだと。(1)

ケンが改めてジョンに裏切りの真相を問い質すのは、この自覚ができたときである。ジョンは裏切りを正直に認める。電話はグエンの要請によるものではなかったこと、そしてそれは、よつどもえの混乱から逃げ出すための方途であったことを。その上で、ジョンもまた改めてケンに聞く。この裏切りがケンのベトナム行きに何か影響を与えたのかと。ケンの答は「ノー」である。

徴兵忌避者ケンをベトナムに追いやった真の原因は、妹ジューンが正しく分析していたように、ジョンの裏切りではなかったのだ。彼の裏切りは、ただ徴兵に応ずることをより容易にしただけのことである。「兄さんは、ただ黙って座り込んで、彼らに連れていかせたのよ。自分で責任をとるよりは、そのほうがずっと兄さんには楽だったから」。ケンの絶望は、ジョンの裏切りがあったからではない。常に現実を恐れ、回避し、「コミットする」意志と決断をもたなかったケン自身の生き方に責任があったのだ。

その朝、夫マットの遺灰を屋敷の薔薇園に散布したサリーは、タリー家の生き残りに賭けるように、猛然とジョンと競り合い、全資産をかけてレバノンの家を守りぬく。競り合いに負け、今さらながらシャーリーを養育したいという安易な希望も拒絶されたジョンは、ケンを舞台の上で突き飛ばす。なす術もなく仰向けに転倒するケン。それはいかにも心もとない瀕死のアメリカの姿である。しかしその死の低点から、ケンは新しい人生を選びとる。「再生」とは結局「死」の認識なくしてはあり得ないのだ。サリーは、「死を語ることは、結局生を語ることだ」と言っていた。その「生」は、外部からではなく心の内部から始まるのだ。

ジェッドに助け起こされながら、そして無力な転倒の恐怖にほとんど涙を流しそうになりながら、ケンは、教師となる決意をジェッドに告げる。この作品の三つ目の優れた象徴であるジョニー・ヤングの物語を解読するのは、その直後である。ジョニーの物語は、生命体を求めてあらゆる太陽系、あらゆる惑星を探索した人間たちの物語である。しかし、宇宙には、結局人間以外の生命体を見付けることはできなかった。そしてジョニーの物語はこう締め括る。

1　この後、ケンは次のように続けて言う。そうすれば、その放屁の一瞬は「不快な出来事ではあるが、エスキモーの歴史のなかですべてがすべて虚勢の瞬間とばかりは言えなくなるだろう」と。作者はこの作品に寄せた序文（Lanford Wilson, *Collected Works Volume III* を参照）で、友人からこのエスキモー民話を初めて聞かされたときの感想を記している。それによれば、すべてを台無しにした英雄の放屁に、作者はアメリカのベトナム参戦を連想したと言う。この部分は、明らかにそれを踏まえてのものだが、三部作全体が創出する意味内容は作者の予想を遥かに越えて大きい。エスキモー「家族の生き残り」は、ベトナム戦争という時事的時間よりもはるかに大きな、父権的文化（男の原理）の衰微したアメリカの姿としてのケンとその家族たち、つまりタリー家の「生き残り」のメタファーとして見るべきだろう。

「そして、彼らは、とても幸せでした。なぜなら、彼らが見付けられると想像していたすべてのものになることが、結局自分たち自身に任されていることを知ったからです。」

再生とは一人一人が心の中で発見するものであることを、『七月五日』は教えている。そして現代人にとってもなお可能な英雄性とは、外的な力の誇示やマチズモ主義にあるのでなく、喪失と死の意識のなかから、なお「生き残り」を試みる意思と決断にあることも教えている。タリー家最後の末裔として、作者はジューンの娘シャーリーを残している。タリー家の父権主義の衰退した後に残る女性である。しかしシャーリーが、新たな家族の再生産能力となるか否かは、ジョニーの物語を彼女がどこまで理解することができるかに掛かっていると言えるだろう。

『タリーの愚行』、『タリーと息子』――衰え行く父権主義と娘たちの反乱

タリー家三部作は、『七月五日』から『タリーと息子』に向けて制作年代順に読むのではなく、それとは逆の方向から、つまり『タリーの息子』から『七月五日』に向けて読み進めるときに、その最も深い意味を明らかにする。家長カルヴィン・タリーから始まる父権主義が徐々にその理想の「息子」を喪失し、衰退しながら、父権主義とマチズモ主義の最も衰退した姿としてのケンに至る過程が見えてくるからだ。ケンにいたって、理想の「息子」は完全に払拭される。同性愛者ケンに「息子」のできる可能性はないからだ。三部作をこの順序で見るときに、『七月五日』の切迫した「死」と「再生」のモチーフが十全に生き始める。

ウィルソンのキー・ワードの一つ「周辺的ヴィジョン」は、一九七九年上演の『タリーの愚行』冒頭で、マット・フリードマンが使う言葉である。ヒューマニズムが死語となりかけた第二次大戦下のアメリカで、なおヒューマニズムを見詰め続けた二人のアウトサイダー、サリーとマットの反時代的な批判的精神、それがここで言う「周辺的ヴィジョン」である。

二作は、同じ一九四四年七月四日の夕刻から数時間の間のタリー家の物語である。サリー（三二歳）は昨夏、ユダヤ人マット・フリードマン（四二歳）と知り合った。以来、連日のように求愛の手紙をくれる彼が、この日、ひょっこり不在中の彼女の家を訪ねてくる。サリーは一度だけ返事を出して、意向に添えない旨を伝えていた。サリーを待つ間、どうやら彼は、昨夏のボート小屋での一件を弟バディー（二九歳）に話したらしい。一週間をともにした後で、サリーは彼を自宅の夕食に招いたのだが、一家のマットに対する反感は激しかった。その晩、ベランダから見た空飛ぶ円盤を追って、二人はボート小屋まで来ると初めて愛し合ったのだった。その話を聞いたバディーは猟銃を持ち出し、マットを追いかけ、一家は大騒動になる。

勤め先から帰るなり騒動を聞かされたサリーは、むしろマットに腹を立て、思い出のボート小屋に出掛けて行く。『タリーの愚行』はそのボート小屋で展開されるサリーとマットの物語であり、『タリーと息子』はそのサリー不在中のタリー家での物語である。二作は同じタリー家を、前者は三代目の娘サリーの目から描き、後者は二代目の娘ロティー（四五歳）と、もう一人、この時点ではすでに死者となっているバディーの弟ティミー（ティモシー）の目を通して描かれる。二作が相互補完的に描き出すのは、物質的欲望と父権主義的偏見に支配されたタリー家の男たちとその妻たちの姿であり、それと対比されるように描き出される進歩的で良心的なタリー家の娘たちの姿である。

マットがサリーを訪ねてきたのは、「秘められたサリーの謎」の真意を確かめるためである。出会って以来、サリーの家族の反応を別にすれば、彼女が受け入れてくれない理由が理解できない。ユダヤ人らしく知的で合理的な彼は、その理由をいろいろと考えてみる。自分がユダヤ人であるためか。ドイツ人であるためか。勤め先の病院に好きな兵士がいるのだろうか。病院にもさりげなく電話を入れるが、サリーに別段の事情はないらしく、むしろ同僚たちはマットを励ましてさえくれる。サリーの家族では叔母のロティーが唯一マットの味方だが、彼女によれば、理由は別のところにあるらしい。彼が訪れたのは、サリーから直接説明を聞くためである。

サリーへの求愛を自分の揺るぎない切望として決断するには、マットはマットで躊躇逡巡した末のことである。彼にはある堅い信念があり、それは彼の民族と家族の歴史が決断させたものだった。それがある限り、女性に愛を求める権利はない、と彼は考えていた。サリーから経歴を尋ねられたマットは、冗談めかすような口調で悲惨な一家の歴史を話し出す。それは、ヨーロッパを彷徨い歩く「プラッシャン」、「ユーク」、「ラト」、「恐らくはリト」の四人の物語である。「プラッシャン」とはプロイセン人であった父のこと、「ユーク」はウクライナ人であった母のこと、「恐らくリト」とは恐らくはリトアニア生れの自分のこと、「ラト」とはラトヴィア生れの妹のことである。一家はフランスのニースでまずフランス人に拘留される。空気から窒素を抽出する方法を知っていた父プラッシャンから、火薬製造用にその技術を聞き出すのが目的である。しかし父は口を開かない。フランス人は父と妹を拷問する。妹は昏睡状態に陥り、ついに回復することなく死んだ。一九一一年、リト九歳のときである。ドイツ政府に訴えた一家は解放されてドイツに入る。だが今度は、ドイツ政府が父の技術を聞き出すために拘留する。その後リトは家族と離れ、おじ一家とともにノルウェー、カラカスを経てやっとアメリカに上陸する。その間に彼の家族は、フランス人に一人、ドイツ人に二人殺されていた。「政治のために殺される」子供の親にだけはなりたくない、と堅く彼に決意させたのはこの経験である。

奇妙なことは、話を聞いたサリーが、それはマットの「計算違い」だ、と突然怒り出したことである。彼がロティーから何か聞き出しているに違いない、とサリーは考えたのだ。だが、マットは何一つロティーからは聞いていない。ロティーからの情報は、サリーが一家の変わり者と思われても不思議のない、彼女の進歩的で自由主義的な側面である。三年前まで日曜学校の先生をしていたサリーは、それをやめさせられたのだが、理由は、日曜学校の教材に、ソースタイン・ヴェブレンの本を使ったからだった。折しもタリー家家業の衣料工場では組合結成の動きがあり、彼女はここで働く母親たちを鼓舞したいと考えたのだ。だがただ一つ、ロティーは気になることも伝えていた。サリーには「ある暗いミステリー」があり、それについては彼女自身の口から聞くしかないとのことだった。

マットは、「何を恐れているのか」と改めてサリーに聞く。なお逡巡し、話を逸らそうとするサリーだが、ついに本当の理由を話し始める。それは、父権主義と男の論理の犠牲となった、遠い昔の「愛の失望」に関わる物語である。

かつてハイ・スクール時代、彼女は家業の共同経営者であるキャンベル家の息子ハーリー・キャンベルと婚約したことがあった。両家の富を寄せ集め、両家の家業を揺るぎないものにするこの婚約は、誰もが祝福し、誰もが羨む「黄金」の婚約だった。しかし、この婚約があっけなく壊れたのだ。サリーが結核にかかり、ハイ・スクールの卒業を一年遅らせているうちに、まるでそれを待っていたかのように、ハーリーはプリンストンに進み、間もなく別の女性と婚約した。ハーリーの父の自殺後は、大学を中退し、サリーの父エルドン、兄バディーとともに工場を再建し、それから最初の妻と離婚するが、そのときにもサリーを選ばず、彼は別の女性と再婚した。

「黄金の子供たち」と呼ばれ、あれほど祝福されていた二人の間に何が起こったのか。マットにはそれが理解できない。ハーリーが最後までサリーを選ばなかった理由は何か。続けて問い詰めるマットに、サリーはついに真相を明らかにする。「跡取り息子」であるハーリーには、家名を継ぐ子供の誕生が必要だった。サリーの結核はロマンティックな病ではすまなかった。結核菌は子宮を侵し、彼女は子供のできない体になっていたのだ。不妊となったサリーは、もはやキャンベル家には犬猫ほどの価値もなかった。しかも、彼女を「道具」と見たのは、キャンベル家ばかりではない。父エルドンまでが、資産価値を失ったサリーを、「まるで壊れたぶらんこ」でも見るように見捨てたのだ。その後彼女は急進的な思想に傾斜し、家族の嫌われ者になっていく。男の論理の犠牲となったこのときの苦い体験が忘れられなかったからだ。

これが「サリーの謎」の真相である。サリーがマットの求愛に躊躇したのも、彼の家族の歴史を聞いて急に怒り出したのも、すべてはこのときの「心の傷《トラウマ》」によるものである。彼の求愛に躊躇したのは、マットのなかに他の男たちと同様の期待があるのを恐れてのことであり、家族の話を聞いて怒り出したのは、彼が決断したという信念に、彼女の秘密を先取りして利用する男の作為を恐れたからだ。だが、サリーの恐れは杞憂だった。杞憂を晴らすのはサリーだけではない。「サリーの謎」に男との不祥事を予期していたマットも、彼女の真実の苦悩に目を開くのだ。「喪失」を抱え合う二人のアウトサイダーは、いま初めて互いが理想のロマンスの相手であることを確認したのだ。

劇の冒頭、マットは、今夜の芝居が「徹頭徹尾ロマンティックな物語」であると解説する。だが、それは深いアイロニーを込めたロマンスである。なぜなら、二人のロマンスが明らかにするのは、サリーを犠牲にし、マットの家族を犠牲にした「男の世界」の残酷さであるからだ。作者はマットに自分自身を「シャーロック・ホームズ」と呼ばせていた。逡巡するサリーの本当の理由を執拗に追及させるこの作品の探偵小説仕立ては、真犯人「男の世界」を掘り起こす作者の優れた手法だった。

『タリーと息子』（一九八五）は、タリー家初代の家長カルヴィン・タリー（八〇歳）、二代目に当るその息子エルドン（五二歳）、さらにその息子バディー（二九歳）を配して、家業を巡る三代の男たちのエディプス的確執を描き出す。しかし作者の真の関心事は、タリー家に進行している家父長的世界の崩壊を暗示することにある。なぜなら作者は、タリー家三代の男たちに「期待の息子」の死という、共通した「喪失」のパターンを用意しているからだ。すでに死者となっているエルドンの次男ティミーをわざわざ進行役に用いるのも、実は意味があってのことなのだ。彼もまた父エルドンの「期待の息子」である。作品は、父権社会の継承を期待された「息子の死」という大枠のなかで進行するのだ。

父権の衰退は、家長カルヴィンの惚けと衰弱によっても示されている。そのカルヴィン臨終の知らせを受けたバディーが、第二次大戦下のイタリア戦線から一時帰国するところから、作品は始まっている。エルドンの末息子ティミーにも同じ連絡が出してあり、二日後には帰る予定である（彼の戦死が知らされるのは、第一幕末である）。家業の衣料工場にデラウェア・インダストリーズからの企業買収の話があり、カルヴィンの死を心待ちにしている一家の男たちは、ティミーが帰り次第、共同経営者ハーリーを交えて事業分割と遺産相続の相談をするつもりである。

家長カルヴィンは、かつては情け無用の狡猾敏腕な実業家であった。第一次大戦下の戦時特需で財をなし、その後銀行と衣料工場を創業した。その彼がいま墓地探しをし、死の準備をしているのだ。彼の最大の悩みは、タリー家崩壊の危惧である。彼には人生最大の失望が二つある。一つは娘ロティーに対する失望であり、もう一つは息子エルドンに対する失望である。

前作のサリーと同様、一家の異端児である娘のロティーは、父カルヴィンとはもう長いこと反目し合ってきた。ラジウム汚染による現在の彼女の障害も、父親の生き方に反抗した結果である。大学を卒業すると同時に父の豊かさに反発した彼女は、貧しい労働者たちにまじって働く道を選んだのだ。だが、コネチカットの時計工場で働いていた彼女たちは、ラジウムの危険性に無知だった。蛍光塗料のついた筆先を舌の先で揃えては文字盤に塗るうちに、彼女たちはラジウム汚染に罹ったのだ。時計工場が閉鎖されると、今度はシカゴにある左翼的な教育施設で教鞭をとり、体力が続くまで黒人児童の教育に携わってきた。

この日も、サリーを訪ねてきたマット・フリードマンを、一家の反対を押し切って擁護したばかりである。タリー家にあって、進歩的なロティーとその姪サリーは明らかに一家の父権主義に「反乱する」女たちである。カルヴィンは繰り返し娘ロティーへの失望を語ってきた。しかし、娘への失望は、タリー家の男たちには共通するパターンなのだ。カルヴィンの息子エルドンもまた娘サリーへの失望を隠さない（「私に関して言えば、サリーがあの調子を変えない限り、あの子には何も残さないつもりだね。」）。ロティーが言うように、カルヴィンのロティーへの失望は「エルドンのサリーに対する嘆きを容易に想起させる」ものなのだ。サリーに及ぼすロティーの悪影響を心配する妻のネッタに、エルドンはいみじくもこう言う。「タリー家には、世代ごとに一人はそんな女がいるんだ」と。しかもサリーに反対するのは父のエルドンばかりではない。弟のバディーまでが姉のサリーには激しい敵意を抱いているのだ（「サリーがあの男と一緒にここから出ていくのが早ければ早いほど、それだけみんなが幸せになるというものさ。」）。タリー家の男たちに共通した「娘への失望」と「女性への敵意」。これは言うまでもなく、タリー家の男たちの父権的傾向の現れである。

タリー家に共通するもう一つのパターンが、「息子への失望」である。現在の衣料工場をカルヴィンは「タリーと息子」と命名したが、その「息子」は、二七年前に死んだ長男スチュアートのことであって、エルドンのことではない（「言っておくが、これはおまえのために付けた名前ではないのだ」）。スチュアートが死んで以来、カルヴィンは工場に顔すら出していない。カルヴィンにとって、エルドンは「帳簿をつける」か、せいぜい「禁酒時代のセント・ルイスにウィスキーを持ち込む」のが関の山で、「タリー家の家名を盛り上げる」ことなど何一つできない男なのだ。「もしスチュアートがいま生きていたら」と言うのが、カルヴィンの口癖である。しかし同じ「息子への失望」を、エルドン自身が息子バディーに対して感じているのだ。共同経営者のハーリーとは逆に、彼は衣料工場を手放すことには反対である。父カルヴィンからはどう思われていようとも、この工場を今日の資産価値にまで高めたのは自分とハーリーの尽力である。戦争が終わったら息子ティミーとともにさらに発展させ、いずれはティミーに譲るのがエルドンの夢である。ティミーは「家族の誰よりも」工場に関心を持ち、「ティミーは信頼できる」のである。工場のために「手を汚そう」とはせず、祖父カルヴィンの銀行に関心を寄せる息子バディーは、「これまで一度として「エルドン」に味方したことのない」失望の息子なのだ。ところが、「期待の息子」ティミーはすでに死者となり、一家の衰亡を見詰めている。

タリー家の父権秩序の崩壊をさらに明らかにしているのが、父エルドン、息子バディーに共通して認められるモラルの荒廃である。「企業においては小心、結婚においては不身持ち」とカルヴィンが揶揄するエルドンは、大学時代から女性に関しては問題児だった。プリンストン大学時代、彼は早くも私生児をつくって裁判沙汰を起こすが、そのときも家名を重んじる家長カルヴィンの才覚で無事揉み消され、卒業二ケ月前に呼び戻されて家業についた。だが、エルドンの道楽は終わらなかった。その後、洗濯女ヴァイオラと密かに通じて私生児アヴァレーンをつくるが、扶養義務は放棄。娘はヴァイオラの実家で育てられた。一七年前のことである。

作品は冒頭、慌てふためいた様子でエルドンを探し回るヴァイオラの登場で始まっていた。前線から呼びもどされたバディーが、帰る早々、アヴァレーンを誘惑したのだ。彼は昨年も前線から帰るとアヴァレーンを森に呼びだし、ほとんどレイプ寸前だった。腹違いの妹と問題を起こされた後ではもう遅い。ヴァイオラがエルドンを探していた理由である。だが間もなく、母親から事実を聞かされた当のアヴァレーンが、エルドンのもとを訪れてくる。父親がわかった以上、父親と同居したいと言うのである。

作品の大詰めは、エルドンに発する一家の不名誉を揉み消すための、家長カルヴィンの最後の大英断に当てられる。カルヴィンはアヴァレーンに別の男をあてがい、その男に結婚を条件に仕事を約束した上で、工場を売り払う作戦に出たのだ。かねてからアヴァレーンと付き合いのあるエメット・ヤングを彼は呼びだし、裁断師の仕事を約束して結婚の約束を取り付ける。工場長の地位とそれを保証する文書を要求する二人にも、カルヴィンは簡単に同意する。工場を売却すれば、約束の履行いかんは親会社の問題で、タリー家の関知することではないからだ。

驚いたのは工場維持派のエルドンだが、多勢に無勢である。息子バディーは父を裏切り、工場売却に賛成する。エルドンの反抗が最後に燃え上がるのはこのときである。彼は母親から、カルヴィンの銀行株三〇パーセントを遺産として貰っていた。共同経営者ハーリーも銀行株を二二パーセント持っている。エルドンは莫大な損失を覚悟で、自分が持つ約五〇パーセントの工場株をハーリーの銀行株と交換して、少なくとも銀行の支配権だけは獲得する。エディプス的抗争とは、父権的権力機構内での権力闘争にほかならないが、エルドンはこの限りでは一応の父権をとどめたとも言えるだろう。しかし所詮は衰微の一途をたどるタリー家の父権主義である。初めにも述べたように、タリー家三部作は、制作年代順に読むのではなく、『タリーと息子』から『七月五日』へと逆向きに読み進めるときに、作者の意図が明らかになる。それは、家長カルヴィン・タリーから始まる父権主義が理想の「息子」を喪失しつつ徐々に衰微し、父権主義とマチズモ主義の最も衰退したケンに至る過程を明らかにするからだ。理想の「息子」が完全に払拭されているケンは、同性愛者という意味では最も女性的要素の復活した姿でもある。その女性的要素の台頭を暗示するかのように、作品の末尾では、マットとの結婚を決意したサリーがボート小屋から帰ってくる。タリー家を出奔する前に家族に挨拶したいと言うサリー。だが、ロティーも死者ティミーもそれには反対である。サリーの決断に支障が起こらないともかぎらない。それに、サリーの決断は、ロティーの夢の実現でもあるからだ。サリーはそのまま出発しようとする。だが偶然エルドンに出くわす。サリーはマットとの結婚の決意をエルドンに伝える。エルドンはそのサリーを初めて許すように抱擁する。「女性」との和解が何気なく準備される一瞬である。ところで、『七月五日』で言及される少年ジョニー・ヤングは、ここに登場するエメット・ヤングの孫だろうか。もしそうなら、作者ウィルソンの心憎いばかりの緻密さと言うほかはない。

『これを燃やせ』――「パーソナルになること」の意味

もう一つのキー・ワード「パーソナルになること」は、一九八七年上演の二幕仕立ての芝居『これを燃やせ』で使われていた。作家バートンは、真実の自分を模索しているダンサーのアナにこんなふうに言う。

いいじゃないか。そうあるべきだね。できる限りパーソナルになるんだね。実際、自分で体験しない感情は、想像することもできないからね。思い切りパーソナルになって、本当のことを言って、そして表紙に、「これを燃やせ」って書くんだね。

題名の由来する箇所である。「パーソナルになる」とは、「限りなく自分自身を表白する」ことである。この作品にも「同性愛」が登場する。だがここでは、同性愛そのものよりも、同性愛を巡る周囲の人々の反応が関心の中心になる。この作品を最後に、作者は同性愛の問題には距離を置き、より普遍的な「自己発見」のテーマに向かうのだ。

ダンサーのアナ（三二歳）、同性愛者のラリー（二七歳）、同性愛者でアナのダンスの相手役だったロビー（二四歳）の三人は、『七月五日』のケンたちと同様、女性と同性愛をコンセプトにした一種のコミューンを作り、三年前からローアー・マンハッタンのロフトで共同生活をしている。ここを訪れる部外者と言えば、アナに求愛しているシナリオ・ライターで異性愛者のバートンぐらいなものである。

物語は、仲間のひとりロビーが愛人男性と湖で事故死し、アナとラリーが故郷での葬儀に列席し、帰って来たところから始まっている。ロビーの実家で一夜を過ごす羽目になったアナは、ロビーの家族親族に憤懣やるかたない思いである。優れたダンサーであったロビーの死を家族とともに悼みたいと考えていたのに、その期待が完全に裏切られたのだ。彼らはロビーの実態に触れることはなにひとつ話そうとはせず、ロビーのダンスを見た者もいなければ、彼の消息に関心を寄せる者さえいない。ロビーの同性愛は、家族親族の汚点であり、できれば触れられたくない恥だったのだ。ロビーも生前、家族のことには触れることもなかった。ただひとり、一二歳年上の兄ペイルだけを例外として。

作者の関心事の一つは、同性愛に対する社会の偏見である。ホモセクシュアルとして生きるラリーは、第二幕で、故郷に帰る度ごとに感ずる戸惑いを語っていた。帰りの飛行機では、乗り合わせた判事か牧師が「家庭の神聖さ」を話題にして三〇分もまくしたてる。「僕は、ホモですから、もちろん、あなたのおっしゃることにはすべて反対です」

と、ついラリーは応酬する。「人類の全歴史を通じて、人間はいつも同じことの繰り返しなんだ――心得違いが心得違いを再生産しているだけ」とラリーは言う。フェミニズムのキー・ワード「母親の再生産」と同種の概念だが、彼らのコミューンは、男文化までを含めた退屈で、鈍感で偏見に満ちた（と彼らが考える）男たちから身を守る、自由、優雅、優しさの砦なのだ。だが、この作品が、まもなく登場するおよそ繊細優雅とは正反対のマチズモ主義者、粗野粗暴なペイルを中心にして展開されるのはなぜだろうか。作者の並々ならぬ戦略がここにはあるのだ。

アナもバートンもいままさに人生の転機にあり、自己発見の途上にある。作者の第二の関心事は、その変容の内容を明らかにすることである。アナが葬儀から帰ってきたのを知って、バートンが訪ねてくる。彼はSF映画のシナリオ・ライターだが、その彼がカナダの白銀の山中で、突如、彼らしくもなく「愛情物語」のアイデアに取り付かれたのだ。「愛情物語」のモチーフはサム・シェパードの演劇でもお馴染みだが、それは肉体と観念だけを頼りにしてきた男たちが、ふと隙間風のような「哀感」を覚え、「心の優しさ」の大切さに気づくときの徴候である。

バートンのマチズモぶりは、ことのほか丁寧に書き込まれている。背の高い、運動家らしい体つき。ご自慢の大きな手足に、やたらと指の関節を鳴らし、窮屈そうに首や肩を伸ばす癖。彼は柔道のブラウン・ベルトで、合気道の先生でもある。その彼が「愛情物語」を思い付いたのだ。だが、その内容はまだ煮詰まってはいない。捕鯨船に乗って出ていった男たちを何年も待ち続ける女たち、耐え抜く女たちの途方もなく大きな情熱、底知れぬ深い感情。彼の頭にぼんやりとある物語は、まだ北欧神話にあるような大ヒーローと大ヒロインの世界のことで、生き生きとした現実感とパーソナルな緊迫力に欠けるのだ。

変わりつつあるのはアナも同じで、ペイルに対する彼女の対応が何よりもそれを雄弁に語っている。ロビーの葬儀からおよそ一ケ月したある夜、酒に酔ったペイル（三六歳）が突然現れたのだ。ロビーの家族であれば無下な扱いもできない。それに彼女にはロビーの死をじっくりと語り合いたい気持ちもある。ところがそのペイルがむやみと騒々しい男なのだ。教養とはほど遠い連発銃ような彼の言葉はいかにも男臭く、攻撃的で、女性蔑視的でもある。美と優雅の砦には、およそふさわしからぬ異分子の侵入である。

その彼に変化が出始めるのは、話がロビーの家族に及んだときからである。ロビーの詳細にはやはり触れたくないらしい様子の彼が、突如すすり泣き始めたのだ。アナの予想に反して、ペイルはロビーが同性愛者であったことも、親族の前でアナが必死で取り繕っていたことも知っていた。弟の面影を求めて部屋の中を眺めまわし、初めて心を解放するように彼は泣く。作者はペイルの人物造型を楽しんでいるはずである。ペイルはマチズモ、激情、涙脆さ、素朴、純朴、単純、粗野、セクシュアリティーなど、様々な要素の混合した自然児である。彼を慰めているアナに、彼は涙を流しながら情欲も燃やす。その彼をアナは抵抗もなく受け入れるのだ。

翌朝アナは、昨夜の自分の行動を「羽根の折れた小鳥症候群」だと説明する。悲しみに傷付いた小鳥のようなペイルに思わず同情したということである。彼女の共感は、か弱い子供を保護する母親にも似た感情から始まったと言ってもいい。だが、作者はここですでに、ペイルの悲しみの複雑さをも暗示していた。作者はペイルに、ロビーが愛人ドミニックとともに出演していたテレビ放送について触れさせる。家族親族にとって番組の内容などはどうでもよく、スキャンダルだけが関心事だったと、彼に苦しげに説明させる部分である。実は、ペイル自身も同じだった。ロビーの同性愛を一家の恥と考えた彼らは、その恥から逃げるためにも、ロビー苛めの空想ゲームに参加したのだ。誰かが「おまえのホモ兄弟がボーイフレンドとテレビに出ていたぞ」と言い、誰かが「あんな奴は家族の恥で、死んだほうがましだ」と言う。それから数日後にロビーが死んだ。ペイルの悲しみには、ロビーの死は自分たちの願望の結果なのだと思い込む、子供のような罪悪感が複合していた。

第二幕はその一ケ月後。アナとバートンが大晦日の夜のパーティーから帰ってくる。アナの手には、読み終えたばかりのバートンの新しい台本が握られている。一ケ月前までは、まだ北欧神話の装いから抜け出せずにいた「愛情物語」が、すっかり都会風物語に纏まっていて、どうやらラリーらしき人物までが登場している。バートンとしてはもう少し「実物より大きめ」の人物が望みらしいが、状況と人物にリアルさを増した新版は、明らかにバートンの「驚異的な飛躍」（アナ）の産物なのだ。

アナの変容も明らかである。ダンサーの仕事に見切りを付けた彼女は、「三十年間の［変容］の後、やっとさなぎから抜け出る思いで」振付師としての人生を歩み始めた。その初仕事が三人の女性振付師によるオムニバス形式のパ・ド・カトル（四人舞踊）だが、そのテーマは「愛」ないし「母性愛」である。彼女には実体験のない、未知なる世界への冒険である。

『七月五日』のケンと同じように、アナもまたこれまでコミットすることを知らなかった女性である。彼らのコミューンは、自由である代わりに、蚕の繭のようなモラトリアム人間の世界であり、人間として、女として生きる決意と危険から保護された安全のための避難所だった。彼女に男女の愛の決断や、ましてや母性を理解する十分な実感がないとしても不思議はない。

その彼女が、突然、自分でも驚くほどパーソナルな振付けをし始めたのだ。「パーソナルになりすぎてはいないか」と自分でも心配になるほどの。冒頭に掲げたバートンの言葉は、このときのアナへの返答である。バートンは「自分で体験しない感情は、想像することもできない」と言い、「思い切りパーソナルになり、本当のことをしゃべる」ことをアナに勧める。「パーソナル」になれるのは、その感情を「想像できる」実体験があるからだ。「体験しない感情」を想像するのが至難の技であることは、先刻バートンが承知である。愛情物語を書き出すたびに、慣れ親しんだSFの世界から出られない「いつもの自分」に気づかざるを得なかった彼だからだ。

アナが限りなくパーソナルになれるのは、その感情を想像できる実体験があるからだ。注目すべきは、その実体験の源泉がバートンにではなく、ペイルにあるということだ。彼女がペイルに引かれるのは、彼が「素直」であるからだろう。無教養な彼に、バートンの理性の鎧は必要ない。強がりだらけのマッチョの彼が、悲しみに絶え切れずに人前で泣く。その自然さと孤独さにアナが引かれるのは理解できる。だがアナ自身が言うように、アナとペイルとでは、「リンゴ」と「オレンジ」ほどにも異質である。にもかかわらず、ペイルが彼女の変容渇望を刺激するのは、もう一つ別の理由があるからだ。

それは、彼のロビーに対する悲しみが、〈同性愛者〉ロビーに対する〈裏切り〉の感情から出ているという事実である。ペイルが自己自身と和解するには、「同性愛との和解」なくしてはあり得ないのだ。ペイルの登用に「作者の並々ならぬ戦略」があると最初に述べたのは、この意味である。ペイルの自己回復が同性愛との和解なしには成立しないという構図、そして、ペイルに複合した悲しみがあるが故にアナの心が引き付けられるという構図のなかに、「同性愛」への理解と和解を提唱する社会派劇作家ウィルソンの本領が十二分に発揮されているのに気づくのだ。「同性愛との和解」が必要なのはペイルだけではない。作家バートンもまた同じである。

バートンは間もなく登場するラリーに、ニューヨークに出たての頃に遭遇した興味深い同性愛体験を語っている。メッセンジャー・ボーイをしていた一八歳のバートンは、ある日、詩人の家を訪れる。二人は意気投合し、詩を読み合い、マリファナを楽しむ。詩人は同性愛者だったが、彼は何の危険も感じず、寛いだ幸福感を味わった。それから彼は、二年後の出来事を付け加える。酒に酔った彼が、雪の降る真夜中の通りをコロンビア大学からヴィレッジまで歩いたときのことだ。八番街か九番街の一五丁目あたりで、どこからともなく男が現れ、フェラチオをする。男は「ありがとう」と言い、彼も「お元気で」と応えて別れる。「とても素敵だった。僕はそのことをすっかり忘れていた。別にどうということでもなかったけれど、そのことで後悔することはちっともなかった。」ラリーはこの体験を、「昨日の無垢と自由」と形容し、アナもそれに同意する。

この挿話の意味するところは、社会的理性と文化によって人間が社会化される以前には、同性愛と人間とは限りなく親和的であったということだろう。「同性愛と和解する」ことが狭隘な社会通念から解放され、社会化以前のより全体的な自分自身を取り戻すことであるならば、それは「成熟」の概念ときわめて類似していることになる。ペイルやバートンの「同性愛との和解」が彼らの自己回復や成熟と繋がっていても不思議はない。では、その和解を阻害し、ひいては自己回復を阻害するものとは何だろう。バートンとペイルの対決の場面に、作者はその答えを用意した。

アナとバートンが大晦日の夜を二人だけで祝おうとしているところに、再び酒に酔い潰れたペイルが登場してくる。すでに述べたロビーへの深い罪意識にまたもやさいなまれてやって来たのだ。二人の男たちの間に、たちまちいさかいが始まる。面子にこだわり、力の誇示をし合う二人は、ますますエスカレートし、殴り合い、取っ組み合いまで始める始末だ。アナはついにバートンに帰るように言い、ペイルの方は床に酔い潰れて事態は治まる。やっと平静が戻ったとき、床の上のペイルを見ながらアナは言う。「もし彼が一瞬気絶するのが遅かったら」、バートンからの結婚申し込みを「あやうく承諾しかけるところだった」と。そしてラリーと改めて乾杯しながら言う。「もうストレートな男なんて沢山。このままでも、立派に人生はやっていけるのだから」と。

「同性愛との和解」を阻み、「全的自己の回復」を阻むのは、アナが「男らしさのたわごと」という言葉で要約する、〈男の原理〉の愚かさと醜さだろう。ついに完成した原稿を手にした終末部のバートンは、成熟を阻む彼自身の障害を、ラリーに向かってこんなふうに解説する。それは、無意識のうちに機能する男の内部の「防衛装置」についてである。

僕はこれまで何も失ったことがない。負けるということがないんだ。（間）その結果、僕はいつでも怒りだけを感じている。………いつもまず頭に浮かぶのは、「ものにしちまえ」だ。わかるだろう？――でも、本当はそんな気持ちはないんだ。――それは、僕が何かを失うまいとしていつも無意識のうちに使っている一種の防衛機制なんだ。

バートンが語る無意識の「防衛機制」は、ウィルソンが「同性愛」（あるいは「女性」）というパーソナルで非規範的・周辺的な視点から眺められた、「男の原理」の本質的な部分である。勝利と征服だけを求めて喪失と敗北の痛みを嫌悪する思想、自足することなく、常に欲望の肥大に苛立つ思想、内なる「弱さ」を恐れるが故に「男らしさ」を誇示する思想、受容と共感と忍従を価値とはせずに、傲慢と虚勢と力の誇示を価値とする思想である。

しかしこれほどペイルに動かされながら、アナは結局ペイルを選択することに躊躇する。自分にとって、ペイルは「危険」な存在だからと。彼女はバートンとの関係を包み隠さずペイルに伝える。多くの共通項をもつバートンとの関係が、本当に融和的な関係であるのかどうかを「もう少し時間をかけて見届けたい」のだと。ペイルは「僕に関心をもつようになるのが恐い」だけだと反論するが、アナは、「パーソナルな人生」に立ち向かい始めたこの瞬間の恐れを次のように語るだけである。

ペイル、わたし、これまでパーソナルな人生なんてもったことがなかったの。それを怖いと思ったこともなければ、受け入れる気持ちもなかったから、重要でなかったの。でも、今は違うの。とても傷付きやすくなっているの。望みもしないものの餌食にはなりたくないの。

ペイルが出ていった後、彼女はラリーに言う。「わたし、生きているこの時代にうんざりしているの。食い物にされたと感じるのが嫌なの。恐怖を覚えるのが嫌なの」と。初めての出発を前にして、自分を「食い物にする」男たちと社会への恐怖があって当然だが、作者はそれを、すべてがモラトリアムである現代の特徴でもあると言うのだ。

終幕部は、それからまた一ケ月後。舞台には、ついに完成した原稿を手にしたバートンが立っている。今夜は、アナの作品発表の日である。バートンはこの一ケ月間、アナに電話でメッセージを送り続けたが返事はなかった。ラリーによれば、アナはその後ペイルにも会ってはいないらしい。しかし、アナの振付けたダンスは、このロフトで起こったアナとペイルの物語だと言う。ラリーによれば、それは「ホモでない普通の男」が登場する男と女の「一種の叙事詩」で、しかも「重心」を扱ったものだと言う。普通の男女の愛の叙事詩で、しかもほどよい「バランス」と同義の「重心」を扱うものであれば、そのダンスは、間違いなく、同性愛と女性のコミューンに守られていたアナの、異性愛社会への出発と自立を夢見る物語に違いない。

芝居の結末部は、ラリーの洒落たトリックで終わっている。発表会を終えてアパートに戻ったアナは、そこで予想外にもペイルと出くわす。二人が出会うようにラリーが仕組んだのだ。しかし、二人の結末は、どちらともとれる曖昧なものである。二人は互いに深く心動かされたことを告白し合うが、同時に、出会ったことに戸惑いをも示す。だが、このどちらともとれる終り方が、作者の意図した正しい終り方なのだろう。先にも述べたように、この作品には作者の豊かな遊びがある。バートンが完成した都会風愛情物語そのものがどうやらこの作品のことであり、登場する人物たちが「実物より小さめ」であることはバートン自身が最初から断っていた。ペイルに渡したラリーのメモにあるように、「なぜ愛は常に悲劇的でなければならないのか」というのが作者の当初からの前提なのだ。作者はこの前提のなかで、自己発見を求めてそれぞれに苦悩する都会風変容の物語を作り上げ、あわせて、同性愛との和解を訴えた。そして、この「同性愛との和解」の視点は、作者の一つの関心の終焉ともなり、また新たな関心事の始まりともなるのだろう。今のところ、その後の関心事ははっきりとは見えていない。

第四部　デイヴィッド・マメット

文化支配、ナルシシズム、意識の覚醒

出発から『アメリカン・バッファロー』まで

『レイクボート』、『カモをめぐる変奏』、『シカゴの性倒錯』

デイヴィッド・マメットは一九四七年、シカゴの中流ユダヤ人地区サウス・ショアーに生まれた。父親は弁護士、母親は教師であった。一九六五年、激動の六〇年代中葉に、彼はバーモント州プレインフィールドのゴダード・カレッジに入学、英文学と演劇を専攻した。大学在学中の六八年から六九年にかけて一年半、ニューヨークに出て、ネイバーフッド・プレイハウスで役者としての勉強をしているが、役者の適性については早々に見切りをつけたようだ。だが、ここで、グループ・シアターの創設メンバーの一人でもあったサンフォード・マイズナーから、スタニスラフスキー・メソッドをしっかりと教えられ、核となる理念を中心に出来上がる演劇の「美的統一体」という考え方を学んだ。

一九六九年、ゴダード・カレッジを卒業すると、劇作家を志す他のアメリカ作家たちと同様、しばらくはさまざまな職業を転々としている。役者、オフ・ブロードウェイのロングラン・ミュージカル『ファンタスティックス』のステージ・マネジャー、トラック工場、缶詰工場の労働者、不動産屋のセールスマンなどだが、特に不動産セールスマンの経験は、後のピューリツァー受賞作『グレンギャリー・グレン・ロス』（一九八三）に材料を与えるものとして重要であった。その後、同じバーモント州のマールボロー・カレッジで演劇のインストラクターをしているが、学生たちが上演する芝居を書くことが採用条件の一つであったらしい。ここでの成果が『レイクボート』（一九七〇）である。これはマールボロー・カレッジのシアター・ワークショップで初演された。この仕事は一年で止め、また幾つかの仕事を経た後、一九七一年、母校ゴダード・カレッジで再び演劇のインストラクターを始める。彼はここで学生たちと共に聖ニコラス劇団を結成している。

一九七二年、シカゴにもどると、彼は本格的な劇作を開始する。『カモをめぐる変奏』がゴダード・カレッジで聖ニコラス劇団によって上演されるのはこの年である。一九七四年には『シカゴの性倒錯』がオーガニック・シアター劇団によって上演され、この年の「ベスト・ニュー・シカゴ・プレイ」に選ばれて、ニュー・ヨークのオービー賞に当るジェフアーソン賞を獲得している。マメット二七歳のときである。

七〇年代はシカゴ演劇復興の時代と言ってもいい。現在シカゴには七〇以上の劇団があり、ほぼニューヨークと同数の俳優たちがいると言われているが、一九一〇年代の頃には小演劇運動の一中心を成していたシカゴも、その後はグッドマン・シアターなどわずかな例外を除いて良質な演劇を提供する劇場・演劇集団に不足していた。環状地下鉄内のいわゆるループ内にある既成の劇場はもっぱら商業演劇中心で、それも一年遅れのニューヨークものを再演するにすぎなかった。六〇年代の頃から、当時の市長リチヤード・デイリーが大都市シカゴに相応しい演劇復興を提案していたが、それが実り出すのが七〇年代に入ってからである。いわゆるオフ・ループ劇場と言われるもので、六九年設立のボディ・ポリティック劇場、オーガニック劇場を初めとして、七四年には聖ニコラス劇場、ヴィクトリー・ガーデンズ劇場、ウィズダム・ブリッジ劇場が、また七六年にはシュテッペンヴォルフ劇場などが設立される。聖ニコラス劇場というのは、マメットが演出家スティーヴン・シャクターなどと共に聖ニコラス劇団を改組して興した聖ニコラス・プレイヤーズの根拠地であった。六〇年代ニューヨークの新しい演劇活動と共に成長していったサム・シェパードと同じように、マメットもまたこの七〇年代シカゴの新しい演劇活動の波と共に成長していったとも言えるだろう。『シカゴの性倒錯』は一九七五年に、『カモをめぐる変奏』と共にニューヨークのオフ・オフ劇場である聖クレメント劇場で再演され、この年のオービー賞を獲得、翌年七六年にはオフ・ブロードウェイのチェリー・レイン劇場にまで進出していく。しかし、彼の名声をはっきりと定着させるのは、一九七五年、まずシカゴで上演され、ついで、七七年、マメット三〇歳の年にブロードウェイで上演される『アメリカン・バッファロー』である。この作品でこの年の「ニューヨーク劇評家賞」を獲得、サム・シェパード、ランフォード・ウィルソンに続く新しいアメリカの若手劇作家として揺るぎない地位を獲得する。

『レイクボート』は手直しされて一九八〇年にミルウォーキー・レパートリー・シアターによって再演されたが、彼の処女作である。貨客船T・ハリソン号で働くさまざまな人物群像のフラグメントから出来上がったモザイク的な作品だが、まだ試作の域を出るものではない。しかし、マメットの後の作品を予測させる幾つかの特徴を見ることができる。人生は無数の瞬間的なシーンに分解され、自動制御装置で操作される船には冒険も危険もない。人々は退屈し、無駄話をし、幻想を楽しむ。社会の全体像への関心、挿話的なシーンの集合、退屈のなかの幻想化などが、この処女作の見所である。

次作『カモをめぐる変奏』（一九七二）には早くもマメットの社会・文明批判者としての側面が現れてくる。カモをめぐる一四のヴァリエイションからなるこの作品は、文明・社会をめぐる彼の思索と哲学を音楽の形式を借りて表現した詩的な作品である。ミシガン湖に近い大都市のとある公園のベンチに座る年老いた二人の男エミールとジョージは、カモの連想からさまざまな思索を展開していく。野生のカモたちに備わる揺るぎない本能の確かさ、しかし、そこにもある残酷な「生の掟」と適者生存の原理。しかし、残酷に見えるその「生の掟」も宇宙の調和のなかではすべてが「意味」と「目的」をもつ「宇宙の法則」の一部である。ここでのマメットの目は明らかにエコロジストの目であり、環境と生態の幸福な調和を願うニュー・サイエンティストの目である。知性ある人間だけが自然を破壊し、生態を破壊し、「自然のバランス」を崩していく。マメットの目はおのずと文明の産物としての大気汚染に向けられ、環境汚染に向けられる。マメットは二人の老人の孤独と不安に満ちたある日の何気ない対話のなかから、極点に達した現代文明の自己破壊的、黙示録的な終末の世界を暗示していくのだ。この作品は、演劇の音楽化に関心を向け始めて以降のオールビーの世界に連なるものであった。

『レイクポート』で開発されたモザイク手法は、二年後に発表される『シカゴの性倒錯』(一九七四)にも受け継がれて、彼の劇作法の一つの特徴を作り上げる。この作品も三三の挿話的シーンから成り、シカゴのノース・サイドに生活する四人の男女の九週間にわたる生態が描き出される。一九七六年にオービー賞を獲得したこの作品は、一層マメットの本領に近づいたと言えるだろう。四人の男女の生態には精神の深みというものがおよそない。あるのは男たちの性衝動、女たちの漠たる不安と渇望、そして男たちへの敵意である。見事に平板化された彼らの世界は欠如態としての世界、心の深部を見詰めることを忘れ、超越と神秘を失った現代の若者たちの世界である。ここにはまた、マメットが繰り返し用いる基本的な人物構成を見ることもできるだろう。二人の人物の組み合わせから成る関係、そして、「教える者」と「学ぶ者」という関係である。ダンは年上のバーナードから男から見た男女関係の基本的型を学び、デボラは年上のジョウアンから女性から見た男性への警戒心と敵意とを学んでいく。この学習の型式は男女の心を固定化する文化と文明の伝達として意図されたものだ。

作品は、独身者向けのバーで、前夜のとてつもない性的冒険の成果を年若いダンに向かって語るバーナードの話から始まっている。二人の関心はひたすら性を渉猟することにあり、しかもその冒険は限りなく猟奇に満ち、逸脱に満ちたものでなくてはならない。性幻想の限りを尽くすこの猟奇性は、そのまま大衆の無意識のなかに生きている平板な性のイメージであり、ビニ本とマス・メディアに培われた大衆の夢である。ここに一貫した視点があるとすれば、それは精神活動のすべてを性の衝動という一点に固定した視点である。作中唯一の出来事らしい出来事としてダンとデボラの愛の挿話が語られるが、二人の会話はもっぱら解剖学的関心と性的好奇心へと向けられ、二人の世界におよそ「愛」は無縁なのだ。デボラの言葉は象徴的である。「愛とは単なる言葉」であり、「言葉に恐れる必要はない」のである。

この作品が欲望の視点を色濃く出すのも、それが男性の目を主体としているからである。神秘を失った世界のなかで、わずかながらも「意味」と「超越」を呼び込む寂蓼の視点を与えているのは女性であるが、その視点でさえ、男性への敵意を捨てることはできていない。男女間の敵意はこの作品が呈示するもう一つの現代の姿である。バーナードがダンに教える女性との交際法は「手荒く扱う」ことであり、ジョウアンは「男が求めるものはただ一つ」だと言う。既成の意識に捕えられたバーナードとジョウアンは、こうして「教える者」となりながら、再び既成の意識を伝達していく。この作品は浜辺で女たちを渇望するダンとバーナードの姿で終わっているが、欲望という視点に固定されたこの作品の勝れた終わり方である。

『シカゴの性倒錯』は現代人の意識のあり様を描き出したという点で、七〇年代作家に相応しいテーマの発見をマメットにもたらした。だが、マメットが本領を発揮するのは、次作『アメリカン・バッファロー』（一九七五）である。この作品の新しさは当時必ずしも十分に理解されていなかった。一九七七年ブロードウェイに進出してニューヨーク劇評家賞を獲得したが、その受賞が満場一致によるものでなかった事実が示している。しかし、この作品は構造の重層性、内容の充実において、『グレンギャリー・グレン・ロス』（一九八三）に勝るとも劣らぬ作品だった。

『アメリカン・バッファロー』――ヒューマニズムの危機

作品は、ドン・ダブロウの古物店を背景に、ある金曜日の朝からその夜にかけて展開される。この店に勤める青年ボブが店に入ってくるや否や、ドンはボブにいきなりアメリカのフロンティア時代以来のビジネス精神を教え始める。ビジネスに大切なのは実行力であり、「自分が目指す結論に行きつくための技術と才能と気力」であると。ドンもまた、「教える者」としての年上の男である。彼が伝えようとしている文化の質は、アメリカの神話的な価値基準である。それは、自由と独立、実行力と経験を何よりも尊ぶフロンティア精神であり、同時に、フロンティア精神とは常に密接な関係をもってきた知力と詐術を賛美する詐欺師の伝統である。彼は、フレッチャーがルーシーの銑鉄を「盗んだ」のだ言うボブに、あれはフレッチャーが「買った」のだと言い、「ビズネスとは自分を守ることだ」と言う。この考え方は違法性とはスレスレの考え方だが、なおこの限りにおいては、彼は伝統的なアメリカ的ビジネス精神の体現者であり、彼はこの精神を若いボブに教えようとするボブの精神的な父親である。

しかし間もなくドンの仕事仲間であるティーチが登場してきて、この作品のきわめてマメット的な状況が明らかになる。冒頭でボブが見張っていたという男は実はボブが今夜その家に押し入ろうとしている男であり、ドンはボブをその男の家に押し入らせ、窃盗を働くことを計画していたのだ。しかも、ドンの計画を知ったティーチは即座に「宝石か」と問いかけている。どうやら、彼らの仕事のうちにはこれまでも窃盗が暗黙のうちに含まれていたらしい。ドンが唱道するフロンティア精神、アメリカの伝統的なビジネス倫理は、にわかにうさん臭さを帯び始める。

この作品によって「アメリカのビジネス倫理」を描いたと言う(1)マメットは、また別の箇所(2)で、さらに適切な説明を加えている。この作品は「アメリカ的意識の本質的な部分」、つまり、「倫理感を一時停止し、代わりに、一般に受け入れられているポピュラーな神話を採用し、その神話を用いることで良心の呵責を緩和する」アメリカ人の「能力」について書いたものだと言う説明である。ドンの窃盗計画はきわめてアメリカ的な意識に根差している。ある日のこと、一人の男がドンの店にきて、彼の棚から一枚の硬貨を見つけ出し、それを買う。この硬貨は、一九三三年から四年にかけて行われたシカゴの世界博覧会、あの「進歩の世紀」と題された博覧会の折りの記念硬貨であるらしい。そのときの記念商品はどれもこれも今では高値を呼んでいるのだが、ドンはそれに気づかなかった。二束三文の品物だとばかり思っていたその硬貨になんと九〇ドルの買値がつき、男はそれをさほど高い買い物とも思わぬらしく、さらに追加の注文までして出ていった。治まらないのはドンである。あの硬貨はもっと高く売れたはずだ。抜け目のないビジネスマンを信条にしているドンは屈辱を覚え、「盗まれた」と感ずる。彼の窃盗計画はこの屈辱を晴らし、「窃盗」に対しては「窃盗」で仕返しをするフロンティアズマンの男の意地なのである。事実、彼のフロンティアズマン的清廉の一部は、彼の窃盗が、少なくとも彼の意識の上では「盗まれた」と彼が考えるあの硬貨だけを取り返すのを目的としていることにも現れている。しかしなお窃盗は窃盗であり、ドンは明らかにマメットの言う「ポピュラーな神話」を利用することで「良心の呵責を緩和」している。ドンのビジネス信仰はその本質において病んでいるのだ。

しかしなおこの作品におけるドンの位置は、ティーチとは危い一線を画しているヒューマニストとしての立場である。ビジネスと友情を区別し、不正を容認しながらも、彼にはなお人間らしさが残っている。しかしティーチは違う。ティーチにとっては、人間らしさは彼の「鳥肌を立てる」ほどに異質である。彼もまた建国の精神を口にし、個人の自由と独立を主張するが、それは徹底して彼自身のためであり、そのビジネス観は徹底的な人間不信と略奪の精神に基づいている。ティーチが語る建国の理想に実態はなく、あるのは建国の理想が極端に個人化され、歪曲された自由のアナキー状態、人間性を排除した搾取と略奪の精神、言い換えれば、資本主義的価値基準の最も堕落した現代的な様相である。それは、ドンが思わず口に出して言うように、人間の意識には容易に侵入してくる文明の「毒素」である。

1　Mamet, *New York Times*, 15 Jan., 1978. C. W. Bigsby, *David Mamet* (Methuen, 1985), p.72 より引用。ここでマメットは、続けてこんなふうに述べている。「この芝居を書いたとき、私はビジネスというものに怒りを覚えていた。ビジネスマンたちはこの作品の不十分さや無意味さをあげつらっては、盛んにぶつぶつ言ったものだ。無意味な対話を一時間半も聞かされる理由はないと言って。この芝居が彼らのことだったので、怒っていたのだ。」

2　*Dictionary of Literary Biography*, vol. 7 の「マメット」の項より引用。

この作品の見事さは、ティーチに代表されたこの文明の毒素が容易に現代人の意識のなかに侵入し、心のアナキーを作り出す様を描き出すところにある。ドンから計画を聞いたティーチは早速ボブの追い落としに取りかかる。彼の論理は何よりもビジネスを優先させ、一切の人間的な関係をそこから排除することである。彼はドンのボブに対する「忠誠心《ロイヤルティ》」を問題にする。ドンの思いやりは「素晴らしい」、「賞賛すべき」ものではある。しかし、それは彼の「むなくそをわるくする」のだ。

すでに歯止めを失っているドンの心が、ティーチの誘いを受け入れるのは容易である。ボブとの人間的な繋がりを主張していたドンは、早くもティーチの提案を受け入れ、非人間化、心のアナキー化への一歩を進める。しかも、切り捨てるのはボブとの繋がりだけではない。「盗まれた」コインだけを目的としていたはずのドンが、ティーチの主張するままにフロンティアズマン的清廉を捨て、他の金品までを窃盗計画に含める欲望の拡大化を了承していく。ドンはこの過程でティーチの能力を危ぶみ、この事業をより完全にするためにもフレッチャーが加わることを主張する。興味深いのは、ドンはこの完全性への執着が計画の実現への配慮というよりは、むしろ完全犯罪への幻想を楽しむことに向けられているということである。ドンにはすでにかつてのフロンティアズマンたちの毅然たる意志力はない。あるのはその追体験としての幻想である。

第二幕は、規律と抑制を失った現代人の心が、容易に不信のメカニズムに巻き込まれる様を描き出して見事である。その夜、昼間の約束どおりティーチがドンの店を訪れる。しかし、そこにはフレッチャーが見えないばかりか、この計画からは降ろしたはずのボブがいる。しかもそのボブはバッファロー・コインを見つけたから売りたいと言う。にわかにティーチの疑惑が呼び起こされる。フレッチャーが来ないのは、彼が一人で仕事をしたいからだとティーチは言い、ティーチは改めてルーシーから銑鉄を盗んだ一件を取り上げて、フレッチャーに対するドンの不信をかきたてる。それでも動じないドンを見て、ティーチはさらに昨夜のポーカー・ゲームにまで触れる。ドンがカードで負けたのは、フレッチャーがルーシーと組んで八百長をしていたからだ。彼はそれをこの目で見ていたのだと。ドンはティーチの言葉をここで「毒以外の何ものでもない」と表現し、「そんなことは聞きたくもない」と拒絶する。しかし、一度信頼の歯止めを失った心は、不信の自己増殖のメカニズムから逃れることはできないのだ。ボブがバッファロー・コインをもって現れ、フレッチャーが姿を見せない。二つの事実はすぐさまティーチのなかでは一つになり、彼はすでに何者かが例の家を襲ったのだと結論する。彼は持っていたピストルに弾を込め始める。そんな武器は必要ないと言うドンに、彼は、これは「単なる抑止力」としての武器だと言う。不信の状況のなかでのこの「抑止力」としての武器。このくだりに、後にアーサー・コピットが『世界の終わり』（一九八四）で取り上げる関心——攻撃を想定した核抑止力、その抑止力をまた潜在的攻撃力と見て増強される抑止力、この無限に繰り返される不信のメカニズム——を合わせ見ることは容易である。不信のメカニズムは地球的規模での現在の文明的状況でもあるのだ。

ボブが再登場するとともに、不信に蝕まれた心的状況の終末的様相が展開される。ボブはレストラン、リヴァーサイドでルーシーとグレイスから聞いたニュースをもってやってくる。フレッチャーはここにくる途中メキシコ人に襲われて、今病院にいるというのだ。しかしこのニュースは、ボブの「これから仕事がある」という言葉とからんで、ついにドンの心にまで確かな不信を呼び起こす。二人は、ボブとフレッチャーが明らかに単独行動に出たのだと確信する。ドンはボブにコインの出所を追及し、病院にまで電話する。しかし、ボブの記憶する病院にはフレッチャーはいない。二人は一緒になってボブを責め立て、ルーシーとの共媒を責め立てる。ついには不信は激しい暴力となって爆発する。しかし、すべては彼らの思い込みである。フレッチャーは別の病院に入っていたのだ。

この作品の結末はいかにもマメットらしい見事なアイロニーに満ちている。アナキーと化した不信の恐怖を身をもって経験したドンはボブを気遣う。しかし、最後まで納得しないのはティーチである。彼はなおボブ抜きの仕事を主張し、なおコインの出所まで追及する。こうして二人は予想外の事実に直面する。ボブはそのコインをわざわざドンのために別の古物店から買い求め、しかも元値の五〇ドルでドンに引き渡そうとしていたのだ。ボブがはやくからドンに五〇ドルの前借りを要求していたのも、すべては「ドンのため」であった。ボブの素朴な「人間性」は、ドンには激しい一撃である。ティーチの誘いを受け入れるまま、彼は意識せずして危険な不信と人間性喪失のアナキーを深めていた。この期にいたってもなおドンとボブの信頼を揶揄するティーチ。ドンはティーチを殴りつけ、「この毒を俺に注ぎ」「人生をクズにする」ティーチを激しく呪い、絶交を宣言する。ティーチが己の醜さのすべてを理解するのはもう一つのアイロニーが暴露されるときである。旅行に出たとボブが思っていたその男は別人だった。すべては虚構の上に成り立っていたのだ。心のアナキー化だけを露呈していたティーチは荒れ狂い、すべての罪を無秩序な世界そのものに転嫁する。しかし、「規則」もなく「善悪」も「友情」もなく、「嘘っぱち」だけの外なる世界は、そのまま彼自身の内なる世界の姿でもあったのだ。

マメットはこの作品で、彼固有の劇的テーマを発見した。それはビジネス界を現代人の意識と経験の普遍的な様態として描き出すことである。ドンやティーチたちの世界は、資本主義的略奪の原理が人間性を追い出すまでに深く浸透している世界である。マメットのビジネスマンたちはむしろ社会の底辺部に属する人物たちだが、本来資本家、有閑階級において美徳とされた略奪的精神が、底辺部の人々にまで反映されていく過程を分析したのはソースタイン・ヴェブレンである。マメットは、ボブやティーチの略奪的世界についてのアイデアを、ヴェブレンの『有閑階級の理論』（一八九九）から学んだらしい。[1]「シカゴ博覧会」と「アメリカン・バッファロー」の含意についても見逃せない。ドンやティーチの世界は「進歩の世紀」の末期的な姿であり、「バッファロー」のイメージからは、アメリカ・インディアンからの略奪と「窃盗」から成り立つアメリカ文明の歴史そのものが暗示されているからだ。

一九八六年、ハーヴァード大学で行なわれた彼の講演「崩壊――俳優たちのための若干の考察」[2]は、彼の劇作の意図を知るうえで興味深い。彼によれば、すべての演劇は「崩壊を描く」ものでなければならない。何故なら、すべての有機体は一定の完成を遂げた後は、崩壊に向かうしかなく、「成長し切った一つの状況の終焉と、その後再び平衡状態にいたるまで続く不可避的な混乱」を描くのが演劇なのだ。劇作家の務めは、「崩壊が最終的に静止するまでの過程を観察し、劇化すること」である。そして彼は次のように述べる。「アメリカの国は、一つの文化として、また文明として、崩壊することだけが、有機体に残された唯一の適切な蘇生の道であるような段階に到達したのだ。何物もこの崩壊を止めることはないし、また、止め得るものでもない。なぜなら、崩壊こそが、生きる力であるからだ。」「大惨事」こそが再生の道であると考えたサム・シェパードと同様、マメットもまた、崩壊こそが再生の道であると考えるのだ。

『アメリカン・バッファロー』の後、マメットは彼には珍しい小春日和のように穏やかな一連の家族劇を発表している。『再会』（一九七六）、『黒い子馬』（一九七七）、それに、不安のない子供時代を追憶しながら愛を求め合う二人の男女を描いた大人のメルヘン『森』（一九七七）をつけ加えてもいいだろう。『再会』は、二〇年ぶりに再会する父と娘の話である。父バーニーは、キャロルが四歳のときに家を出る。以来、アルコールに身を持ち崩して放浪の生活をしてきたが、やっと数年前から現在のレストラン勤めに落ち着いている。そこに、禁酒団体の名簿を手掛かりに父の居場所を知った娘キャロルが訪ねてくる。彼女もすでに二四歳、二年前には二人の子持ちのゲリーと結婚したが、彼女もいま満たされぬ愛の不安に怯えている。『再会』が、成人した後の娘が子供時代の幸福の原型を求めて父を訪ねる話

1　マメットは有閑階級とルンペンプロレタリアートに共通に見られる略奪的行動について、ヴェブレンの名前を引いて次のように述べている。「ソースタイン・ヴェブレンが言うように、社会の底辺部であるルンペンプロレタリアートの行動様式も、社会の最上層部である重役室や有閑階級の行動様式も、まさに同一なのだ。何も生産せず、何事もなさぬ富裕階級も、あらゆる種類の神話を用いて自分たちを正当化し、略奪者たちを正当化する底辺部の人間たちも、ともにわれわれから略奪するのだ。アメリカを精神的に略奪し、そして経済の根幹を牛耳るのだ。」（Mamet, National Theatre Study Notes, p.4. Bigsby, p.78 より引用。）

2　Mamet, 'Decay: Some Thoughts for Actors, Theodore Spencer Memorial Lecture,' in *Writing in Restaurants* (Viking; 1986).

であれば、『黒い子馬』は、その娘の安全と幸福の原点となる幼児時代の一齣を描き出したものといえるだろう。夜の闇を走る車の中で、若い父親が幼い娘にインディアンの勇者レイン・ボーイとその素晴らしい友達、黒い子馬の話をして聞かせる話である。何時何処にいようと、助けを呼べば風のように駆けつけてくれる黒い子馬。娘の安全を祈る父は黒い子馬に自分を仮託し、幼い娘は、黒い子馬に父親を重ねて見るのだ。

『森』——大人のメルヘン、ナルシシズムの迷路

上記二作の間の時間を埋めるのが、大人のメルヘン『森』である。ルースは恋人ニックの誘いを受けて今彼の山荘を訪れている。都会にはない「清潔な」自然と確かな愛を求めてこの山荘にきたのだ。しかし、昨夜もニックは一人悪夢にうなされ、ルースは一人部屋を抜け出て、湖の周りを散歩してきた。ルースにはニックの気持ちが掴めないのだ。山荘への誘い方にも輝きがなければ、山荘での愛の営みも、稲妻のような一瞬の閃光で終わっている。すべてが不安定で、永続するものがない。ルースはニックに自然の声を伝えようとする。彼女は夜鳴く虫のリズムについて語り、肉体が送り出す「欲望」という自然からの「信号」についても語ってみる。欲望とは、「私たちが必要としているものを」肉体が教えているのだと。ルースが自然のリズムについて語り、肉体からの信号について語るのは、ニックの確かな愛に呼び掛けようとする彼女からの信号である。しかし、ニックは彼女の信号を聞くまいとする。彼は責任を伴う愛の決断を恐れているのだ。

この山荘もまた、ニックの記憶にある子供時代の安全と幸福の原点である。彼はここで父親から戦争の話やインディアンの話を聞き、その「静かな」、「満ち足りた」生活こそが、自分の本当の生活だったと考える。問題は、彼がその過去の幸福のイメージから抜け出せないことである。彼は現実を恐れ、変化を恐れる。ここでも、喪失と崩壊の

基調音は強調される。しかし、それらは、登り詰めた文明には必要な「再生」のための喪失であり、崩壊である。ルースは朽ち果てたボートについて言う——「私たちもいずれこうなる。だから、大地には恵みがある」のだと。「大地に帰らないものを探そうとしたら、私たちは病気になる」のだ。しかし、ニックにはルースの声が届かない。

ニックはかつて父から聞いたというハーマン・ウォルツの話をする。後に気が狂って自殺するその男は、かつてこの森で火星人たちに誘拐され、彼らの飛行船からこの地上に落とされたと言うのだ。ルースは、そんな話が信じられたのと、ニックに聞く。ニックは信じられたと言い、「僕たちに許されるのは、自分なりの内なるイメージを持つことだけだ」と言う。この男は、大戦中、ドイツのブラック・フォーレストでパトロール中に、ニックの父とともに深い廃坑に落ちた男でもある。火星人との接触、「内なるイメージ」、深い廃坑への落下、この三つの要素は現在のニックのすべてを語っている。彼の現実は、異星人が自由に出入りするほどに、不確かであり不気味である。しかも、それは彼の「内なるイメージ」が作り出すものでもある。文明の病は、ここでもニックの心の奥深くまで浸透しているのだ。彼には感情も理性も信頼できない。彼にできるのはただ危険な外界を避け、安全な自分の世界に逃げ込むことだけである。サム・シェパードの人物たちの場合同様に、外界を締め出し、内なる整合性だけを求めるニックにとって、女性は危険な外敵であり、罠なのだ。閉ざされた深い廃坑に落ち込んでいるのは、彼自身でもある。

ルースは、現実を、変化を恐れてはならないと、彼に言う。「稲妻からは何の形も思いおこすことはできない」とも彼女は言う。一瞬の愛からは、確かなもの（形）は何一つ生まれないと彼女は言うのだ。ニックもまた、意味と超越への視点を失った現代の若者の一人である。超越の声と無縁なニックは、「何が大切なのかさえ分からない」人間、「自分でない自分でいるほうが幸せな」現代のナルシシストにほかならない。自己愛に立てこもるナルシシストたちの関係を、ルースは火星人に侵入された状況として語るのだ。

翌朝、二人の激しい対立のなかから、成熟を求めるニックの苦しい再生の過程が始まる。二人の激しい憎しみの行為の後で、ニックは初めて自分の内部に潜む不可解な恐怖の正体に気づいていく。彼は、自分が語る愛の理想が、ひたすら受け入れられることだけを求めるナルシシスティックな愛であり、不可解な恐怖は、その幻想を守るための防衛機制であったことに気づくのだ。彼はルースにもうしばらく一緒にいてくれるよう懇願し、自分の夢をルースに話す。燃えさかる家のなかから自分に呼び掛けている熊の夢である。熊には感情がありながら、言葉が出ない。それは、一瞬の愛のなかに、言葉を求め、成熟を求めつつあるニック自身の姿である。ルースは再び祖母から聞いたメルヘンを話し出す。森のなかに迷い込んだ二人の子供は、危険な文明のなかで踏み迷う彼ら自身なのである。

『ウォーター・エンジン』――アメリカの悪夢

『森』が男女の愛の葛藤を通してナルシシスティックな現代人の覚醒を訴えるメルヘンであれば、一九七六年にまずラジオ・プレイとして創作され、翌七七年に上演される『ウォーター・エンジン』は、その副題「アメリカの寓話」が示すように、個人の夢を抑圧する略奪的な体制を、規模壮大なアメリカの悪夢として描き出す国家的規模の夢[1]である。

この作品もまた、「進歩の世紀」と題したシカゴ大博覧会の年、一九三四年を背景にしている。「進歩の世紀」とは、無限に拡がる科学技術の世紀のことである。未来に拡がる科学技術への信仰こそ、力強いアメリカ、豊かなアメリカへの夢を支える国家的な信仰、アメリカン・ドリームの礎であったが、この国家的信仰は、かつてオニールが指摘していたように、何よりも物質的な豊かさへの信仰であり、人間らしさと魂の視点に欠けていた。しかも、その科学技術を占有するのは、ヴェブレンが言うように、「略奪的な生の在り方」こそが価値ある意識と考える「有閑階級」、つまり、「体制」である。「『ウォーター・エンジン』ついて」と題するエッセイ[2]のなかで、マメットはこの作品が「個人と体制の関係を描くアメリカの寓話」であると言い、次のように述べている。

> トルストイによれば、人間同士が互いを冷酷に扱えるのは、彼らが体制のなかに組み込まれたときである。体制に支えられることにより、残酷野蛮な見るも厭わしい行為をしながら、それを「義務の遂行」と呼び、その行為の善悪を判断する必要から完全に自由であると感ずることができるのだ。

有閑階級の「略奪的な生の在り方」が底辺部にまで浸透した末期的姿が『アメリカン・バッファロー』であれば、「進歩の世紀」と題した国家的事業年にまで遡ったこの作品は、進歩と幸運の神話を操る体制そのものの略奪的様相を明らかにしようとしたものである。

一九三四年九月、ラングはただの水を燃料として使える発動機を発明し、特許を申請する。しかし、特許事務所を経営するグロス一味とその背後にいる何者かたちがそれを横取りし、破壊しようとする。発動機と設計図を守り抜こうとしたラングとその妹リタはそのために殺害され、死体となって発見される。略奪的な体質をもつ不気味な巨大組織「体制」を描き出す上で、この作品はさまざまな工夫を凝らしている。なかでも、執拗に繰り返される「幸運の手紙」は、主人公ラングが生きる社会の性格を明らかにしている。それは、脅しと甘言によって人々が幸運の夢に常に追い立てられている社会、欲望の無限連鎖を仕組まれた管理社会アメリカである。

先にあげた同じエッセイのなかで、作者は「顔のない」巨大組織に対する民衆の猜疑心に触れ、民衆の想像力を捕

1　Mamet と Bigsby とのインターヴュー（Bigsby, p.89）。同様の主旨は、'A National Dream-Life,'（*Writing in Restaurants*）にも見られる。ここでマメットは、「演劇の世界とは無意識の世界《ライフ》である」と明記している。

2　Mamet, 'Concerning *The Water Engine*,' *Writing in Restaurants*, pp.108-9.

える最も強力な神話について語っている。それは、「民衆の生活を向上させるような発見や発明があったにもかかわらず、政府あるいは疑似政府である企業組織がそれを抑圧したという神話」である。ただの水を燃料にするラングの発明は、民衆のユートピア的夢の結実なのである。しかしそのユートピア性は、単に「無から有を生み出す夢」のアイロニーにあるだけではない。ラングは、「この発動機ができたら工場はなくなるだろう」と言う。この夢は、その根底に産業主義社会そのものを否定する革命性を孕んでいるのだ。しかも作者は、この発明を単なる物質的な発明とは考えていない。冒頭のラングは、科学的物質から出来上がっている「我々もまた世界」であると言う。この発明はまた、エコロジスト、マメットの思想を盛った最も革命的なるもの、豊かな自然とともにある「人間」の比喩でもあるのだ。ラングの発明が危険な禁忌となる理由である。

申請代理人であるグロスはオーバマンなる弁護士をラングに推薦する。彼は、「ある利益団体の代表者」を名乗り、ラングの価値ある発明を守るために援助をしたいと申し出る。しかしその申し出は、ラングの権利を守るのではなく、ラングの発明を買い取り（実は、奪い取り）、自分たちのものとして商品化するのが目的である。オーバマンはこれ以外にラングの発明を守る方法はないと言い、奇妙な「窃盗」の論理を展開し始める。ラングの発明はラングが勤める会社の賃金に扶養されて行われたものである以上、その所有権は彼の会社にあり、彼は窃盗罪を問われかねないと言うのだ。身の潔白を主張するラングに、オーバマンは「人間にはすべて窃盗者となる動機がある」と言い、法律はラングの味方ではないと言う。この論理は、再び『アメリカン・バッファロー』の論理の再現である。略奪の思想は「有閑階級」（＝体制）の価値ある思想であるばかりか、また国民全体が無意識のうちに信奉する思想でもあり、オーバマン一味は、この論理を実践しているにすぎないのだ。

マメットは、ラングの発明に民衆の夢を託し、その夢を圧殺する体制への批判を、「科学」の祝典シカゴ大博覧会と重ね合わせて描き出した。明るい未来を謳う博覧会の精神は、デイリー・ニュースの編集長マリが言うように、自由と平等を謳うアメリカの建国の精神ともつながるものである。しかし、限りない科学への信奉は、「魂」への目をふさぐ道でもあり、街頭演説者が言うように、建国の理想は容易に形骸化して略奪の思想を生み出していった。マメットはその事情を、アイロニーを込めて描いたのだ。

七〇年代末から八〇年代初頭にかけた時期は、作者としての成熟と素材の新展開を求めるマメットの新たな模索期に入っていたのだろう。二人の役者を描く『役者人生』(一九七七)、ナサニエル・ウェストの『ミス・ロンリーハーツ』演劇版とも言うべき小品『ミスター・ハッピネス』(一九七八)など、さまざまな作品が手がけられるのもこの時期である。しかし作者が何よりも求めたのは、思想的冒険と作品の重厚化であったのだろう。しかしその結果は、必ずしも成功していない。一九八二年に上演された『エドモンド』の場合も同様である。

『エドモンド』——脱文化規制の遍歴

『シカゴの性倒錯』の系列にあるこの作品は、一二三の短いシーンから構成され、三四歳の家庭を持った男エドモンドの奇妙な性的冒険と成長の過程を描く、一種の教養小説演劇版である。先行作品である『シカゴの性倒錯』の人物たちが成熟に欠け、性幻想だけに生きる平板な現代人であるならば、エドモンドもまた同様である。しかし、同じ性幻想でありながら、エドモンドの場合は生の充実を求めるための性幻想である。前作にないこの作品の熟度を見るとすれば、それは、同じ現代人の平板な意識を描きながら、その意識の底に潜む恐怖を、成熟衝動としての恐怖として見詰めようとしていることである。第二〇場の牢獄に入ったエドモンドは地震を予知する鳥たちの能力に触れながら、その恐怖をこんなふうに語っている。「そして、僕たちも、僕たちも、心の奥では、大異変が起ころうとしているのを感じている。でも、僕たちは逃げられない。僕たちはただ恐れている。年がら年中。僕たちには信じられないからだ。その警鐘が。」

マメットはこの「大異変」がいかなるものであるかは説明していない。しかし、『エンジェル・シティー』（一九七六）で、同じ「大異変」をむしろ進んで求めた同世代作家サム・シェパードの関心と合わせ考えるときに、その性格の一部が明らかになる。シェパードが求めた大異変は、何よりも、画一的な現代人の心と文明の表層を破壊し、その深層に隠された「魂」を掘り起こす、蘇生のための大異変であった。蘇生のために必要とされる崩壊という視点は、マメットにも共通している。エドモンドは一方でこの大異変を恐れながら、他方では、本能的にこれを求める。文化と文明に規制された平板な現代人の意識を描き続けるマメットは、自己破壊的なエドモンドの遍歴を通して、蘇生を阻む強固な文化の規制をここでも描こうとするのである。

この作品が占い師とエドモンドとの会話で始まっている事実は意味深い。占い師はここで一見相反する二つの事実をエドモンドに告げている。一つは、人間の運命を拘束する宿命としての決定論であり、もう一つは、それを否定するような主体者の責任についての指摘である（「あなたは自分の立場に自信が持てない。自分のどこまでが原因であり、どこまでが結果であるのか」）。占い師は、一見宿命的に見えるエドモンドの遍歴に、当初から主体者としての責任の関与を指摘しているのだ。

エドモンドの遍歴が、「印は必ずある」という占い師の暗示から始まっていることは興味深い。暗示に瞬く間に支配されるエドモンドに、現代人の不安として現れる充実への渇望と、その渇望を短絡させる既成文化の強い支配を読み取ることができるからだ。酒場に立ち寄ったエドモンドは、同席した男からさらに幸福への処方箋を教えられる。それはいかにも陳腐な「女、力、金、冒険」、そして奇妙にも「自己破壊」である。エドモンドの冒険と遍歴に見られる特徴は、理想と陳腐さとが常に表裏一体をなし、理想が理想として立ち上がらないことである。意味深く、深遠な言葉は、その意味と深さを打ち消すように常に働く、陳腐で、短絡的な意識と偏見に支配され、彼の意識は常に平板なままである。酒場の男の場合も同じである。「自分自身から抜け出なくてはいけない」という意味深い言葉は、すぐさま「大いに女を楽しむ」思想に卑小化される。エドモンドは疑うことなくこの男の忠告を実践する。娼窟を訪れ、ピープ・ショーを訪れるその遍歴はいかにも陳腐だが、彼を迎える娼婦たちも陳腐であれば、ホテルのフロント、娼婦のヒモまでが型通りの悪人である。その陳腐さは、現代人一般の意識の平板さを描き出す作者の工夫なのだ。彼に冒険らしい冒険の機会を与え、彼が哲学らしい哲学を述べるのは、わずかにコーヒー店に勤める娘グレナとの情事の場だけだが、彼は瞬く間に彼女を殺し、彼の遍歴は終わりをとげる。

自己発見のための彼の遍歴は、一見するかぎりでは、彼を破滅へと導く決定論的宿命を発見する旅である。しかし、牢獄に入ったエドモンドは、彼の運命がいわゆる決定論的宿命とは異なることを明らかにしている。「人々はそれを遺伝とか、環境とか言うだろう。しかし、僕は別のものだと思う」と彼は言い、「ひょっとしたら夢のなかでなら分かるかもしれない」、「いや、それが分かったら、死んでしまうかもしれない」とさえ言う。エドモンドはかほどまでに平板なのだが、彼の失敗の原因は明らかである。彼の言葉と行動は、常に既成の言葉と欲望の産物なのだ。生の充実について彼はグレナに言う。「自分自身」と時間を一緒に過ごさないのは、「自分の人生を生きるよりは、法律を受け入れるほうが気楽だから」だと。彼はグレナを意味もなく殺害する。しかし、その本当の理由は、彼自身にも分からないのだ。彼はひたすら「自分自身になる」福音を彼女に説き、彼女が「ウェイトレスである」事実を認めるように要求し、それに抵抗する彼女を衝動的に殺したにすぎない。しかし、推測できる本当の理由は、その夜、彼がウェイトレスといいウェイトレスとしての彼女を愛したと考え、その「愛した」という幻想に、つまり、既成の「言葉」に束縛されたからにほかなるまい。

牢獄に入ったエドモンドは、同室の黒人に、「僕たちが何かを恐れるのは、それを望んでいるからだと思う」と言い、「どの恐れも願望を隠している」と言う。「異変」を恐れるのは、「異変」を求めるからである。その「異変」への願望は、「自己破壊」によって初めて拓ける、現代人の無意識的な蘇生への願望である。しかし、言葉の支配は根強い。牢獄に入ったエドモンドはなお「黒人に対する罪意識」という既成の言葉で、彼の「願望」を説明する。エドモンドがその直後に受ける黒人からの男色行為の辱めは、既成意識への安住を破壊するものであり、既成の言葉と意識からの解放が現代人にはいかに必要であるかを示している。エドモンドと黒人は、最後に「子供」と「動物」にだけ許される「叡智」と「直感」について語っている。「既成概念」からの真の解放を可能にするのは、社会化される以前の子供や動物のような叡智と直感だけだということなのだ。

作者の意図にもかかわらず、この作品は不評だった。それも当然であっただろう。暗示性に依存しすぎていること、また、テーマそのものからくる制約がこの作品を単調なものにしていたからだ。彼が再び注目を浴びるのは、彼が本来の領域に戻り、『アメリカン・バッファロー』の世界を再現したときである。

『グレンギャリー・グレン・ロス』——略奪社会のフロンティアズマン

『グレンギャリー・グレン・ロス』を書き上げたマメットは、その原稿をまずハロルド・ピンターに送り、その評価を求めた。この事実は、この時期の彼がいかに自信を喪失していたかを示している。しかし、ピンターの絶賛を受け、彼の紹介でこの作品は一九八三年、まずロンドンで上演される。次いで翌年アメリカで上演され、一九八四年度ピューリツァー賞を獲得する。『アメリカン・バッファロー』と並ぶ彼の代表作である。

この作品が好評であった最大の理由は、その単純な構造のなかで、アメリカ人の心の深層に根差した最も関心の高い神話、「生き残り《サヴァイヴァル》」のテーマを、生き生きと、しかも、強烈に描き出したことによるだろう。熾烈な生存競争が展開されている不動産会社、そこに集まるセールスマンたちの話である。この月は、折しもセールス・コンテストの行われている月だが、このコンテストが苛酷であるのは、売上最高者にはキャディラックが、二番目の者には銀のステーキ・ナイフが報償として与えられ、残る二人は成績不振を理由に首を切られる仕組だからだ。

作品は、中華料理店で昼食を取るこの会社のマネージャー、ジョン・ウィリアムソンとレヴィーンとの会話で始まっている。ウィリアムソンは、この会社でただ一人のインテリ、大学出である。レヴィーンは今ウィリアムソンに、目下売出し中の土地「グレンギャリー・ハイランド」の顧客名簿を要求している。しかし、ウィリアムソンは首を縦に振らない。この名簿は可能性の最も高いA級リストで、売上成績が一定基準以上の者だけに与えられ、それ以下の者には、すでに使い古され、踏み荒らされたB級リストだけが許されているからだ。富める者はますます富み、貧しい者はますます貧しくなる資本主義の略奪原理がこの会社の経営原理である。

この作品も、窃盗事件を中心にして展開している。第二幕は、すでに昨夜、何者かによって顧客資料が盗み出された後の事務所である。早くも警官がきていて、取り調べ中である。間もなくローマが登場する。会社随一の若手セールスマンである彼は、昨日もリンクに土地を売り付けたばかりである。資料が盗み出されたと聞くと、彼は、リンクからとった契約書は無事だったかとウィリアムソンに聞く。ウィリアムソンは無事だったと答える。ローマが一安心したところに、前日とは打って変って意気揚々とした、レヴィーンが登場してくる。彼は、ニューボー夫妻に、ついにマウンテン・ヴューの土地八区画を売り付けるのに成功し、八万二千ドルの仕事をしてきたと言うのだ。ニューボー夫妻が彼の説得に折れ、契約書にサインをした勝利の瞬間を、彼は熱に浮かされたように描写する。彼はこの仕事を「単なる仕事以上のもの」だったと言う。彼にとって、それは自信と気力を回復する瞬間、生気みなぎる「新生」の瞬間だったのだ。「相手がニューボー夫婦ではね」と物が口に挟まったような反応をするウィリアムソンに、レヴィーンは彼の冷やかな官僚気質を責め、「新生」の喜びを伝えようとする。しかもこの勝利は、「どこかから盗み出した」A級顧客資料による勝利ではない。「腕」と「才能」によって勝ち得た勝利なのだ。

そこに、昨日土地を売り付けられたばかりのリンクが入ってくる。昨日はついローマの弁舌に飲まれたものの、女房に反対されて解約しにきたのだ。たちまちレヴィーンとローマとの見事な連携プレイが始まる。それは、生存の戦をしている者だけが知っている相互扶助の精神による以心伝心の連携プレイだ。ローマは早速レヴィーンをアメリカン・エクスプレスのヨーロッパ総支局長に仕立て上げ、これから副会長宅で行われる夫人の誕生会に出席する慌しさを装って、リンクには改めてまた月曜日に話そうと言う。今日は水曜日である。昨日取った小切手は遅くとも今日中には現金化される。コーリング・オフの期間は現金化された日を入れて三日間、就業日でない土日を除いても、月曜日にはすでに契約は成立しているわけである。しかし、リンクもその点には抜かりはない。解約するなら、今日、明日以外にはないのだ。ローマは再びリンクの説得に取り掛かる。その方法は昨日と同様、夢と希望と決断を売り込む戦法である。

しかし、またしてもこの見事な連携プレイを破壊するのはウィリアムソンである。彼は彼でリンクを安心させようとしたのだろう。ウィリアムソンはリンクに、すでに契約書は銀行に回り、小切手は昨日の午後現金化されたから安心しろと伝えたのだ。もうリンクにぐずぐずしている余裕はない。彼は慌ただしく事務所を出ていく。治まらないのはローマである。ローマは激しくウィリアムソンを詰る。ここにいる連中はみんな「知恵」で勝負をしているのだ。おまえの仕事は、われわれの「手助け」をすることで、「ぶち壊す」ことではないはずだ。「事情が分かるまでは決して口を開かない」のが鉄則ではないかと。取調べ室を出てきたレヴィーンもこれに加わる。しかしその結果、物語は、『アメリカン・バッファロー』の場合同様、思わぬ方向に展開していく。

この作品は『アメリカン・バッファロー』との深い連続性の上に成り立っている。ローマが、そしてレヴィーンが、ウィリアムソンを非難するのは、ウィリアムソンが「現場《ストリート》」でしか学び得ない生きた「ビジネス感覚」を欠いているからである。レヴィーンが言うように、それは「現場」で、「それを生きて」初めて学べるものである。この思想は、前作の古物商ドンが年下の部下ボブに教えていたのと同じものであり、ここでも二人はアメリカ的な経験主義、フロンティア魂の信奉者である。しかも、二人の関係は、前作のドンとボブとの関係、教える者と学ぶ者との関係の再現である。ただ、ここでのローマは、ドンの薫陶を見事に習得し終え、抜かりないビジネスマンに変貌し終えた後のボブである。しかし、二作の最も重要な共通点は、レヴィーンがドンと同様、作中唯一のヒューマニストとして設定されていることである。

略奪的な営利の原理に貫かれたこの不動産会社は、管理社会アメリカの小型版であり、ウィリアムソンはその体制の顔である。レヴィーンもまたドン同様、略奪的な文明の精神構造のなかに深く取り込まれてはいる。しかし彼もまた、冷酷無情な管理者ウィリアムソンに、共同体を保つための「相互扶助の精神」を訴えかけるヒューマニストなのだ。同僚の生死はウィリアムソンに「掛かっている」のだ。「パートナーとともに、パートナーのために」働くのがウィリアムソンの務めであり、共同体を離れて「ただ一人存在する」ことはできないのだ。「嘘をつくなら、役に立つような嘘をつけ、さもなければ口を閉ざして黙っていろ」と、レヴィーンはウィリアムソンを非難する。しかし、この本能的な正義の声が、レヴィーンを窮地に陥れる。昨夜、ローマの契約書が事務所に残されていたのを知っているは、ウィリアムソンのほかには、事務所に押し入った当の窃盗犯人以外にはないからだ。

レヴィーンはモスに唆されて事務所に押し入った事実を告白する。スランプ続きの彼は、昨夜、生活苦から自殺をも考えていた。その彼に同僚のモスは、顧客名薄盗み出しの計画を持ち掛けたのだ。だが、逮捕覚悟の決断が、皮肉にも彼には新生の活力となる。彼は見事にセールスマンとして生き返ったのだ。しかも、A級名簿でとった仕事ではない。使い古され踏み荒らされた顧客名簿で取った仕事だ。これからも仕事が取れないはずがない。自分は「泥棒になるべく生まれついた男ではない」。「セールスマンにこそなるべく生まれついた」男なのだ。新生の喜びと新たな決意を語り、以降ウィリアムソンの利益のために働くことを誓うことで、事件の揉み消しを訴えるレヴィーンだが、ウィリアムソンの態度はどこまでも冷たい。ウィリアムソンはレヴィーンを警察に突き出し、新生を喜ぶレヴィーンには、ニューボー夫妻についての意外な事実を明らかにする。この夫妻は二人とも気が触れていて、すでにセールス仲間では札付きの厄介者だったのだ。

これはいかにもマメット的な、勝れたアイロニーである。レヴィーンに、不屈の魂を持ったヘミングウェイ的人物を想像することは容易だろう。彼は今、苦境の中から見事に甦った男、荒野を生きる逞しいフロンティアズマンとして再生したばかりの男である。この作品の力は、何よりも、困難な生存の戦いに挑み、その戦いを見事に勝ち抜いていく不屈の魂を描き出したところにあり、その底流には、建国以来のアメリカの神話、フロンティア魂への賛美がある。取調べ室を出てきたローマは、野生と冒険の消えたアメリカを「男」のいない国、「官僚」と「役人」の国と呼び、改めてかつて「マシーン」と呼ばれたレヴィーンの男らしさを賞賛する。しかし、その再生も幻影でしかない。取調べ室に再びレヴィーンが消えた後、ローマは、自分のA級顧客リストを敬愛するレヴィーンにも一部回すようにウィリアムソンに言う。しかしそれは、「自分の仕事は自分の儲け、彼の儲けの半分は自分が貰う」ためである。作者はここでも、アメリカ人の心の奥深く根付いているフロンティア魂への信仰を、アメリカ人の「倫理感を一時停止」させ、「良心の呵責」を緩和する「ポピュラーな神話」の一部として用いているのだ。

『スピード=ザ=プラウ』――男の原理と隙間風

一九八八年、マメットは『スピード=ザ=プラウ』を発表する。ハリウッドの映画制作者たちの話である。二日前に制作主任に昇進したばかりのボビー・グールドの事務所に、一一年間彼のもとで下積み生活に甘んじてきた同僚のチャーリー・フォックスが訪ねてくる。暴力とセックスを売り物にする金目当ての「監獄映画」を売り込みにきたのだ。人気俳優ダグラス・ブラウンも出演に同意した。彼が出れば、大儲けは疑いない。屈辱の日々を強いられてきたチャーリーだが、彼は彼なりに男同士の友情を大切にして、この話をまずはボビーに持ってきたのだ。ボビーもこの話には乗り気である。金になる仕事を選ぶのが、制作主任たる者の責任である。しかし、生き馬の目を抜く男の世界を生き抜きながら、念願の昇進がかなうとともに、ボビーのなかにかすかな変化がきざし出す。非情を生きる男の原理への一抹の不安、寂しさである。ビジネスを抜きにした、人の愛への渇望である。臨時雇いの秘書カレンに、彼はふと本音を漏らす。彼も「純粋になりたいと神に祈った」ことがあったのだと。今の昇進を望んだのも、心のどこかに、「価値ある仕事」ができたらという思いがあってのことだったのだと。

マメットの関心は、「力」の原理を生きる男の一瞬の危機を描くことだ。話の中心は、したがって、一見冗長とも見えるカレンとボビーのやり取り、東部作家の手になるおよそ非商業的な小説『橋』の映画化を巡る部分である。ボビーは上司のロスから、この本について、拒絶前提の本読み《コーッシー・リーディング》を頼まれていた。彼にはもちろん推薦する気持ちはない。それを十分承知の上で、彼はカレンに本読みを依頼する。一緒に昼食に出たチャーリーに、彼は男同士の気安さから、彼女を今日中に物してみせると豪語したのだ。本読みの依頼は、彼女を呼び寄せ、たぶらかす男の原理の計算からだ。計算はまんまと当たり、彼女は彼のアパートを訪ねて来ると、この本についてたちまち熱っぽく語り出す。放射能汚染による「世界の終焉」を予言するのがこの本だが、その作者によれば、世界の滅亡は「人類再生」を意図した神の愛であり、摂理なのだ。「終わり」を恐れてはいけない、とその作者は言う。終わりは、「己自身」に、「真実の愛」に、目覚める契機なのだと。カレンの一途な感動に女の純情を見て取ったボビーは、それを真実の純情と思い込み、誘惑の駆け引きに取り掛かる。このスタジオでしたい仕事があったら、どんな援助も惜しまない、という空証文を出すことだ。

だが、驚いたのはボビーである。彼女の目的は当初からこの本を映画化することであり、彼女は、彼との取引を先刻承知で来ていたのだ。奸計という男の原理を使い出すのは、今度は彼女のほうである。反対するボビーに彼女は本の価値を力説し、彼女をアパートに呼んだのも、彼の内なる「弱さ」と「恐れ」がさせたことで、それは、「純愛」を求める無意識の願望だったのだと説得する。この「私」こそが、その「純愛」なのだと。ボビーはたちまち情感という女性原理に陥落する。感情無用の「男の原理」ほど、手馴れぬ女性原理に無防備なものはないからだ。

ボビーが迷妄から覚め、男性原理を立て直すのは、カレンの仮面が暴かれるときである。チャーリーから散々に詰られ、平手打ちまで食らった後で、彼はやっと、チャーリーがカレンの正体を暴くことに同意する。彼女は当初から映画作りを目論んで、臨時秘書として入っていたのだ。純愛の素振りも、純愛の説得も、狡知な男性原理を隠す女性の仮面にすぎなかった。

ここで注意すべきは、「世界の終焉」を「人類再生」の契機と見る東部作家の文明観は、マメット自身のものでもあるということだ。この意味ではなおカレンは、男には見えぬ真実を見る女性の目である。問題はあくまでも、仮面の下に隠れている男の原理なのである。

『オレアナ』——文化支配、キャロルの場合

一九九二年上演の『オレアナ』もまた、同じ視点からの作品である。舞台は、とある大学で教育学を講ずる専任講師ジョンの研究室。彼はいま終身在職権《テニュア》の申請中で、それを当てにして家の購入も計画している。そんなある日、女子学生キャロルが訪ねて来て、授業が皆目理解できない、先日の試験の出来もかんばしくなく、このままではどうなるものかと心配で、悶々とした日々を送っていると訴える。いかにも惨めなその様子に、ジョンもつい心をほだされる。若い頃の自分とそっくりなのだ。なんとか彼女に自信をつけてやりたい。できれば「個人的」な助言がしてやり

たい。学生だった頃の自分が望んでいたのもそんな助言だったし、自分の息子にだったらそうするだろう。「個人的」という表現にこだわるキャロルに、ジョンは「君が好きだから」と説明する。気さくな彼は、規則無視を覚悟の上で、彼女に個人レッスンを提案する。あと数回ここに来て話を聞いたら、成績はAにしてあげよう、明日とは言わず、今日から授業を始めよう。悪いのは生徒ではなく、教育効果を考えずに授業をしていた自分の方こそ、問題なのだからと。口の重いキャロルを促すようにして、彼はキャロルと問答を開始する。

ジョンの持論は、教育とは「長期にわたる組織的な学生いじめ」だとする批判である。教師は学生に本を指示し、それを読ませ、テストをする。指示通り読んでいる形跡があれば評価する。しかも、そのテストたるや、「阿呆が阿呆のために」準備したとしか言い様のないような代物なのだ。その上、評価基準はおよそ人間性とは無関係な、学問という教師の「誤報」の体系をいかに多く記憶できるか、いかにとうとうと披露できるかである。

彼のもう一つの批判は、大学教育の形骸化である。それを彼は、大学教育の「信条箇条化」とも表現する。戦後、大学教育はあまりにも「ファッション」化し、中産階級を自認する者たちにとって、それは当然にして受くべき、「非理性信仰」「偏見」にまでなりさがった。ジョンはこれを授業中に、「司法」を例に話してきた。民衆には「速やかな裁判」を受ける権利がある。だが、それは、必要なときに速やかに受ける権利があるということで、「裁判がなければ人生は完全でない」ということではない。「公平の原則」と「有用性の原則」が混乱して、裁判を起こすことそれ自体が、人生の必須条件でもあるかのようになってしまった。大学教育も同じである。就学自体が絶対化して、「何のために」を考えることがなくなっている。

キャロルは「なぜ学校に行くのが偏見なのか」と食い下がる。ジョンは子供時代に聞いたという、セックスに関する罪のない逸話を紹介する。「貧乏人は金持ちより多くセックスをする。しかし、衣服をより多く脱がせるのは金持ちたちである。」この刷り込みから覚めるのに、ジョンは長い時間がかかったと言う。この逸話で彼が伝えようとすることは明らかだろう。人間がいかに無意識の社会通念に支配され易いかということである。「知的対話」「思考の自由」を信奉するのがジョンである。生徒を「刺激」し「挑発」し、それによって通念の無意識の支配から彼らを解放し、事の真偽と己自身に直面させるのが、教育者ジョンの使命であり、そのための大学教育であり、個人レッスン、不謹慎な逸話なのである。

しかし、キャロルにジョンの真意は伝わらない。いや、理解しようとはしないのだ。何が何だかわからないと言う彼女の肩に、ジョンは思わず手を添える。それを激しく振り払う彼女。彼女はたちまち豹変する。第二幕、第三幕の彼女は、セクハラを理由に彼をテニュア委員会に提訴し、彼を一方的に告発する。彼女によれば、彼は女子学生と個室にこもり卑猥な冗談を飛ばし、階級差による性行動の違いと頻度を口にし、果ては自分を抱擁したことになる。誤解があるなら誤解を解きたいというジョンの声にも、彼女は耳を貸そうとしない。背後にいる団体の存在をほのめかし、誇示し、研究室に来ているのもジョンが「懇願」したからである。第三幕では、ジョンを強姦罪で告訴するつもりだとまで言う。彼女は「友情の印」として、条件付きで提訴取下げを提案する。その条件は、彼女たちの主張に沿う教科書指定を受け入れることである。そのリストに彼の書物は抜けている。ジョンは言う。「僕もまだ新しいことが学べない歳ではない。」だが、これはどう見ても行き過ぎである。妻の呼び方にまで口出しされて、彼はついに彼女を殴り付ける。「レイプだって、冗談も休み休み言え、一〇フィートの棒の先でだって、おまえなんかに触るものか。」作品は、床に倒れたキャロルの「ええ、そうね。ええ、そうね」という、どちらともつかぬ言葉で幕。

この作品は発表後、フェミニストたちの激しい攻撃に出合ったが、正しい評価とは言えないだろう。マメットの矛先は、女性にあるのではなく、女性キャロルを背後で支配する無意識の社会通念とそれを無批判に受け入れる個人のあり様にあるからだ。また、素材そのものも、いつ身近に起こっても不思議のない今日的な状況である。作品発表直前の一九九一年、ブッシュ大統領によって最高裁陪審判事に任命されたクラレンス・トマスが、かつて部下であった黒人女性法律家アニタ・ヒルにセクハラで告発された事件もまだ記憶に新しい。キャロルが批判されるのは、彼女もまた力と支配を無意識に信奉する、男社会の再生産者であるからだ。

社会派劇作家マメットのこれまでの仕事は、アメリカ人の心を無意識のうちに規制する文化・文明の支配を明らかにし、個々の心の覚醒を訴えることであった。そして、この面での彼の貢献は、いかに高く評価してもしすぎることはないだろう。

一九九四年、マメットは作者の分身少年ジョンの記憶を通して、新たにユダヤ性を追及する『暗号』を発表している。これからどのような展開を見せるのか、それを楽しみにしたいところだ。

あとがき

本書のうち、私の意識の最も古い層に位置しているのがウィリアムズ論である。『牛乳列車』論は、一九七五年に「生と死のアレゴリー――『牛乳列車はもうここには止まらない』の終末論的世界について」（中央大学九〇周年記念論文集文学部編）として、『不具を負う者』と『お嬢さま』は、七七年に「『二人劇』への幕間『茶番悲劇』―〈不具〉と〈夢〉」（文学部『紀要』四〇号）として、『二人だけの劇』は、七八年に「死を探す二人の役者　内的対話劇としての『二人劇』―〈不具〉思想の芸術的成果」（文学部『紀要』四一・四二号）として、『東京のホテルの酒場で』は、八三年に「芸術家の死と反転―『東京のホテルの酒場で』」（中央大学『英語英米文学』二三集）としてそれぞれ発表した。サム・シェパード論は、八五年に「変容の詩人サム・シェパード―自己実現への道、内なる自我、外なるアメリカ」（中央大学百周年記念論文集文学部編）として発表し、ランフォード・ウィルソン論は、二〇〇一年に『近代劇の変貌―「モダン」から「ポストモダン」へ』（中央大学人文科学研究所編）に収録、デイヴィッド・マメット論は、八九年、九〇年の『英語英米文学』第二九集、三〇集に掲載したものである。

六〇年代のウィリアムズ劇は当時も今も不評であることには変りないだろうが、これらの作品について思索していた当時の私自身の熱中振りを忘れることはできない。不可解な外貌のなかに見え隠れする、新生を求める作者の苦渋と歓喜。私は作者の誠実さを信頼し、そこに通低する意識と感性の論理的一貫性を追い求めた。それが成功したかどうかはともかく、そのおかげで、後に読み始めたオニールとウィリアムズとの深い類縁性にも気付くことができた。きわめてパーソナルな関心事がそのまま文明批評的普遍事に繋がる感性の同質性、両者に共通して見られる「変更不可能な」宿命感への固執、霧のなかから一瞬、宇宙の本質を垣間見たエドマンド（『夜への長い旅路』）とマーク（『東京のホテル』）との類似性、そもそもダブル人物を用いて内と外の個性化（成熟）過程を最初にアメリカ演劇に登場させたのはオニールだった（『偉大なる神ブラウン』）。

オニールの深い影のなかにあるのは、サム・シェパードも同じだろう。パーソナルな関心事と普遍的な関心事との大胆な結合、内と外の個性化過程の再現も同じなら、内発的な個性化衝動を「細菌」として表現するのも同じである。ブラウンの血のなかに芽生えた個性化衝動を「疑惑の細菌」と表現したのはオニールだったからだ。

ここに論じた四人の劇作家たちはいずれも、内発的な成熟の機縁を、オニールと同様、合理的な男性的原理よりはむしろ、優美柔軟な女性的原理にこそ求めている。そして、六〇年代以降の劇作家としての彼らを互いに深く結びつけている共通項こそ、合理的世界観に終焉を迫るものとしての「大異変」の待望であり、「崩壊することこそが、再生の道」だとする考え方である。その意味で彼らは、一部フェミニストたちの見立てとは逆に、六〇年代以降のフェミニズムの波を彼らなりに誠実に受け止めた真摯な男性劇作家たちだったと言えるだろう。彼らの仕事を通観することを通して、現代アメリカの劇作家たちの関心のありかがいくらかでも理解していただけたら幸いである。

平成一五年三月

著　者

索　　引

【カ】

カーマインズ, アル(Carmines, Al)　89
『回 想 録』(*Memoirs*)　9 ～ 11, 16, 38, 40, 71
『カウボーイ口調』(*Cowboy Mouth*) 99, 103
『カウボーイたち』(*Cowboys*)　88, 94
『勝ち馬予想屋の地理学』(*Geography of a Horse Dreamer*) 97, 101, 103
『カッコーの巣を越えて』(*One Flew Over the Cuckoo's Nest*) 90, 97
カフェ・チーノ(Caffé Cino)　89
カフェ・ラ・ママ(Café La Mama or La Mama Experimental Theatre Club) 89
『カモをめぐる変奏』(*Duck Variations*) 168, 169 ～ 170
『ガラスの動物園』(*The Glass Menagerie*)　9, 15, 31, 82
キージー, ケン(Kesey, Ken) 89, 90, 97, 98
『牛乳列車はもうここには止まらない』(*The Milk Train Doesn't Stop Here Anymore*)　9, 11 ～ 13, 15 ～ 28, 29, 30, 32, 37, 38, 40, 48, 52, 55, 58, 59, 70 ～ 72, 74, 82
『狂犬ブルース』(*The Mad Dog Blues*) 99
ギル , ブレンダン(Gill, Brendan)　129
『ギレアドの香油』(*Balm of Gilead*)　135
キング, コレッタ(King, Coretta)　143
ギンズバーグ, アレン(Ginsberg, Allen) 143
『クール・クール・LSD 交感テスト』(*The Electric Kool-Aid Acid Test*) 90
クック, ラルフ(Cook, Ralph)　88
『グレンギャリー・グレン・ロス』(*Glengarry Glen Ross*) 167, 171, 186 ～ 190
『黒い子馬』(*Dark Pony*)　177, 178
クロール, ジャック(Kroll, Jack)　129
『毛剃られた割れ目』(*Shaved Splits*) 99
ケルーアク , ジャック(Kerouac, Jack)　89
ゲルバー , ジャック(Gelber, Jack) 16, 135
『心の嘘』(*A Lie of the Mind*) 121 ～ 126
『こちら小川の囁きですが』(*This Is the Rill Speaking*) 132 ～ 133, 135, 136
『コネクション』(*The Connection*) 135
『この夏突然に』(*Suddenly Last Summer*) 9, 11, 38, 74, 78, 82
コピット , アーサー(Kopit, Arthur) 30, 175
コルソ, グレゴリー(Corso, Gregory)　89
『これを燃やせ』(*Burn This*) 129, 132, 156 ～ 164

【サ】

『再　会』(*Reunion*)　177
『サイドワンダー作戦』(*Operation Sidewinder*) 94, 98, 99
『叫　び』(*Out Cry*) 10, 46, 48, 55, 56, 68, 69
「シアター 1965」('Theater 1965')　131
シェクナー, リチャード(Schechner, Richard)　89, 90
シェパード, サム(Shepard, Sam) 83, 126, 130, 158, 169, 177, 184
『シカゴ』(*Chicago*)　91, 94 ～ 96
『シカゴの性倒錯』(*Sexual Perversity in Chicago*)　168, 170 ～ 171, 183
『地獄のオルフェ』(*Orpheus Descending*)　9, 19, 20
『七月五日』(*5th of July*) 129, 132, 138, 139, 141 ～ 148, 156, 157, 160
シャクター , スティーブン(Schachter, Stephen)　168
ジャドソン詩人劇場

(Judson Poets' Theatre) 89
シュテッペンヴォルフ劇場
(Steppenwolf Theatre) 168
ジョンソン, オウ=ラン(Johnson, O-Lan)
97, 121, 126
スチュアート, エレン(Stewart, Ellen)
89
『ステイツ・オヴ・ショック』
(*States of Shock*) 126
『ストーン夫人のローマの泉』(*The Roman Spring of Mrs. Stone*) 17
『スピード=ザ=プラウ』
(*Speed-the-Plow*) 190 ~ 192
スミス, パティ(Smith, Patti) 100
スミス, マイケル(Smith, Michael)
88, 89
『青春の甘い鳥』
(*Sweet Bird of Youth*) 17, 32
聖ニコラス劇場
(St. Nicholas Theater) 168
聖ニコラス劇団
(Saint Nicholas Company) 168
聖マルコ教会
(St. Mark's-in-the-Bouwerie) 88
『聖　霊』(*The Holy Ghostly*)
97, 101, 113
『世界の終り』(*End of the World*) 175
『赤十字』(*Red Cross*) 96
『石　庭』(*The Rock Garden*)
88, 94, 98, 100, 107
創世記劇場(Theatre Genesis) 88, 89,
130

【タ】

タイナン, ケネス(Tynan, Kenneth) 94
『タリーと息子』(*Tally & Son*)
129, 148, 149, 152 ~ 156
『タリーの愚行』(*Tally's Folly*)
129, 148 ~ 152
タルマー, ジェリー(Talmer, Jerry) 88
チーノ, ジョセフ(Cino, Joseph(Joe))
89
チャイキン, ジョセフ(Chaikin, Joseph)
89
チャブ, ケネス(Chubb, Kenneth) 90 ~ 92
チャンドラー, レイモンド
(Chandler, Raymond) 101
『塚を築く人々』(*The Mound Builders*)
129, 132, 137 ~ 141
『罪の歯』(*The Tooth of Crime*)
86, 90, 91, 100 ~ 101, 102
デイリー, リチャード(Daley, Richard)
168
『テネシー・ウィリアムズの世界』
(*The World of Tennessee Williams*)
10
『天使の戦い』(*Battle of Angels*) 48
『東京のホテルの酒場で』
(*In the Bar of a Tokyo Hotel*)
10, 12, 14, 15, 49, 68, 69 ~ 82
『都会のジャングル』
(*In the Cities' Jungle*) 100
『どたばた悲劇』(*Slapstick Tragedy*)
29 ~ 47, 48, 52, 69, 70, 82
トマス, クラレンス(Thomas, Clarence)
194

【ナ】

『似たもの同士』(*Simpatico*) 126
『沼沢地の怪獣』(*Back Bog Beast Bait*)
99, 100, 103
ネイバーフッド・プレイハウス
(Neighborhood Playhouse) 167

【ハ】

バー, リチャード(Barr, Richard) 131
パフォーマンス・グループ
(Performance Group) 89
ハメット, ダシール(Hammett, Dashiell) 101
ハンドマン, ウィン(Handman, Wynn)
89
ビート・ジェネレーション
(Beat Generation) 89
ビショップス劇団(Bishops Company)
88
『百四十万冊の本』
(*Fourteen Hundred Thousand*)
96

ヒューズ, ハワード(Hughes, Howard) 110
ヒューズ, ヘンリー(Hewes, Henry) 17
『氷人来たる』(*The Iceman Cometh*) 47
ヒル, アニタ(Hill, Anita) 195
ピンター, ハロルド(Pinter, Harold) 16, 186
ファーリンゲッティ, ローレンス (Ferlinghetti, Lawrence) 89
『ファンタスティックス』(*Fantasticks*) 167
『フール・フォア・ラブ』(*Fool for Love*) 118 ~ 121, 122, 126
『不具を負う者』(*The Mutilated*) 29, 31 ~ 39, 46
『二人だけの劇』 (*The Two-Character Play*) 12, 14, 37, 41, 46, 47 ~ 69, 70, 71, 73, 76, 81, 82
ブルースタイン, ロバート (Brustein, Robert) 17
ブレヒト, ベルトルト(Brecht, Bertolt) 100
ベケット, サミュエル (Beckett, Samuel) 16
ヘミングウェイ, アーネスト (Hemingway, Ernest) 190
『変ロ音の自殺』(*Suicide in B-Flat*) 105 ~ 107
『弁論術と航海者たち』 (*Forensic and the Navigators*) 95 ~ 97
『彷　徨』(*Wandering*) 132
『ホーク・ムーン』(*Hawk Moon*) 86
『ホーム・フリー』(*Home Free*) 130, 131
『ホテル・バルティモア』 (*The Hot l Baltimore*) 134
ボディ・ポリティック劇場 (Body Politic Theater) 168
『本物の西部』(*True West*) 94, 97, 114 ~ 118

【マ】

マーロ, フランク(Merlo, Frank) 9, 12, 71, 72
マイズナー, サンフォード (Meisner, Sanford) 167
マニス, マーリア(Mannes, Marya) 15
マメット, デイヴィッド(Mamet, David) 165 ~ 195
『見えざる手』(*The Unseen Hand*) 89, 98, 99
三島由紀夫 38
『ミス・ロンリーハーツ』 (*Miss Lonelyhearts*) 183
『ミスター・ハッピネス』 (*Mr. Happiness*) 183
ミンガス2世, チャールズ (Mingus Jr., Charles) 88
「メリー・プランクスターズ」 ('Merry Pranksters') 90
『メロドラマ・プレイ』 (*Melodrama Play*) 93, 96, 97, 99, 116
『モーテル・クロニクルズ』 (*Motel Chronicles*) 126
『木曜日まで』(*Up to Thursday*) 94
『森』(*The Woods*) 177, 178 ~ 180

【ヤ】

『役者人生』(*A Life in the Theatre*) 183
『有閑階級の理論』(*The Theory of the Leisure Class*) 176
『誘　惑』(*Seduced*) 110 ~ 112, 118, 119
『揺り椅子』(*The Rocking Chair*) 94
ユング, カール・グスタフ (Jung, Carl Gustav) 13, 125
『欲望という名の電車』 (*A Streetcar Named Desire*) 9, 23, 24, 31, 82
『4H クラブ』(*4-H Club*) 94 ~ 96

【ラ】

ラング, ジェシカ(Lange, Jessica) 126
リアリー, ティモシー (Leary, Timothy) 89
リッチモンド, ダニー (Richmond, Danny) 88
『旅行者』(*La Turista*) 96
『レイクボート』(*Lakeboat*) 167, 169, 170
『レディー・ブライトの狂気』 (*The Madness of Lady Bright*) 131
『レモン色の空』(*Lemon Sky*) 134, 137
「ロック・プレイ」(Rock Play) 93, 97, 100, 103, 105, 106

【ワ】

ワイルダー, クリントン(Wilder, Clinton) 131
ワッツ2世, リチャード (Watts Jr., Richard) 29

長田光展（おさだ　みつのぶ）

1936年、沼津市生まれ。東京都立大学大学院博士課程修了。現在、中央大学文学部教授。アメリカ演劇専攻。著書に、『現代英米の劇作家たち』（共著、英潮社新社）、『現代演劇としてのユージン・オニール』（共著、法政大学出版）、『モダン・アメリカン・ドラマ』（共著、研究社）、『演劇の「近代」』（共著、中央大学人文科学研究所編）、『近代劇の変貌─「モダン」から「ポストモダン」へ』（共著、中央大学人文科学研究所編）などのほか、主たる訳書に『現代人と愛』（新水社）、『見えざる異性』（創元社）、『俗語が語るニューヨーク──アメリカの都市社会と大衆言語』（DHC）など。

内と外の再生 ウィリアムズ・シェパード ウィルソン・マメット
──六〇年代からのアメリカ演劇──

発　行──二〇〇三年一〇月三〇日
著　者──長田光展
発行者──加曽利達孝
発行所──鼎　書　房
〒132-0031 東京都江戸川区松島二-一七-二
TEL・FAX 〇三-三六五四-一〇六四
印刷所──イイジマ・互恵
製本所──エイワ

表紙装幀──しまうまデザイン

ISBN4-907846-20-7　C1074

アメリカン・シアター（全6冊）

菊判・上製・各巻 本体 二、二〇〇円（税別）

内と外の再生・ウィリアムズ・シェパード・ウィルソン・マメット
——六〇年代からのアメリカ演劇——

長田光展

黎明期の脱主流演劇サイト
——ニューヨークの熱きリーダー（一九五〇－六〇）——

斎藤偕子

アメリカの女性演劇クロニクルズ
——周縁から主流へ——

谷林眞理子

演劇につづり織られたアメリカ史

三瓶眞弘

ブロードウェイ・ミュージカル読本

小池久恵

アフリカ系アメリカ人演劇の展開

有泉学宙